Stephan Everling
Totenkammerwald

Stephan Everling, geb. 1963 in Bonn, Diplom in VWL sozw. R., Ausbildung als Jazzgitarrist, seit 1994 freischaffender Autor, Musiker, Künstler und Fotograf, seitdem Zusammenarbeit mit der Malerin Maf Räderscheidt. 1999 erschien der erste Krimi „Mitternachtsmosaik". Weitere Veröffentlichungen wie „Kölner Hundegeschichten" und „Kölner Katzengeschichten" folgten, sowie Kompositionen und Texte für Theater, Kabarett und Fernsehen. Stephan Everling lebt und arbeitet in Schleiden.

Stephan Everling

Totenkammerwald

KBV

Originalausgabe

www.kbv-verlag.de
E-Mail: info@kbv-verlag.de
Telefon: 0 65 93 - 99 86 68
Fax: 0 65 93 - 99 87 01
Druck: Aalexx Buchproduktion GmbH, Großburgwedel
Printed in Germany
ISBN 978-3-940077-68-4

Prolog

Wo bin ich? Was passiert? Ich will schreien, doch ich kann nicht, liege irgendwo im Dunkeln und rolle und schwanke, ich kann mich nicht festhalten, denn meine Hände sind gefesselt, meine Beine, ich rolle, überall scharfe Kanten und Ecken, die Beine gekrümmt und auch gebunden, aber wenn ich versuche, sie auszustrecken, stoße ich an Wände. Verdammt, ich will schreien, doch da ist was in meinem Mund, dass ich würgen muss, was ist das hier, ich bekomme Panik, ich werde ersticken, kann mich nicht halten, wieder werde ich gegen das geworfen, was da um mich herum ist. Klappern, Scheppern, ein seltsames Heulen – ein Auto! Ein Kofferraum, ja, das ist ein Kofferraum, deshalb stinkt es auch so, das ist es, ein Auto, und es rast mit mir irgendwohin. Ich will hier raus, was passiert, was soll das?!

Jetzt scheint es geradeaus zu fahren, der Motor heult, dann wird es eine gerade Strecke sein. Ich versuche, mit den gefesselten Händen an meinen Mund zu greifen, das, was da ist, herauszuziehen, mir wird übel, ich bekomme Panik, da wirft mich eine neue Kurve in die Ecke. Ich rolle hilflos durch diese kleine Blechkiste. Das Motorgeräusch schreit in meinen Ohren. Wir müssen ein Wahnsinnstempo draufhaben. Eine neue Serie von Kurven schleudert mich durch die Gegend, Reifen kreischen, ich habe Angst.

Einfach nur Angst.

Mir ist kalt, alles tut weh, ich spanne die Muskeln an, jetzt habe ich mich festgekeilt, ich drücke mit Beinen und Armen gegen irgendwelches Blech. Doch da, Bremsen, eine neue Kurve, und das Auto rumpelt über einen Feldweg. Wild und rücksichtslos werde ich hochgeworfen, hin und her geschleudert, stoße gegen Wände, fliege hoch, wenn ein Schlagloch das Auto in die Luft steigen lässt, der Motor kreischt die Wände Krachen Scheppern Luft ich kriege keine Luft wo bin ich wo fahren wir hin ich habe Angst so Angst wieder holpern Krachen von Ästen trommeln gegen das Bodenblech und Steine Schotter Bremsen kreischen ...

Stille.

Es ist Ruhe, der Motor ist aus.

Ich rolle aus der Seitenlage wieder auf den schmerzenden Rücken. Ich hebe meine Hände. Sie sind zusammengebunden mit, ja, vielleicht mit Klebeband. Ich greife an meinen Mund und ziehe den Lappen, ja, es ist ein Lappen, zwischen den Zähnen hervor.

Ich atme tief ein. Luft.

Doch da!

Eine Autotür quietscht und wird ins Schloss geworfen. Schritte um mich herum, raschelndes Laub und wieder

Stille.

Ein Atmen.

Halt die Luft an.

Nichts.

Doch da, ein Rascheln, Klicken, am Schloss, ja, jetzt lässt er mich frei, er weiß, dass ich da bin, er kommt mich holen, Licht, Licht, Luft.

Doch es passiert nichts.

Der Deckel bleibt zu. Er tut mir nichts, er lässt mich in Ruhe. Still, ganz still, vielleicht vergisst er mich, und ich habe eine Chance, hier bin ich sicher, hier tut mir keiner was.

Aber wenn doch?

Wenn er nicht weiß, dass ich hier bin, und er zündet das Auto an? Oder fährt es in einen See? Ich könnte ertrinken. Oder verbrennen. Vielleicht weiß er ja gar nicht, dass ich hier bin, ich muss es ihm sagen!

»Hilfe, Hilfe, ich bin hier, holen Sie mich raus!«

Stille. Er ist erstaunt, damit hat er nicht gerechnet, dass hier einer ist, ja, jetzt wird er öffnen, wie kommen Sie denn hier rein, wird er sagen, und ich weiß es doch auch nicht.

Doch da: Er lacht. Er lacht einfach, wieso lacht er denn, er kann doch nicht einfach lachen, er muss mich doch rauslassen!

Oder ...

Er weiß, dass ich hier drin bin.

Er hat mich hier eingesperrt, mich gefesselt, er war es, und jetzt steht er da und lacht und macht ...

Was macht er?

Was hat er vor? Er wird nicht nur lachen, das glaube ich nicht, warum sperrt er mich denn in ein Auto ein, und dann lacht er nur, er wird das Auto anzünden!

Nein, er fährt es in einen See. Sei doch mal ruhig, hörst du Wasser? Ich meine, ich höre Wasser.

»Lassen Sie mich raus, bitte tun Sie mir nichts, ich habe Angst!«

Stille. Keine Reaktion. Versuch es noch einmal.

»Bitte, ich tue auch alles, was Sie wollen!«

Er lacht wieder. Und plötzlich, als würde er direkt in mein Ohr zischen, seine Stimme, heiser und flüsternd: »Ja, jetzt kannst du jammern, du Arsch, jetzt hast du Angst!«

Ja, ich habe Angst, das stimmt, doch jetzt entfernen sich die Schritte, Laub raschelt, schwere Schritte, einer nach dem anderen, immer weiter weg, Schritt für Schritt, und er lacht auch gar nicht mehr, denn er ist weg.

Mir ist kalt. Ich versuche, mich zurechtzurücken, damit die Schmerzen in meinem Rücken aufhören. Ich habe Angst. Wo bin ich? Was ist mit mir passiert? Ich bin allein. Warum hilft mir denn keiner?

1. Kapitel

Montag, der 15. September 2008

Es ist 7.30 Uhr, Sie hören Nachrichten. Die amerikanische Großbank Lehman Brothers hat Konkurs angemeldet. Wie berichtet wird, kämpft auch der größte Versicherungskonzern der Welt AIG nach massiven Verlusten um sein Überleben. Schon in der letzten Woche hatte die US-Regierung zwei Immobilienbanken übernommen, um deren Zusammenbruch zu verhindern.«

Schwarz drehte das Radio ab. Was waren die Stürme in der Weltwirtschaft gegen die Unwetter, die in ihm tobten? Ein Dreck waren sie! Die Börsen brachen in sich zusammen, die Welt der Großfinanz wurde in ihren Grundfesten erschüttert, doch wenn er in sich schaute, dann war das ein mildes Rütteln, ein Sommerwindlein, das überhitzter Haut ein wenig Kühlung zufächelte. Für ihn, nur für ihn, bedeutete das alles nichts. Aktien hatte er keine, bei einer Bank arbeitete er nicht, und Kredite hatte er auch nicht abzutragen, wozu, er hatte doch nie etwas angeschafft. Luxus war ihm fremd. Sein Arbeitgeber war der Staat, und sein Beamtenstatus ließ ihn die Fährnisse der Weltwirtschaft mit sehr viel Desinteresse verfolgen.

Aber er! Sein ganzes Leben stellte sich auf den Kopf. Seit einem Dreivierteljahr war eigentlich nichts mehr so geblieben, wie er es gewohnt gewesen war, und jetzt fühlte er, dass alles anders werden würde – nie gekannt oder erwartet. Die Erfahrungen, die ihn immer durch alle Probleme und Krisen getragen hatten, würden hier nicht viel wert sein, befürchtete er. Er, die alte Großstadtpflanze, wurde umgetopft. Er sollte auf den Acker, er sollte aufs Land.

Er sah sich um. Im aufkommenden Morgenlicht hatte er

sein Auto in eine Nische gefahren, die Überblick versprach. Und Überblick war das, was ihm in seiner Situation am wichtigsten erschien.

Er öffnete die Tür, stieg aus und trat die paar Schritte an die Brüstung. Die Luft war eisig und fuhr schneidend in seine überraschten Lungen. Damit hatte er nicht gerechnet. In Köln war es jetzt nicht gerade mollig gewesen, aber auch nicht so, dass er auf die Idee gekommen wäre, die Winterpullover rauszuholen.

Tief unter sich sah er die Häuser im Tal. Immer noch staunend rieb er den Raureif vom Geländer. Das war es. Klein, überschaubar, friedlich. Das würde seiner Seele gut tun. Hatte zumindest der Therapeut behauptet, und wer war Schwarz, dass er so einem wichtigen Therapeuten widersprochen hätte, den er ja sowieso nicht bezahlte, weshalb er eigentlich auch gar kein Interesse daran haben konnte, ihm zu widersprechen.

Und auch nicht die Kraft. Schwarz wollte nur in Ruhe gelassen werden. Und wenn man ihn hier in Ruhe ließ, dann ging er halt nach Schleiden, das war ihm doch völlig egal.

Es sah gemütlich aus, dieses Schleiden. Viele kleine Häuser, mit Dächern und Schornsteinen, aus denen hier und da eine Wärme versprechende Rauchwolke kroch. Und hinten, riesig und beeindruckend, das Schloss, das etwas hochnäsig und arrogant am Berg die kleine Stadt überthronte wie eine dicke, verfressene Katze, die auf flauschigen Kissen überteuertes Katzenfutter verdaut.

Hinter ihm rauschten die Autos – Arbeitnehmer auf dem Weg zu wichtiger Tätigkeit, wie er ja eigentlich auch, doch er stand hier und sah und schaute in den Morgen. Halb acht war es eben gewesen, als das Radio die Neuigkeiten aus ferner Welt verkündet hatte, und er spürte die satte Zufriedenheit, die ein Stadtmensch wie er mit dem Dasein der Landbevölkerung verband, unaufgeregt, friedlich, zufrieden mit sich und der Welt und unberührt von der Hektik, die in der Stadt tobte, wenn Tausende Autos wie die Ameisen durcheinanderwuselten, damit ihre Fahrer bedeutende Termine einhalten konnten.

Hier sah alles ganz anders aus. Noch etwas verschlafen, auch wenn er unter sich Bewegung vernahm. Er hörte eine Schulglocke schlagen und dachte an seine eigene Schulzeit. Ach, wie war es doch damals einfach gewesen, den Mädchen hinterherzusteigen und ansonsten den Lehrern vorzugaukeln, man habe zumindest ein rudimentäres Interesse an grammatischen Regeln, Formeltafeln oder den Gesetzmäßigkeiten, die das Dasein eines Wasserstoffmoleküls bestimmten.

Die kühle Morgenluft ließ ihn schaudern. Es war eine Kälte, die man eigentlich gar nicht wahrnahm, nicht wahrnehmen konnte, da sie einem die Hosenbeine hochkroch wie eine abenteuerlustige Zecke auf dem Weg in die Wärme der Hautfalten.

»Ich glaube das nicht«, sagte er zu sich selber, »das ist hier richtig kalt!«

Am Kölner Neumarkt, wo er sich noch frisch mit Bargeld ausgestattet hatte, waren die Passanten in luftigen Jäckchen herumgelaufen – und hier? Er sah die Menschen unter sich in dicken, flauschigen Winterjacken! Schwarz schüttelte den Kopf. Er packte doch keine Winterjacke an. Im September!
Er ging zum Auto zurück und stieg ein. Suchte sich seinen Weg zwischen den morgendlichen Pendlern auf die steile Bergstraße zurück und folgte den Kurven hinab ins Tal.

Am Kreisverkehr versuchte er sich schnell zu orientieren. Wo sollte er hin, was hatten sie gesagt? Er war verwirrt und umrundete den Kreisel einmal, zweimal. Dann verließ er ihn und fuhr an die Tankstelle.

Die Angestellte ordnete Zigaretten ein und beachtete ihn kaum.

Schwarz räusperte sich. »Entschuldigung, könnten Sie mir sagen, wie ich von hier zur Polizeidienststelle komme?«

Sie blickte ihn über die Schulter an und runzelte die Stirn. Dann sah sie durch das Schaufenster auf sein Auto, legte den Kopf schief und fragte: »Sie sind der Neue aus Köln?« Sie warf einen abschätzigen Blick auf sein dünnes Sommerjacket und nickte sich selber Bestätigung zu, so dämlich angezogen konnte nur einer aus der Stadt sein. »Ja, Sie sind der aus Köln.«Offensichtlich sehr beeindruckt von ihrem eigenen Scharfsinn, fuhr sie zufrieden fort, Zigarettenstangen aufzureißen und Schachteln hin- und herzuschieben. »Sie sollten doch erst heute Nachmittag kommen, hat sich da was geändert?«

»Nein, äh, doch, ich konnte nicht schlafen, aber wieso wissen Sie …«

Sie blickte wieder über die Schulter, als sei seine Beschränktheit langsam beunruhigend. »Ja, was meinen Sie denn? Wir sind hier auf dem Land. Hier weiß jeder alles.«

Schwarz stand regungslos vor der Theke. Das hatte er gebraucht, einen Job im Stasi-Hauptquartier. Und was genau wusste man? Alles? Auch, warum er wirklich hier war? Die Bedienung beugte sich vertraulich zu ihm und fuhr fort, ihn und alle, die mittlerweile ihren Tank gefüllt hatten und nun ihre Rechnung bezahlen wollten, in seine Geheimnisse einzuweihen.

»Der Dienststellenleiter wohnt nämlich in demselben Dorf, hier oben auf dem Berg, wie der Schwager von meinem Nachbarn, der die kleine Elektrofirma hat. Und wenn ein neuer, wichtiger Polizist aus der großen Stadt kommt, ein Kriminaloberkommissar«, sie machte eine kleine Pause, um die Bedeutung dieses Wortes in dem kleinen Verkaufsraum nachklingen zu lassen, »dann finden wir das schon aufregend, das kann ich Ihnen aber sagen!«

Zustimmendes Raunen von hinten. Vorsichtig sah Schwarz sich um. Die Gesichter blickten gleichgültig zurück und zeigten keinerlei Regung.

»Ich würd jetzt aber trotzdem mal gerne bezahlen, wenn ihr nichts dagegen habt!«, sagte der Mann rechts von Schwarz und schob sich nach vorne. Er war in lehmverkrustete Sachen gehüllt und passte ausstattungsmäßig perfekt zu dem schlammüberzogenen Jeep dort draußen, als würden Fahrer und Auto beim gleichen Schneider arbeiten lassen. Sogar der Gesichtsausdruck war ähnlich.

»Klar, Rudi!«, sagte die Kassiererin. Sie drückte ein paar Knöpfe auf der Computerkasse, rief: »Dreiundfünfzig achtundsechzig!« und wandte sich wieder Schwarz zu: »Einfach dahinten weiterfahren. Und in ungefähr zweihundert Metern sehen Sie es schon auf der rechten Seite am Ortsausgang.« Sie deutete hinter sich, als würde die Polizei in ihrem Zigarettenregal residieren, und fuhr in ihrer Arbeit fort, ohne Schwarz weiter zu beachten.

Etwas verunsichert verließ er den Raum und ging zu seinem Auto. Ihm war unwohl. Er fühlte sich fremd, als würde er ungefragt in eine eingeschworene Gemeinschaft eindringen, fett und fordernd, besserwisserisch und aufdringlich, und dass sein Gefühl nicht trog, hatte man ihm gerade begreiflich gemacht. Und jetzt? Bemühte man sich offensichtlich ihn zu ignorieren, denn auf dem Weg zwischen Zapfsäulen und Wassereimern sah ihm niemand nach, das fühlte er, da hatte er in den langen Jahren als Polizist einen sechsten Sinn entwickelt.

Er schloss die Tür seines Wagens auf und ließ sich auf den Sitz fallen. An der Tankstelle tobte das Leben, die Zapfsäulen waren restlos überfüllt, und dahinter stauten sich schon die erwartungsvollen Aspiranten auf einen leeren Platz. Als würde es hier keine anderen Tankstellen geben, dachte Schwarz. War vielleicht auch so, man befand sich ja immerhin auf dem Land. Er startete den Motor und reihte sich vorsichtig wieder in den fließenden Verkehr ein.

Die Straße führte weiter aus dem Ort hinaus, vorbei an Häusern, die sich an die Hangseite kuschelten. Dann sah Schwarz das Gebäude: ein dreistöckiger Schuhkarton in deprimierendem Nikotinbraun, als würde schon das Äußere auf übermäßigen Tabakkonsum derjenigen schließen lassen, die sich in den Räumen aufhielten. Die Fenster waren im Erdgeschoss mit behördengrauen Alurollläden verhangen, während die Räume darüber den Blick durch abgetönte Scheiben in tristdunkle Tiefen versinken ließen.

Polizeidienststellen durften vielleicht einfach keine Lebensfreude ausstrahlen, befand Schwarz, als er auf dem Parkplatz sein Auto in eine Haltebucht rollen ließ. Vor sich sah er ein Wiesengrundstück. Eifelidylle pur, schien es ihm, alte Obstbäume von sicher lang vergessenen Sorten, Gräser, die im Morgenlicht ihre Halme reckten. Und mittendrin, als hätte man vergessen weiterzubauen, ein Erdloch, in dem mehrere Lastwagenladungen Quarzsand aufgehäuft auf gleichmäßige Verteilung warteten. Schwarz kam es so vor, als hätte hier jemand ein Beachvolleyballfeld bauen wollen, bis er darauf aufmerksam gemacht wurde, dass dies einer der hässlichsten Orte des Planeten war: direkt an der Bundesstraße nach Köln, zwischen einer Autowaschanlage und einem beziehungslos in der Landschaft stehenden Klumpen Nikotin. Wer sollte hier glücklich Sport machen, und vor allem wieso?

Kopfschüttelnd sah er auf die Berge um sich. Er stand in einem weiten Tal, von dicht bewaldeten Kuppen begrenzt. Ein Stück weiter vermutete er ein Gewässer, von Wiesen umgeben, malerisch und, hatte man Schleiden hinter sich gelassen, kaum besiedelt. Auf der anderen Seite der Bundesstraße sah er ein Hotel, beschirmt von einer riesigen Felswand. Wahrscheinlich würde man ihn dort unoriginell einquartieren, damit er es nicht so weit zur Arbeit hatte. Da versetzte man ihn in die tiefste Provinz, und dann sollte er an der Straße wohnen, da hätte er ja auch in seinem Zimmer an der Kölner Nord-Süd-Fahrt bleiben können. Obwohl – so abweisend sah es gar nicht aus. Ein niedriger Bau, durch dessen Fenster man freundlich einladende Tische sehen konnte, warum eigentlich nicht?

Er riss sich los und ging in die Dienststelle. Wieder kam er sich fremd vor, nach den langen Wochen, die er immer nur auf die Wände in Sanatorien und Kurhotels gestarrt hatte. Vielleicht war es ja eine gute Idee von dem Polizeitherapeuten, dass er sich hier wieder etwas an das richtige Leben gewöhnen sollte. Doch – was war jetzt richtig? Gab es überhaupt ein richtiges Leben, und wenn, warum sollte man es dann ausgerechnet in einem durchgefrosteten Seitental der Eifel, kurz bevor man in Belgien war, finden?

Er schob die dunkelbraune Metalltür auf und trat an den Tresen. Ein hochgewachsener Polizist in Uniform betrachtete ihn interessiert.

»Guten Tag«, sagte er, »ich bin Schwarz.«

Der Polizist nickte. »Aus Köln?«

»Aus Köln«, bestätigte Schwarz und nickte auch. Wie absurd. Da standen sie hier wie die Pinguine und nickten, während Schwarz die musternden Augen seines Gegenübers über sich gleiten spürte. Er wusste, was sein zukünftiger Kollege sah: einen dünnen, mittelgroßen Mann, dessen in wirren Bündeln wachsende Haare den Eindruck erweckten, sein Kopf stünde in kleinen, chaotischen Flammen. Keine Eindruck schindende Athletenfigur, aber eine katzenhafte

Sicherheit in den Bewegungen, eine lauernde Spannung, die einem aufmerksamen Betrachter nicht entgehen konnte. Niemand würde in ihm etwas Besonderes vermuten, auch wenn die Signalfarbe von Schwarz' Haaren gern kurzes, aber schnell wieder erlöschendes Aufsehen erregte. Nur wer sah, wie die grünen Augen wach und unerbittlich die Umgebung erforschten, ahnte, dass diesem Mann nichts entging.

Die Sichtprüfung schien vorerst positiv ausgefallen zu sein, zumindest hob der Beamte einen Teil der Holzplatte und machte eine einladende Handbewegung. »Na, dann hinein in die gute Stube!«

Die Polizeidienststelle sah aus wie alle Polizeidienststellen. Er führte ihn an der kleinen Funkzentrale vorbei, an der interessiert zu ihnen hinüberschauende Polizisten in Uniform saßen und standen oder aus den seitlich gelegenen Büros guckten, in einen schmalen Flur, der um ein zentrales Treppenhaus zu führen schien. Rechts konnte Schwarz die Arrestzellen sehen, einzelne Türen, die zu kleinen Büros führten, und schließlich eine, die in den Sozialraum ging. Hier saßen drei Polizisten und schauten den Neuankömmling interessiert an.

»Hört mal her«, rief der Uniformierte, »hier ist unsere Verstärkung aus Köln, das ist«, er sah Schwarz fragend an.

»Schwarz«, antwortete Schwarz.

»Und, gibt es auch einen Vornamen? Wir duzen uns hier eigentlich alle.«

»Stefan.«

»Stefan Schwarz, frisch aus Köln, von der Kripo dort abkommandiert, um uns hier ein bisschen zu verstärken.« Er sah Schwarz an. »Und? Komisches Gefühl hier so in der Wildnis?«

Schwarz zuckte mit den Achseln. »Bisher habe ich nicht viel gesehen.«

»Ja, ist ja klar.« Er reichte ihm die Hand und stellte sich vor, »Rainer Gschwind. Im Moment bin ich hier der Ranghöchste und darf deshalb sagen, wer den Kaffee kocht. Hier geht das etwas anders.«

Schwarz schüttelte die angebotene Hand. »Angenehm. Ich glaube, ich sollte mich auch einmal bei dem Dienststellenleiter vorstellen.«

»Heinz Gorres, klar. Der sitzt oben, Treppe rauf, den Gang runter, dritte Tür links, aber die steht meistens offen. Und dann solltest du dich noch einen Stock höher bei dem Leiter der Kriminalabteilung melden. Das ist Alfred Kleinert. Er ist ganz in Ordnung, aber ein typischer Eifeler. Wir sind halt etwas anders als die Leute in Köln, du wirst dich noch wundern!«

»Alfred Kleinert, aha, sieh mal an, so sieht man sich wieder. Ich wundere mich am besten mal über gar nichts.«

»Gute Idee. Also, geh mal hoch, wir sehen uns ja noch.«

2. Kapitel

Schwarz stieg langsam durch das in einem etwas unappetitlichen Braun gehaltene Treppenhaus, das in der Mitte des Gebäudes die Stockwerke miteinander verband. Im ersten Stock drückte er die Tür auf und betrat den Flur, der im Kreis um das Treppenhaus herumzuführen schien. Nach außen gingen die Büros ab, in denen die Kollegen interessiert die Köpfe hoben, um zu sehen, wer denn da fremd und unbegleitet durch ihrer heiligen Hallen schritt. Schwarz nickte freundlich, ohne sich jetzt die Peinlichkeit anzutun, jedem hier sein Woher und Wohin zu erklären. Es fragte auch niemand danach.

Als er gegen den Türrahmen direkt neben das Schild mit der Aufschrift *Heinz Gorres – Dienststellenleitung* klopfte, sah der Mann hinter dem Schreibtisch hoch. »Ja bitte?«

»Schwarz aus Köln. Ich bin etwas eher da!«

»Kein Problem! Kommen Sie rein!« Er stand auf und wies auf einen Sessel auf der anderen Seite des Schreibtischs. »Ach, und vielleicht machen Sie mal eben die Tür zu.«

Der Sessel hatte schon bessere Zeiten gesehen, vorsichtig setzte sich Schwarz.

»Und? Wie haben Sie hierher gefunden? Hatten Sie eine gute Fahrt?« Gorres eröffnete das Gespräch mit einigen unverbindlichen Floskeln.

Schwarz nickte nur.

»Trinken Sie den Kaffee mit Milch?«

Schwarz nickte wieder.

»Reden Sie auch ab und zu?« Er stellte Schwarz eine Tasse vor die Nase, in der schwarzer Behördenkaffee vor sich hinschwappte.

»Wenn sich's nicht vermeiden lässt.« Schwarz nahm das

Milchpäckchen und machte sein heimliches Orakel: Gelang es, so wie jetzt gerade, es zu öffnen, ohne sich die Sahne auf die Hose zu schütten, dann bedeutete das, heute würde ein guter Tag werden.

Der Dienststellenleiter setzte sich an seinen Schreibtisch und griff nach einem Schnellhefter. Von seiner Position aus konnte Schwarz sein eigenes Konterfei erkennen; es schien seine Personalakte zu sein.

Gorres sah ein wenig hinein, als erblicke er sie das erste Mal, dann räusperte er sich. »Ich habe erst einmal niemandem von Ihrer Geschichte erzählt. Es ist schwer genug, in der Eifel Fuß zu fassen, da sollen Sie selber entscheiden, wer was wissen soll und wer nicht.«

»Ich dachte, hier weiß man alles von jedem. Das hat man mir wenigstens erzählt.«

Gorres lachte. »Ja, wie oft Sie Ihr Auto waschen, und ob Sie fremdgehen, und wann Sie abends nach Hause kommen, das schon. Aber wir wissen hier sehr genau, was man weitererzählen kann und was nicht. Was meinen Sie, was die Leute hier für Leichen in den Kellern haben. Und da redet niemand drüber. Erst recht nicht mit einem Außenstehenden. Oder einem Polizisten. Das ist der Unterschied zum Rheinland. Wenn Sie im Rheinland wollen, dass etwas bekannt gemacht wird, dann brauchen Sie nur zu flüstern und zu raunen: Aber sag's nicht weiter. Ein Eifeler dagegen, der funktioniert anders. Der nimmt ein Geheimnis mit ins Grab.« Jetzt bekam sein Gesicht plötzlich einen spöttischen Ausdruck, der im Zusammenhang mit der Uniform sehr wunderlich aussah. »Schließlich kann man ja nie wissen, ob man es noch brauchen kann, dass man etwas Spezielles über seinen Nachbarn weiß, womit man ihm eine, nun sagen wir mal, Entscheidungshilfe geben kann. Sie verstehen?«

Schwarz nickte und Gorres sah wieder in seine Akte. »Meinen Sie, Sie haben es im Griff?« fragte er unvermittelt.

Schwarz zuckte mit den Achseln. »Mein Therapeut sagt ja. Er sagt auch, ich müsste jetzt wieder lernen, dass das Leben nicht nur aus Leichen besteht, und das ginge am besten in der Eifel.« Schwarz sah aus dem Fenster. »Ich bin wohl so eine Art Tierversuch. Wird das ruhige Landleben den durchgedrehten Stadtbullen Schwarz wieder dienstfähig machen? Bleiben Sie dran!« Er sah den Dienststellenleiter ruhig an. »Sie wissen, dass man mich für komplett wahnsinnig hält und findet, es sei unverantwortlich, so jemanden wie mich auf die Menschheit loszulassen?«

»Ich kenne einige, denen es so ging wie Ihnen. Fünf Jahre Morddezernat in der Stadt, das hat schon ganz andere fertiggemacht.«

Schwarz schloss die Augen. In seiner Erinnerung kam der Moment wieder hoch, der seine geradlinige Beamtenlaufbahn ins Kippen gebracht hatte, der Anblick des toten Kindes, dieses Aufwallen heißen Bluts, der Geschmack der Erregung und der Mordlust. Er riss sich von dem Gefühl los, wie er es wieder und wieder geübt hatte, und versuchte unverfänglich und normal auszusehen, indem er an seinem Kaffee nippte und aus dem Fenster auf die malerische Szenerie sah. Rheinisch Alaska. Jeder in Köln verdrehte die Augen oder zuckte spöttisch mit den Mundwinkeln, wenn er an die eigenwilligen und verschrobenen Bewohner dieser kargen, dünn besiedelten Gegend dachte. Was gab es denn schon hier in der Eifel, was kannte er? Den Nürburgring und Mineralwasser. Und Schleiden? Was konnte das mehr sein als ein Name auf einem Wegweiser am Barbarossaplatz?

Ein trüber Tag hatte sich jetzt auf das Tal gelegt und bedeckte die Berge mit feuchtem Dunst. Sanfter Nieselregen schien kompakt an den Fenstern vorbeizutreiben. Die Tröpfchen segelten fett und wohlgenährt vorüber, als wollten sie

Schwarz zurufen: Komm mit, etwas Besseres als den Mist hier gibt es allemal bei uns! Wir gehen tanzen, komm doch einfach mit!

»Wie bitte?« Schwarz hatte gar nicht mitbekommen, dass sein neuer Chef ihn angesprochen hatte.«

»Wissen Sie schon, wo Sie wohnen wollen, hatte ich gefragt.«

Schwarz schüttelte den Kopf. »Nein. Vielleicht im Hotel gegenüber?«

Gorres wiegte seinen spärlich behaarten Schädel nachdenklich hin und her. »Das Hotel Höddelbusch, nicht schlecht, wenn Sie gerne in Hotels und Pensionen leben, von mir aus. Ich hatte aber eine andere Idee. Sie wollen ja vielleicht noch keine Wohnung mieten, weil ja nicht ganz klar ist, wie lange Sie jetzt bleiben. Und ich habe da eine Bekannte, die hier in der Nähe wohnt. Die hat nämlich ein Zimmer zu vermieten. Sehr ruhig, sehr beschaulich, direkt am Wald. Vielleicht wollen Sie es sich ja mal ansehen.«

»Sie meinen, dann bin ich nicht alleine, jemand passt auf mich auf, und ich saufe nicht so viel.«

»Stimmt«, lachte Gorres, »aber nicht nur. Bettina Sieger ist Malerin und lebt ganz alleine. Viel Geld hat die nicht, es ist schwer, von der Kunst zu leben, obwohl sie richtig gut ist. Sie kann also jeden Pfennig brauchen. Und ehrlich gesagt mache ich mir weniger Sorgen um Sie als um Bettina. Eine Frau alleine am Waldrand, und da sind auch schon mal irgendwelche Idioten auf dem Grundstück gewesen. Ich wäre froh, wenn sie einen Untermieter hätte. Obwohl die so viele Hunde hat, eigentlich dürfte sich da keiner etwas trauen, aber leider…«, er zuckte mit den Achseln.

»Ich kann es mir später ja mal ansehen.«

»Am besten gleich, jetzt kann ich Ihnen den Weg zeigen, denn Sie finden das nie, es liegt etwas – nun ja, abgelegen. Ihr eigentlicher Vorgesetzter Kleinert, der Leiter der Kriminalabteilung, ist sowieso nicht da, dem müssen Sie sich nachher vorstellen. Aber bis dahin haben wir schon etwas zu tun für Sie, denn wir haben da gerade ein kleines Problem hereinbekommen.« Er warf einen Aktendeckel über den Tisch in Schwarz' Schoß. »Hier, vielleicht ist das was, vielleicht aber auch nicht. Der Direktor der Genossenschaftsbank Nordeifel ist nicht zur Arbeit erschienen. Sein Auto steht auf dem Parkplatz, man hat ihn ankommen sehen, an seinem Schreibtisch ist er aber nie eingetroffen. Sie können ja mal rüberfahren.« Schwarz sah in die Akte, in die nur die Seite mit dem Notruf der Bankangestellten geheftet war. »Na, das sieht ja so aus, als könnte ich da wenig Blödsinn machen, wie praktisch, da haben Sie Ihren Psychopathen ja gleich beschäftigt.«

Gorres zuckte mit den Achseln. »Wenn Sie sich selber so einschätzen, dann werden Sie wohl bald in Rente gehen. Meines Wissens haben Sie mehr Vermisstenfälle bearbeitet als die halbe Belegschaft hier zusammen, und das alleine zählt für mich.«

Wieder sah Schwarz lange aus dem Fenster, dann wandte er sich an sein Gegenüber. »Werde ich denn die Bank finden?«, fragte er spöttisch.

»Ich denke schon. Fahren Sie einfach Richtung Hellenthal, dann finden Sie sie auf der rechten Seite.«

»Können Sie mir denn einen Kollegen mitschicken?«

»Nein, keine Chance. Wir haben nicht genug Leute. Im Augenblick werden wie verrückt Materialien von allen möglichen Baustellen gestohlen. Damit sind wir doch sehr beschäftigt, und bevor das hier«, er zeigte auf den Aktendeckel, »kein Fall wird, machen uns die Leute die Hölle heiß, wenn sie morgens die Tür öffnen und irgendeiner ihnen die Regenrinnen abgeschraubt hat.«

»Dann nehme ich an, es gibt auch keinen Dienstwagen.«

»Richtig. Rechnen Sie die Kilometer ab, die Sie mit Ihrem Auto fahren, Sie kennen ja das Spiel.«

Schwarz nickte. Und wie er das kannte. Eigenes Handy, eigenes Auto, eigene Schuhe, und wenn man Glück und eine Freundin in der Abrechnungsstelle hatte, dauerte es auch nur sechs Wochen, bis man das Geld zurückbekam.

»Schwarz, ich hoffe, Sie werden sich in der Eifel wohlfühlen. Wir Eifeler sind seltsame Menschen, eigen, verschroben, aber herzlich. Manche wollen hier nie wieder weg, und manche werden krank vor Sehnsucht nach der Stadt. Wie auch immer, willkommen in der Eifel!« Gorres stand auf und streckte die Hand aus, die Schwarz nach kurzem Zögern ergriff.

»Danke.«

»Und jetzt kommen Sie, ich zeige Ihnen den Weg zu Ihrer neuen Behausung. Aber vorher zeige ich Ihnen noch Ihr neues Büro.«

Gorres stieg vor Schwarz her in das oberste Stockwerk und blieb vor einer großen Tür aus Metall und Glas stehen.

»So«, erklärte er, »hier sitzt die Kriminalabteilung. Ihr Chef ist Alfred Kleinert. Ich habe gehört, Sie kennen sich?«

»Ja, wir sind uns immer wieder über den Weg gelaufen. Guter Mann.«

»Finden wir alle. Ach übrigens«, er wandte sich an Schwarz und streckte ihm erneut die Hand hin, »wir duzen uns hier alle. Ich bin Heinz.«

Schwarz griff die Hand, schüttelte sie kurz und sagte. »Stefan.«

»Gut, Stefan.« Er drückte die Tür und ging vor ihm her durch den fensterlosen Flur.

Nach außen gingen die verschiedenen Büros ab, deren Türen jetzt meistens verschlossen waren. Aus einzelnen Räumen hörte man Stimmen und von fern das digitale Klingeln eines Telefons. »Hier sitzen deine Kollegen, und dort hinten, in dem Büro, da ist dein Platz. Und dort, auf der anderen Seite, ist ein Gemeinschaftsraum, da gucken wir mal rein, ob die Herrschaften in Zivil wieder beim Kaffeeklatsch sitzen.«

Der Geruch nach abgestandenem Bürokaffee zog in den Flur, als Gorres die Tür aufdrückte. Vier Kollegen waren in dem Raum und sahen erwartungsvoll zu den Eintretenden. In der Ecke lief das Radio und meldete unbeachtet globalisierten Schrecken:

»Als Reaktion auf den Konkurs der US-Großbank Lehman-Brothers haben die Aktienmärkte mit massiven Kurzverlusten reagiert. In Deutschland ist die Zukunft der Hypo Real Estate infrage gestellt, nachdem eine irische Tochterfirma im Zuge der Immobilienkrise in den Vereinigten Staaten große Verluste gemeldet hatte.«

»Guten Tag, die Herrschaften, ich bin froh, euch nicht bei der Arbeit stören zu müssen. Hier bringe ich euch den neuen Kollegen, Stefan Schwarz. Und hier ist Sandra Melches, die einzige Eifelerin im Dezernat und die jüngste hier. Außerdem noch Mike Katzenmacher, Horst Pankowski und Henning Müllerbach. Der Rest ist unterwegs.«

Die Vorgestellten standen der Reihe nach auf und schüttelten Schwarz die Hand.

»Herzlich willkommen«, sagte Pankowski, »wo kommst du her?«

»Köln«, erwiderte Schwarz knapp.

»Fein, du auch? Gebürtig?«

»Fast, Bergisches Land, aber in Köln aufgewachsen.«

»Wo hast du in Köln gewohnt?«

»Nord-Süd-Fahrt, Kunibertsviertel, am Eigelstein.«

»Oh, wie nett, da lebt meine Tante«, rief Sandra. Die anderen sahen sie gütig an. »Ja, guckt nicht so, habt ihr keine Tante?«

»Sag mal, du bist aber flott an«, rief Katzenmacher mit

einem Blick auf Schwarz' Jackett, »Stefan, am besten besorgst du dir eine dicke Jacke, oder hast du noch eine im Auto?«

Mit einem verzweifelten Gesichtsausdruck schüttelte Schwarz den Kopf. »Ist das hier immer so kalt?«

»Also, Nachtfrost im September, das habe ich hier auch noch nicht erlebt«, rief Gorres, »und ich bin jetzt weiß Gott schon dreißig Jahre und mehr hier!«

»Das stimmt!«, bestätigte Katzenmacher, »mein Schwiegervater sagt, so sei das nur direkt nach dem Krieg mal hier gewesen, da seien den Bauern die Kartoffeln erfroren!«

»Wie wäre es denn am Freitag mit einem Begrüßungsbier?«, fragte Müllerbach, »da könnten wir uns doch gut treffen, oder?«

»Das ist doch typisch, du denkst doch immer nur ans Saufen!«, rief Pankowski.

»Na und? Ich hab halt sonst keine Hobbys!«

»So«, mischte sich Gorres ein, »ich freue mich ja, dass Ihr euch alle so lieb habt, aber bevor es hier zu gemütlich wird, sind wir mal kurz weg, ich muss Schwarz noch sein Quartier zeigen. Also, bis später!

3. Kapitel

Der Weg schien bergauf in ein Nirgendwo zu führen. Zur einen Seite fiel ein schroffes Tal versöhnlich bewaldet ab, während rechts eine Mauer aus Bäumen den Blick begrenzte. Dann öffnete sich die Landschaft, zarte Wiesen umspielten die Hänge, und die schmale Straße wand sich zwischen den Zäunen, als wüsste sie genauso wenig, wo es hingehen sollte wie Schwarz, der darauf achtete, den Wagen von Gorres vor sich nicht zu verlieren. Solche Wege gab es eigentlich gar nicht mehr, waren der Vorstellung zum Opfer gefallen, es sei für zwei Autos unmöglich, einander zu passieren, wenn nicht ein Mittelstreifen und breite Auslaufzonen zur Verfügung standen. Schwarz liebte solche engen, kleinen Straßen, war immer aufgeregt, wenn er so eine fand und befuhr, denn sie gaben ihm das Gefühl, in eine andere Zeit einzutauchen, in der ihm enge, kleine Autos voll mit engen, kleinen Menschen, mit funzeligen Lampen und schmalen Rädern wohlgerundet entgegengetuckert kamen. Wie eine Flucht erschien es ihm, vor einer Realität ohne Albträume und Ängste. Wenn er an die Zeiten zurückdachte, denen diese Straßen und Autos entstammten, dann empfand er sie als genauso eng, klein und grau wie die Schwarz-Weiß-Fotos, die längst vergessene Urlaubserinnerungen in einen gezackten Rand pressten.

Als das Auto vor ihm in einen kleinen Feldweg einbog, schrak Schwarz aus seinen Gedanken. Selbst bei dieser niedrigen Geschwindigkeit musste er aufpassen, dass er in den unbefestigten Fahrspuren nicht die Kontrolle über das Fahrzeug verlor. Das Lenkrad schien ein Eigenleben zu entwickeln, schlug hin und her, wickelte sich um jeden Stein, hopste fröhlich in Schwarz' Händen umher. Zweige schlugen nach den Außenspiegeln, und die dichtstehenden Hecken an den Rändern schienen ihm zeitweise vor den Wagen springen zu wollen.

Gorres' Geländewagen fuhr auf einen kleinen Hofplatz vor einem alten Fachwerkhaus, während Schwarz vorsichtig auf den Platz daneben zirkelte. Die Motoren wurden abgestellt, und Ruhe kehrte ein, die allerdings sofort von dem kräftigen Gebell einer undefinierbaren Anzahl von Hunden zerstört wurde. Schwarz stieg aus und blickte sich überrascht um. Ein großes, zweistöckiges Haus, das sich den Waldrand entlang neben eine Wiese duckte – mit Scheunentoren und Stallgebäuden. Sonnenbeschienen luden Gartentische und Stühle zum Rasten ein, die Bäume, die den kleinen Vorplatz umstanden, waren mit seltsamen Fundstücken behangen: Federn, Tannenzapfen und absurd geformte Äste schaukelten in dem sanften Wind hin und her. Genau das würden alle von ihm erwarten, hier in der Eifel: ein einsames Haus, das sich in den Tiefen der Wildnis unter die Tannen duckte und von keinem Besuch der Welt jemals gefunden werden würde. Seltsamerweise löste diese Vorstellung eine wohlige Erregung in ihm aus. Ihm war gar nicht nach Besuch, nach verständnisvollen Ratschlägen, tröstend-verlogenen Freundlichkeiten oder Bekannten, die ihn pflichtschuldig zu geselligem Zusammensein mitnahmen, während sie doch nur erleichtert aufatmeten, wenn er vorzeitig ging. Nein, er wollte auf einmal all dieses gar nicht mehr, er wollte nur noch für sich sein. Das Gebell schwoll zu einem pandämonischem Inferno an, als ein Rudel Hunde um die Ecke des Hauses bog, das absurder nicht hätte zusammengestellt sein können: ein riesiger, hinkender, schwarzwollener Haarball, der Schwarz verdächtig an einen galoppierenden Persianermantel erinnerte, verfolgt von einem winzigen Dackel, dessen Hinterbeine allerdings um einiges länger als die Vorderbeine waren und nur noch von einem prächtigen Selbstbewusstsein überboten wurden, sowie einem länglichen, weißen Tier, das zwar ungefähr die Länge eines Schäferhundes, dazu aber dackelkurze Beine aufwies, überkront von riesigen Stehohren, die einem Maultier zur Ehre gereicht hätten. Diese Gesellschaft rannte begeistert kläffend auf die beiden Männer zu, bis ein kräftiger Schrei sie zum Schweigen brachte. Die Hunde verstummten und stellten sich vor die Besucher. Gorres begrüßte die Tiere, die nun hysterisch quietschend an seinen Hosenbeinen auf- und absprangen, abgesehen von dem größten, das seinen Kopf begeistert in dessen Unterleib rammte.

»Ihr blöden Köter! Hört mit dem Lärm auf und tut was Vernünftiges! Räumt auf! Bügelt die Wäsche!« Mit dem zufriedenen Lächeln eines Löwenbändigers nach einer erfolgreichen Vorstellung kam eine Frau auf sie zu. Die eben noch reißenden Bestien drängten sich devot windend um ihre Knöchel. Alle Farben des Universums schienen auf dem einst braunen Gewand verteilt zu sein, aus dem oben der Kopf der Malerin ragte, gekrönt von einem nur mühsam von einem Pferdeschwanz gebändigten Busch wilder, dunkler Locken.

»Na, bringst du mir meinen neuen Mieter?«, sagte sie und drückte Gorres herzlich und bestimmt an sich. Sie wandte sich Schwarz zu und sah ihm interessiert ins Gesicht. »Führerschein und Fahrzeugschein bitte«, lachte sie und drückte seine Hand kräftig. »Lassen Sie sich nicht von diesen Tölen hier beeindrucken, die machen viel Lärm und taugen sonst nichts. Ich bin Bettina«, fügte sie hinzu, während sie vergeblich versuchte, den Dackel daran zu hindern, ihren Umhang in Fetzen zu reißen.

Gorres rieb verzweifelt an seiner grünen Jacke. »Warum kannst du einem eigentlich nicht die Hand geben, wie andere Menschen auch? Immer, wenn ich hierher komme, versaust du mir die Uniform! Und immer bunt, nie grün, und nie gehen die Flecken wieder raus! Nicht genug, dass deine Hunde alles vollhaaren! Mit dir könnte man nie ein heimliches Verhältnis haben!«

Bettina lachte zufrieden. »Wenn Kunst keine Spuren im Leben hinterlässt, dann ist sie nutzlos. Und die Staatsmacht muss das abkönnen! Gib dir keine Mühe, das ist Ölfarbe, die geht nicht raus. Soll ich es dir signieren? Dann ist deine blöde Uniform bestimmt mal viel wert.« Sie drehte sich erläuternd zu Schwarz um. »Allerdings erst, wenn ich tot bin. Lebend tauge ich nicht viel, aber das ist so bei allen guten Künstlern, die bringen's erst, wenn sie abgekratzt sind. Das sind halt Knutschflecke!«, rief sie Gorres wieder zu, »Knutschflecke der anarchischen Vielfalt! Trag sie mit Würde! Und jetzt kommt rein, hier ist es ungemütlich!«

Sie wandte sich zum Haus, doch Gorres winkte ab. »Sei mir nicht böse, aber ich muss auf die Wache. Bis später!« Er winkte, stieg in sein Auto und fuhr vom Hof, während Schwarz und die Malerin ihm nachsahen.

»So, und wollen Sie dann einen Kaffee, oder haben Sie jetzt Angst vor Flecken?«

Schwarz schüttelte den Kopf. »Kein bisschen. Wenn man Schwarz heißt, kann man jede Menge Farbe gebrauchen.«

»Na, dann sind Sie hier genau richtig! Aber bei Ihren kreischroten Haaren haben Sie eigentlich Farbe genug. Toll, Sie sehen aus wie eins meiner Bilder!«

Das Haus schien doch größer zu sein, als es auf den ersten Blick wirkte. Während Schwarz die Treppe hochging, die an der Schmalseite des langgestreckten Fachwerkhauses in das Innere des Gebäudes führte, dämmerte ihm, dass seine Vorstellung von einer kleinen, verwunschenen Hütte im Walde wohl enttäuscht werden würde. Die Hunde umkreisten die Menschen eifrig und drängten sich an ihnen vorbei über die Stufen. Bettina legte die Hand auf die schwere, alte Haustür, sah ihn kurz verschmitzt an und öffnete sie. Der Anblick des riesigen Raums, der sich dahinter auftat, traf Schwarz so unvorbereitet, dass er einen überraschten Laut nicht unterdrücken konnte. Überall standen Bilder, alte Tische und Stühle, lagen Mal- und Zeichenutensilien umher, waren Schränke verteilt. Hier drinnen erinnerte nichts an das alte Fachwerkhaus, die Decken waren hoch, die Fenster wirkten groß und hell, und moderne Heizkörper ließen auf eine funktionsfähige Zentralheizung schließen.

»Das ist hier ein altes Forsthaus der Arenbergischen Verwaltung, das ich zufälligerweise angeboten bekam«, erläuterte die Malerin mit dem Gebaren einer professionellen Immobilienmaklerin und drehte sich mit einer eleganten, die vier Wände umschreibenden Geste um sich selber. »Hier drinnen war alles aus den Siebzigerjahren, Büros, grausig. Ja, und als ich dann gesagt habe, ich würde hier unten gerne ein großes Atelier machen und die Wände rausreißen, da haben die unvorsichtigerweise Ja gesagt. Vielleicht konnten sie sich nicht vorstellen, dass jemand so etwas wirklich fertigbringen würde. Und dann waren die noch so dumm und haben mir den ganzen Schuppen vermietet.« Sie sah ihn freundlich an. »Ich hörte kein Nein beim Thema Kaffee, deshalb müssen Sie jetzt da durch, auch wenn Sie bestimmt grausigen Behördenkaffee gewohnt sind, der stundenlang auf Heizplatten sein Aroma aushaucht. Ich fürchte, dass ich mit so etwas nicht dienen kann. Hoffentlich bekommen Sie dann keinen Allergieschock!«

Fröhlich plaudernd ging die Malerin durch das Atelier in eine Küche, die an der Seite abgetrennt war. Die Fenster gaben den Blick auf die Hügel und Wiesen und die Straße frei, die jetzt das Panorama durchschnitt. Mittendrin war die Welt unterbrochen von einer tiefen Senke, die unsichtbar ins Nichts abzustürzen schien. Alte, dicke Bäume zeigten die

Tiefe an, nur die Spitzen lugten hervor, als wollten sie sich vor dem endgültigen Ertrinken an die Oberfläche retten.

Schwarz war fasziniert. »Hier ist ja ein wunderschöner Ausblick. Ich hätte nicht gedacht, dass man so wohnen kann.«

»Ja, es ist traumhaft«, bestätigte Bettina. »Und was meinen Sie, wie schön das ist, wenn die Hirsche und die Wildschweine hier bis vor das Haus kommen. Aber!« Sie blickte ihm scharf ins Gesicht, »hier ist nicht das Museumscafé. Wenn Sie gerne Unterhaltung möchten oder Menschen zum Plaudern, dann sage ich Ihnen direkt, suchen Sie sich was anderes. Ich habe dazu keine Zeit. Ich arbeite. Immer. Die Menschheit scheint fest davon überzeugt zu sein, dass Künstler nie arbeiten, und Künstlerinnen schon dreimal nicht. Was meinen Sie, wie oft Leute bei mir klingeln und rufen: ›Ich habe gerade Urlaub!‹ Und dann kommen die nicht, um Bilder zu kaufen, sondern um rumzuquasseln und mir die Zeit zu stehlen! Deshalb bin ich auch hier rausgezogen, denn hier ist endlich mal keiner, der mich bei der Malerei stört. Und Sie fangen damit auch nicht an. Einverstanden?«

Er nickte zufrieden. Ihm war auch nicht nach Plaudereien, zum ersten Mal spürte er, wie nötig er Ruhe hatte. Allein das Wort löste in ihm ein Wohlgefühl aus, das durch den inzwischen aus der Maschine strömenden, frischen Kaffeeduft nur erhöht wurde. »Ich suche nichts mehr als Frieden, das können Sie mir glauben.«

Sie lachte. »Unterschätzen Sie nicht die Eifel, und unterschätzen Sie vor allem nicht den Winter. Sie können sich jetzt noch nicht vorstellen, wie einsam es hier sein kann, wenn die Räumdienste mal wieder nicht den Berg hochkommen und man mit dem Traktor zum Aldi fahren muss. Und wir sind dann wirklich nicht die Einzigen, die das tun.«

Das Gespräch lief locker und angenehm, und Schwarz

ertappte sich dabei, dass er die Welt um sich vergaß, stattdessen Hundeköpfe kraulte und irgendwelche Fälle, die auf ihn warteten, in ihrer Bedeutung gegen Null tendierten.

Doch die Künstlerin war es, die schon nach kurzer Zeit aufsprang und auf die Uhr sah. »So, das reicht, genug gequasselt, der Tag ist kurz! Kommen Sie, ich zeige Ihnen das Zimmer, dass ich für Sie fertiggemacht habe. Heute Abend, wenn kein Licht zum Malen mehr da ist, können wir gerne weiterreden, wenn es denn unbedingt sein muss.« Sie ging aus der Küche wieder in das Atelier, wo eine alte Holztreppe nach oben führte. »Oben sind die Schlafräume, das Badezimmer und so weiter. Der erste Stock ist, Gott sei Dank, damals dem Modernisierungswahn der Forstleute entgangen. Da sieht es noch so aus wie in einem längst vergangenen Jahrhundert.« Schwarz stapfte die alte Holztreppe hoch, fühlte das glatte Geländer unter seiner Hand und lauschte dem Klang der Tritte, die schwer und stark die Stufenbretter zum Schwingen brachten, und den Erzählungen der Malerin.

»Als ich hier eingezogen bin, war das wie eine Zeitkapsel, vergessen, nie benutzt seit bestimmt fünfzig Jahren. Damals hat hier wohl ein Förster gewohnt mit seiner Frau. Dann stand das Haus einige Zeit leer, bis die Forstverwaltung das Erdgeschoss als Büros genutzt hat. Doch hierher ist keiner gekommen.«

Das Obergeschoss hatte einen breiten, gemütlichen Flur, dem ein langer Läufer und eine Unzahl von Hundekörben eine eigene Gemütlichkeit verliehen. Die Wände waren mit verschiedensten Gemälden, Bildern und Souvenirs behangen, während die Fenster am Ende des Korridors den Blick in die Ferne freigaben. Schon aus dieser Perspektive schien die Aussicht nie mehr enden zu wollen, das Auge zufrieden über sanfte, reich bewaldete Hügelspitzen zu gleiten.

Die Malerin öffnete die letzte Tür am Ende des Korridors

und gab den Weg frei. Schwarz trat in ein Zimmer, dessen Größe ihn überraschte. Ein paar alte Möbel, ein Bett, Vorhänge, einfach und gemütlich, und wirklich nicht zu klein. »Das Badezimmer ist am anderen Ende des Gangs. Ich weiß jetzt nicht, ob Sie auf einen Fernseher wert legen, aber ich fürchte, hier ist überhaupt kein Antennenanschluss. Und wie wir das mit Ihrer Ernährung machen, müssen Sie selber sehen. Allerdings kann es durchaus passieren, dass ich dann und wann mal ein wenig koche, und wenn Sie dann etwas mitessen wollen ...«

Während Sieger sprach, trat Schwarz an das Fenster und blickte hinaus.

»Das wäre schön, und dabei können wir uns auch mal abwechseln, wenn ich Zeit habe, als Junggeselle lernt man so zwei, drei Sachen zu kochen.«

Wie in einem Fotoband ergoss sich die Landschaft vor Schwarz' Augen. Es war dieselbe Blickrichtung wie aus der Küche, doch von diesem erhöhten Standpunkt sah man noch weiter, entdeckte schroffe Felsen, die weit hinten am Abhang zwischen den Stämmen aus dem Boden kamen. Ich reise mit den Augen durch einen Traum, dachte Schwarz.

Er drehte sich um, ging zum Bett und setzte sich einmal darauf. Während er prüfend ein-, zweimal wippte, wie er es selber von sich erwarten würde, schoss ihm in den Kopf, dass er nicht fähig war, auf diese Art und Weise auch nur annähernd eine Aussage über die tatsächliche Qualität der Matratze leisten zu können, dass es ihm darüber hinaus aber auch völlig egal war. Dieses Zimmer hätte er auch genommen, wenn hier nur ein Feldbett gestanden hätte. Es war ihm klar, dass er hier und nur hier sein wollte. Er kam sich zwar ein wenig vor, als würde er ein Ferienappartement buchen und fühlte sich fast versucht, sich nach den Sportmöglichkeiten zu erkundigen, aber es gefiel ihm hier, das konnte und wollte er nicht abstreiten.

»Ich nehme das Zimmer«, sagte er zu der Malerin, die überrascht schien, dass noch ein Zweifel daran bestanden hatte.

»Na gut«, sagte sie und fuhr zart irritiert fort: »Aber wenn Sie nicht wollen, dann fühlen Sie sich bitte nicht verpflichtet ...«

»Nein, nein«, wiegelte Schwarz schnell ab, »es gefällt mir wirklich.«

»Na gut.« Sie sah zu Boden und dachte kurz nach. »Haben Sie Bettwäsche? Sonst müsste ich einmal in die Schränke sehen ...«

»Keine Sorge, ich habe etwas dabei.« Was eine glatte Lüge war, er hatte gar nichts dabei, sondern mit einem gut ausgestatteten Hotel gerechnet. Doch nun hatte er das Gefühl, er würde die Malerin weiter verunsichern, und hoffte, in der Stadt schon etwas Bettwäsche auftreiben zu können.

»Es ist wirklich sehr schön hier, aber ich denke, wir müssen beide noch etwas tun. Ihr Freund hat mir liebenswürdigerweise schon etwas Arbeit verschafft.« Dann hatte er eine Idee: Wenn hier jeder alles wusste, konnte er doch genauso gut hier damit beginnen, sich etwas sachkundig zu machen. »Wissen Sie vielleicht etwas über den Leiter der Eifelbank hier? Ich habe so gar keine Ahnung und kennen niemanden ...«

»Hm.« Sie verzog das Gesicht. » Kaum. Nicht weiter erwähnenswert. Ich bin mit meinem Konto bei der Konkurrenz. Tut immer sehr wichtig, aber das ist schon mal so bei einem Bankdirektor. Es gibt aber auch andere.« Die Malerin drehte sich um und sah ihn offen an. »Aber ich bin wohl auch die falsche Person für solche Fragen. Ich kümmere mich um meine Kunst, meine Tiere und sonst gar nichts. Da müssen Sie zu anderen gehen, die können Sie mit dem allerfeinsten Dorfklatsch versorgen.«

»Schon gut«, nickte er, »ich werde schon zurechtkommen.«

Er verabschiedete sich von der Malerin, tätschelte den Hunden noch die Köpfe und ging zu seinem Auto. An der Tür angekommen, drehte er sich noch einmal um. Mitten im Wald, so hatte er noch nie gewohnt. Er war gespannt, wie sich das anfühlen würde.

4. Kapitel

Die Eifelbank residierte in einem Zweckbau aus den späten Achtzigerjahren, der anscheinend zu nichts anderem entworfen war, als den Betrachter an überzogene Konten, unbezahlte Rechnungen und sonstige vergessene Pflichten zu mahnen. Er verfehlte seine Wirkung auch nicht auf Schwarz, der innerlich sofort versprach, endlich die Steuer für letztes Jahr fertig zu machen, wirklich, an diesem Abend noch. Etwas angespannt betrat er das Gebäude und ging über den glänzenden Steinboden auf eine jener knapp der Minderjährigkeit entwachsenen, strahlenden Bankangestellten zu, die irgendwann die alten, erfahrenen Kontoführer ersetzt hatten, mit denen man früher schon fast ein freundschaftliches Verhältnis haben konnte. Jetzt bekam man alle paar Monate einen neuen, jugendlichen Sachbearbeiter zugeteilt, der meistens, sollte der Computer versagen, nicht Bescheid wusste und dann die alten, erfahrenen Kontoführer fragte, die inzwischen irgendwo hinter den Kulissen niedere Arbeiten erledigen mussten. Oder die Filialleitung übernommen hatten, auf jeden Fall waren sie verschwunden, und man hatte sich jedes Mal wieder einem neuen, strahlenden Wesen anzuvertrauen. Schwarz wollte das nicht. Und der Gedanke, dass er diesen schnöseligen Hüpfern, kaum der Banklehre entwachsen, sein hart verdientes Geld anvertrauen sollte, belastete ihn, wenn er eine Bank nur von Weitem sah. Seufzend ging er auf eine der frisch geschrubbten Damen zu, die ihn – in Kundenbehandlung gut geschult – so anstrahlte, als sei ein rothaariger Mittvierziger im ausgeleierten Anzug genau das, was ihr nachts feuchte Träume bereitete. Gleich würde sie ihn fragen, was sie für ihn tun könnte ...

»Guten Tag, was kann ich für Sie tun?«, fragte sie mit

unverminderter Begeisterung, kaum dass er an den kleinen, grauen Tresen getreten war. Ihr Personality Coach wäre begeistert gewesen.

»Ich hätte gerne den stellvertretenden Filialleiter gesprochen. Schwarz, ich komme von der Polizei.«

Die Wirkung, die diese zwei Sätze auf die Menschen im Innenraum ausübte, war phänomenal. Die Gespräche erstarben, und alle starrten ihn an. Schwarz zeigte der jungen Dame seinen Ausweis und folgte ihr dann ins obere Stockwerk, in dem heimlich und ohne Aufsehen die Geldgeschäfte abgewickelt wurden. Sie klopfte an eines der Büros und zwitscherte: »Herr Hellnbrinck, der Mann von der Polizei ist da!«, machte Schwarz höflich Platz und schloss hinter ihm die Tür.

Der Schreibtisch quoll über vor Aktenordnern, Papieren und Zetteln. Dahinter saß in einem großen, schwarzen Ledersessel ein Mann in Schwarz' Alter, der offensichtlich den bisherigen Tag damit verbracht hatte, sich die blonden Haare zu raufen.

»Gott sei Dank, da sind Sie ja, das hier ist eine Katastrophe! Das Chaos, Sie müssen mir helfen!«

»Wenn ich Ihnen dabei helfe«, Schwarz zeigte auf den übervollen Schreibtisch, »dann brauchen Sie die Bank nach der Mittagspause nicht mehr aufzumachen.«

»Wenn nicht ein Wunder geschieht, brauche ich die Bank nach der Mittagspause auch ohne Sie nicht wieder aufzumachen.«

Der Mann schien Humor zu haben, was ihn Schwarz sofort sympathisch machte.

»Ich weiß nicht, was der Herr Brockstedel hier veranstaltet hat, aber mir kommt es so vor, als würde sein Computer eine andere Bank verwalten als meiner.«

»Nun mal langsam, wer ist erst mal der Herr Brockstedel?

Der verschwundene Filialleiter?«

»Genau! Also, ich fange mal vorne an. Normalerweise macht der Herr Brockstedel morgens als Erster die Türen auf. Nur heute nicht. Niemand ist da, als der Rest der Belegschaft erscheint. Nur sein Auto steht auf dem Parkplatz, wie immer. Wir öffnen die Türen, wundern uns ein wenig, und auf einmal fangen alle Computer an zu blinken, und die Telefone klingeln, und wir bekommen mitgeteilt, dass die Kreditlinie unserer Bank völlig überzogen ist und alle Transaktionen sofort gestoppt worden sind.«

»Das klingt, als würden Sie von meinem Konto reden.«

»Ach, glauben Sie doch nicht, wir würden das nicht auch kennen. Ich war zwei Jahre arbeitslos, bis ich hierhergekommen bin. Überzogene Konten kenne ich nur zu gut. Aber bei Banken ist das normalerweise nicht üblich. Die Banken leihen sich gegenseitig Geld, um die Transaktionen, die Geldflüsse zwischen den Banken, zu gewährleisten. Das merken Sie als Kunde gar nicht. Wenn aber auf einmal einer Bank das Geld ausgeht, dann ist das schon ungewöhnlich, dann ist da irgendwo ein Loch, wo das ganze Geld hingegangen ist. Das ist wie bei Ihnen oder bei mir oder sonst jemandem. Eine Bank druckt das Geld auch nicht selber, das muss irgendwo herkommen.«

»Und hier in der Bank war es auf einmal weg?«

»Ja. Und da der Herr Filialleiter nicht da war, haben wir bei ihm zu Hause angerufen. Da war er aber schon lange weggefahren, sagte seine Frau. Ans Handy geht er nicht, und die Chefs in Aachen wussten auch nichts und wollten immer nur wissen, was denn bei uns los ist, und da bin ich mal an den Computer vom Chef gegangen, und da hat mich der Schlag getroffen.«

»Gab es kein Passwort?«

»Schon, aber das war eigentlich kein Problem. Da versucht

man erst mal ein paar Sachen durch, Name der Frau, der Tochter, vom Hund, vom Kater. Und wenn man dann nicht weiter weiß, guckt man am besten in die oberste Schreibtischschublade und siehe da!« Er hielt kurz einen kleinen Zettel hoch, auf dem handgeschrieben ein paar Buchstaben standen. »Sein Nummernschild. Sehr originell.«

»Ja, und jetzt?«

»Wir haben eigentlich immer Aufgabenteilung, das wollte er so. Das gesamte Anlagengeschäft überwacht er, während ich die Geschäfte mit den Privatkunden mache. Firmengeschäfte macht meistens auch er, die Herren halten sich immer für so wichtig, dass sie nur mit dem Filialleiter reden wollen. Ja, und jetzt sehe ich in seinen Computer und bemerke, dass die ganzen Summen, die hier gebucht sind, andere sind als die, die ich so im Kopf habe. Und ich sage Ihnen, hier stinkt etwas gewaltig. Ich habe das Gefühl, dass hier jemand auf eigene Faust Geschäfte abgewickelt hat, die eigentlich nicht für unsereins gedacht sind. Ich finde hier Vorgänge, die laufen über Kanäle auf den Caymans, Hongkong, ich finde Namen von Derivaten, Termingeschäften, Konten bei Banken, die bei mir ein ziemlich mulmiges Gefühl hinterlassen.«

»Ich fürchte, ich kann Ihnen nicht ganz folgen.«

»Ich fürchte, ich kann mir selber auch nicht mehr folgen. Haben Sie heute Morgen Radio gehört?«

»Ja, auf der Fahrt, wieso?«

»In Amerika kracht gerade das Bankenwesen in sich zusammen. Sie werden es so nicht in der Öffentlichkeit hören, denn alle werden versuchen, keine Panik aufkommen zu lassen, aber genauso ist es. Wir erleben gerade einen Jahrhundertcrash. Eine der größten Banken Amerikas, die Lehman Brothers, ist soeben wohlig pleite gegangen, eine der größten Versicherungen ist kurz davor zu kippen, zwei Hypothekenbanken sind schon klammheimlich verstaatlicht worden, und wenn es stimmt, was so gerüchtehalber kursiert, dann wackeln die amerikanischen Sparkassen auch gewaltig. Ich sage Ihnen, da ist die Hölle los! Und wir sitzen hier in der Eifel und freuen uns, und sagen uns, ja, das sind die Jungs in der Stadt, das kann uns hier nicht passieren, und dann sehe ich hier in diesen Vorgängen genau dieselben Freunde wieder, deren Namen ich schon seit Tagen in den Nachrichten höre, Bingo!«

»Heißt das, die Eifelbank ist pleite?«

»Sagen wir es so, wenn Sie die Eifelbank wären, würde ich Ihnen keine zehn Euro mehr pumpen.«

»Aber gibt es da nicht so eine Sicherungseinrichtung, die alles ersetzt, wenn eine Bank pleite geht?«

»Der Einlagensicherungsfonds, natürlich, was Sie an Geld bei uns angelegt haben, das bekommen Sie wieder. Aber, guter Mann, wissen Sie, was wir für ein Kreditvolumen haben? Für die Anzahl von Kunden, die wir haben, ziemlich erstaunlich. Mensch, die ganze Region hängt bei uns in der Kreide! Und wenn die Kredite alle fällig gestellt werden und die Bank sagt, wir wollen unser Geld wiederhaben, dann bricht hier in der Nordeifel alles, aber auch wirklich alles zusammen. Praktisch jeder kleine Handwerker hat über uns seine Maschinen finanziert, sein Material, seine Autos. Wo sollen die das hernehmen? Wenn Sie so wollen, gehört uns die ganze Region. Alles. Und wenn die Eifelbank stirbt, dann stirbt auch die Eifel. So ist das!«

Schwarz fehlten die Worte. Eigentlich hatte er einen einfachen Vermisstenfall erwartet und nicht so eine Geschichte. Hier waren Wirtschaftsfachleute gefragt, und so einer war er bestimmt nicht. Er hoffte inständig, dass er sich nicht eingehender mit dieser Materie befassen musste.

»Und deshalb«, fuhr sein Gegenüber fort, »brauchen wir den Brockstedel wieder, denn ich weiß nicht, wo der überall

Geld geparkt hat. Und dass er welches geparkt hat, da bin ich sicher. Das geht gar nicht anders.«

»Kann es nicht sein, dass er sich einfach abgesetzt hat?«

»Natürlich.«

»Selbstmord?«

»Hätte ich an seiner Stelle für eine gute Idee gehalten.«

»Und sein Auto ist da?«

»Steht draußen auf dem Parkplatz. Neuer Porsche Cayenne.«

»Ist das nicht etwas protzig?«

Hellnbrinck zuckte mit den Achseln. »Wenn ich könnte, würde ich auch einen fahren, Protz hin oder her.«

»Verdient Ihr Chef denn so viel, dass er sich den leisten kann?«

Hellnbrinck lachte. »Das Auto vielleicht, aber den Sprit, den der schluckt, das kann ich mir kaum vorstellen. Aber das sollten Sie ihn selber fragen, das geht mich nichts an.«

Schwarz stand auf und reichte dem Banker eine Visitenkarte. »Wenn Sie was hören, rufen Sie mich bitte an. Nehmen Sie die Handynummer, unter der Kölner Nummer erreichen Sie nur einen leeren Schreibtisch.«

Hellnbrinck guckte neugierig. »Strafversetzt?«

Schwarz schüttelte den Kopf. »Nein, Stadtneurosen.«

Hellnbrinck nickte. »Ja ja, da haben wir jede Menge davon hier.«

»Sie können mir also gar nichts sagen, was mir helfen könnte, ihn zu finden?«

»Nein. Aber helfen Sie mir, und finden Sie ihn, und am besten so, dass er noch einsatzfähig ist. Sonst haben wir hier andere Probleme als einen verschwundenen Bankchef.«

5. Kapitel

Schwarz stand nachdenklich auf dem Parkplatz und betrachtete den Porsche, den die dienstbeflissene Schalterfachkraft ihm als Brockstedels fahrbaren Untersatz bezeichnet hatte, bevor sie mit demonstrativem, wärmendem Ärmelflattern wieder an ihren schützenden Computer hastete. Es war immer noch kühl, auch wenn die Bäume auf den Hügeln den frostigen Temperaturen zum Hohn noch in sattem Grün standen. Hier und dort wagte sich ein frecher Braunton in den Wald, belebte das Bild und verriet den Herbst, der vor der Tür stand. Schwarz atmete tief ein. Fast konnte er es nicht glauben: Er hörte Autos, zwanzig Meter entfernt von der Bundesstraße, und trotzdem konnte er hier atmen und merkte nichts von dem Verkehr, der direkt neben ihm dahinfloss. Es schien ihm wie ein Wunder. Würde er jetzt am Rudolfplatz stehen, könnte man die Autos riechen, das Benzin, Gummi, die Abgase. Hier war wenigstens saubere Luft, aber eigentlich war das ja völlig uninteressant, er war ins Träumen geraten, was sollte das mit der guten Luft, er war ja nicht zur Kur hier!

Er ging um das Auto und schüttelte den Kopf. Wenn in einem Fernsehkrimi der Bankier einen Porsche fahren würde, dann wäre der schon mal sehr verdächtig. Und bitte: was für ein Klischee! Seltsame Geldgeschäfte in der Bank und der Verantwortliche fährt einen Porsche Cayenne! Noch dazu mit Düsseldorfer Kennzeichen! Das konnte gar nicht sein. Doch Schwarz hatte gelernt, dass das Leben sich für kein Klischee zu fein war.

»Schönes Auto, nicht wahr?« Wie aus dem Nichts stand der Mann neben Schwarz. »Stattliche Erscheinung«, hätte seine Großmutter über den gesagt, fiel Schwarz spontan ein, auch wenn heutzutage niemand mehr irgend jemanden eine stattliche Erscheinung zu nennen pflegte. Ein großgewachsener Mann mit Sechstagebart, dessen nicht zu schlanke Proportionen seine Einstellung zu leiblichen Genüssen verrieten. Auch wenn er nicht wirklich alt zu sein schien, war sein Haar doch schon durchsetzt von kleinen, grauen Blitzen, während die vielen Lachfalten um die Augen ein ausgeprägtes Komikzentrum und eine sympathische, geistige Frische vermuten ließen. »Wirklich nett«, fuhr er fort, »nur völlig überteuert, wenn man nicht eine eigene Tankstelle hat.« Dann drehte er sich um und betrachtete das Gebäude hinter sich. »Oder eine eigene Bank.«

»Sie kennen Herrn Brockstedel? Darf ich fragen, woher?«

Der Mann lachte auf die Art eines Menschen, der die Welt kennt und sich wohl und zufrieden darin fühlt. »Wer kennt den denn hier nicht? Guter Mann, der ist Bankdirektor, was meinen Sie denn? Aber darf ich zurückfragen, wieso Sie das interessiert?« Er warf einen Blick auf den Ausweis, den Schwarz ihm hinhielt und nickte. »Sie sind wahrscheinlich der Neue aus Köln, oder?«

Schwarz verzog das Gesicht. »Sie wissen jetzt wahrscheinlich wieder mehr über mich als ich selber und erzählen mir, das sei hier normal.«

»Nee, erzähle ich Ihnen gar nicht. Ich muss das wissen, das ist mein Beruf. Ich bin hier Bürgermeister, und daher kenne ich auch den Brockstedel, denn eigentlich bin ich sein Chef. Wissen Sie, als Bürgermeister der Stadt Schleiden, die Gesellschafter bei der Eifelbank ist, sitze ich automatisch mit im Aufsichtsrat. So einfach ist das. Bearbeiten Sie den Fall?«

»Wenn es ein Fall ist. Normalerweise rücken wir bei erwachsenen Vermissten nicht gleich mit dem ganz großen Regiment an. Da wartet man erst einmal zwei, drei Tage. Dann wird es den meisten langweilig, und sie gehen wieder artig nach Hause, zu Mutti und den lieben Kleinen. Aber hier ist ja große Aufregung.«

»Allerdings ist es das. Wenn das stimmt, was die Leute hier befürchten, dann bekommen wir hier in der Eifel große Probleme.«

»Wissen Sie denn Genaues, haben Sie verstanden, was hier passiert?«

»Noch nicht, deshalb bin ich hier. Ich habe nur einen Anruf bekommen, dass die Filiale Schleiden der Eifelbank Zahlungsprobleme hat.« Er holte tief Luft. »Aber ich hoffe, dass das alles nur ein Sturm im Wasserglas ist.« Er sah Schwarz an. »Haben Sie denn schon eine Idee, was hier los ist?«

Schwarz zuckte mit den Achseln. »Ich habe vom Bankwesen so viel Ahnung, dass ich gerade eine Überweisung fehlerfrei ausfüllen kann. Und da drin konnte man mir auch noch nicht soviel erzählen, wie ich gehofft hatte. Wir werden sehen. Aber vielleicht wissen Sie ja noch etwas, was mir weiterhelfen kann. Sie scheinen sich ja bestens hier auszukennen. Können Sie mir denn noch etwas über die vermisste Person sagen. Wie ist er denn so? Hat er bestimmte Angewohnheiten, Freunde, vielleicht auch eine Freundin, von der die ganze Stadt weiß?«

»Ach, wenn Sie mich fragen, der Brockstedel ist hier irgendwie ein Fremdkörper. Der passt hier nicht rein. Und ich habe immer das Gefühl, der will hier auch gar nicht reinpassen. Fragen Sie mich nicht, warum, aber das fängt schon hier bei dem Auto an. Der ist vor zwei Jahren aus Düsseldorf gekommen und residiert doch hoch oben über der Stadt. Und an den Wochenenden fährt er nach Düsseldorf und genießt das Leben in der großen, weiten Welt. Ich habe immer das Gefühl, der sieht auf uns Landeier hier herunter. «

Schwarz sah nachdenklich auf die Hügel, die die Stadt umgaben. »Wo sagten Sie, wohnt er? Ich würde mich, glaube ich, gerne mal mit seiner Frau unterhalten.«

»Ganz einfach, Sie fahren von hier aus immer Richtung Köln. Das findet jeder. Und in Gemünd einfach links den Berg hoch, Richtung Zülpich. Und dann ist es dort eines der Häuser, die oben am Hang liegen.« Er sah Schwarz freundlich an. »Vielleicht sprechen Sie auch mal mit dem Ortsvorsteher, Wilhelm Walterscheid. Steht im Telefonbuch. Und ich wünsche Ihnen viel Glück bei der Frau. Ich kenne hier keinen, der mit ihr viel zu tun hat. Aber trotzdem: Viel Glück bei der Suche! Es wäre wohl nicht schlecht, wenn Sie sehr bald Erfolg haben.« Er ging mit wehendem Mantel zur Bank und verschwand in der Eingangstür.

Gedankenverloren sah Schwarz ihm hinterher. Alle waren seltsam aufgeregt, und das wollte ihm so gar nicht gefallen. Wo immer dieser Brockstedel jetzt war, vielleicht wäre es besser für ihn, genau dort zu bleiben und sich nicht zu rühren. Am Ende hatte er womöglich auch seine Frau mitgenommen, und die beiden waren geflohen.

Schwarz blickte auf das Auto und schüttelte den Kopf. Wer sich so eine Schüssel anschaffte, der würde eher seine Frau zu Hause lassen, aber im Leben nicht sein Auto verwaist auf einem Parkplatz. Nein, nein, er würde die werte Gattin hübsch ordentlich zu Hause antreffen. Und Brockstedel – wenn der sich frei bewegen könnte, dann würde er früher oder später bei seinem Auto aufkreuzen. Vielleicht sollte man einfach eine Überwachung organisieren – obwohl die Schleidener Kollegen sich sicher bedanken würden, wenn sie jetzt ein Auto bewachen sollten, an dem eventuell eine vielleicht vermisste Person aufkreuzt. Nein, die ganze Geschichte wollte ihm immer weniger gefallen. Es gab viel zu viel Komplikationen in viel zu kurzer Zeit, und darauf konnte er gerne verzichten. Doch so sehr er sich eine einfache Auflösung wünschte, sein Bauch mochte einfach nicht daran glauben, und auch wenn sein Bauch mit dem des Bürgermeisters nicht mithalten konnte, irrte er sich leider selten.

Tief in Gedanken versunken drehte er sich um und ging zu seinem Wagen zurück, als ein altbekanntes Geräusch seine Muskeln in rasend schnelle Bewegung versetzte. Ein scharfer Knall, ein sirrendes Pfeifen, so oft gehört auf dem Schießstand, wenn er seine regelmäßigen Waffenübungen absolvierte, doch hier, wo dieses Geräusch nichts zu suchen hatte, schoss das Adrenalin in Schwarz' Adern, und mit einem wilden Sprung flog er in die nächstbeste Deckung. Während er sich zur Seite rollte, weil ihm eine Eingebung sagte, das könnte jetzt nützlich sein, hörte er ein scharfes Klirren und ein Prasseln. Schwarz fluchte kurz und duckte sich hinter den Bordstein, ein halb verwelktes Rotdornbüschlein mochte dekorativ wirken, überzeugte aber als Kugelfang gar nicht. Möglichst ohne sich sehen zu lassen, zog er seine Pistole aus dem Halfter und versuchte, die Richtung zu bestimmen, aus der der Schuss gekommen war.

Doch es blieb still. Vorsichtig hob Schwarz den Kopf und sah in die Runde. Alles war wie vorher: Eine etwas verschlafene Stadt in der Nordeifel an einem kalten und trüben Montagmorgen, der Verkehr rauschte auf der nahen Bundesstraße weiter, und niemand kam aus den umliegenden Häusern gerannt, um ihn vielleicht aufgeregt zu fragen, was denn los sei. Dafür eilte Schwarz aber, als er den Eindruck bekam, nicht mehr unter direktem Beschuss zu stehen, so schnell er konnte, an den Rand der Bundesstraße und blickte den Autos hinterher.

Eifel. Danke. Genauso hatte er sich das vorgestellt. Frustriert steckte er seine Waffe wieder ins Halfter. Schießübungen am Vormittag auf öffentlichen Parkplätzen waren auch hier in der Eifel bestimmt nicht integraler Bestandteil des örtlichen Brauchtum!

Er ging vorsichtig zum Porsche. Beide Seitenscheiben fehlten, und auf dem Parkplatz sah es aus, als hätte es Scherben geregnet.

Schwarz sah sich um. Kein Mensch war zu sehen, auf der Straße rollte der Verkehr genauso, wie er das schon vor einer Minute gemacht hatte, und nirgendwo war zu erkennen, wo der Schuss hergekommen sein mochte.

Denn das war es gewesen, ein Schuss, ohne Zweifel, das Geräusch kannte Schwarz nur zu gut, und wenn auch er selber nicht das Ziel gewesen war, sondern nur das Auto, hatte er allmählich ein mulmiges Gefühl.

Er sah sich um. Wenn der Schuss von der Straße aus abgegeben worden und direkt durch das Auto hindurchgegangen war, dann könnte es doch sein, dass am anderen Ende vielleicht das Projektil zu finden war. Schwarz kniff ein Auge zu und peilte durch die Fensteröffnungen, aus denen immer noch einzelne Splitter auf das Pflaster fielen. Eine Garage, einzelne Bäume, vielleicht war da ja was. Auf jeden Fall musste der Parkplatz sofort abgesperrt und von der Spurensicherung untersucht werden. Er griff nach seinem Handy und wählte die Nummer der Wache.

6. Kapitel

Ja, sag mal, glaubst du mir nicht?« Schwarz war mittlerweile doch ein wenig erregt. Der Schmutz auf seinem Jackett war noch nicht getrocknet, der Parkplatz abgesperrt, ihm klapperten die Zähne, und mit ihm standen zwei uniformierte Kollegen in den leeren Parkbuchten und sahen etwas ratlos und völlig temperaturresistent umher.

»Stefan, sei mir nicht böse, ich glaube dir alles, das heißt aber noch lange nicht, dass ich es auch verstehe. Also, du bist hier, weil der Bankdirektor nicht da ist, und dann willst du gehen, und es fällt ein Schuss, und das Auto hier ist kaputt. Ja, und siehst du, das verstehe ich einfach nicht.«

»Es ist doch ganz einfach! Hier hat jemand geschossen! Auf mich, auf das Auto oder einfach nur so! Viel mehr Möglichkeiten gibt es nicht!« Schwarz schloss kurz die Augen und atmete tief durch, an die wässerigen Augen seines Therapeuten denkend, der ihn anblickt und fragt: »Und? Erinnert Sie das an ein Ereignis aus Ihrer Jugend?« Wie üblich half es. Sein Herz schlug weniger heftig, seine Gedanken schossen nicht mehr wie aufblitzendes Wetterleuchten durch seine Wahrnehmung, und er hörte sich sagen, freundlich, entspannt, jovial: »Wie sieht das denn hier aus, bei euch? Wird hier viel rumgeballert? Habt ihr da oft Ärger?«

Klarwitz schüttelte den Kopf und schürzte die Lippen. »Nein, eigentlich nicht. Schützenvereine sind hier auch nicht so aktiv wie vielleicht in anderen Orten. Nein, eigentlich ist das eher selten.«

»Und? Macht Ihr euch dann Sorgen oder gehört das mehr zur Folklore, wie haltet ihr das hier?«

»Na ja, gern sehen wir es nicht, andererseits ist das hier die Eifel, hier ist alles möglich, auch, dass hier jemand einfach gute Laune hatte.« Er sah nachdenklich zum Schloss hoch. »Oder schlechte. Das lässt sich schwer sagen. Ist halt Eifel. Die Leute sind hier etwas eigen, das wirst du auch noch merken.« Er schob mit der Schuhspitze ein paar von den Scherben zusammen, die weithin über den Platz verteilt waren. Schwarz hatte den Umkreis des Wagens mit Absperrband umzäunt, und hinten an der Straße standen ein paar gelangweilte Zuschauer, die offensichtlich mangels besserer Unterhaltung stehen geblieben waren und sich auch nicht an der offensichtlichen Ereignislosigkeit störten, sondern treu und unverbrüchlich dastanden und darauf zu warten schienen, dass die drei Polizisten in näherer Zukunft irgendwas zur allgemeinen Erheiterung beitragen würden.

»Ich glaube, hier ist was!«, rief Knipp über den Parkplatz. Er zeigte auf ein dunkles Loch im Stamm einer kaum unterarmdicken Platane, die neben den Garagenwänden wuchs. Schwarz und Klarwitz kamen näher. Was immer es war, es hatte das Holz tief aufgerissen und Splitter aus der verletzten Rinde geworfen.

»Noch ein Schuss, und der Baum wäre gefällt!«, kommentierte Knipp und sah zurück. »Sieht so aus, als könntest du recht haben. Wenn der Schuss von der Straße aus abgegeben worden ist, dann geht die Schusslinie direkt bis hierhin.«

»Also haben wir hier jemanden, der am helllichten Tag durch Schleiden fährt und herumballert«, stellte Klarwitz fest. Er sah Schwarz nachdenklich an. »Hast du alte Freunde, die so was machen könnten?«

Schwarz zuckte mit den Achseln. »Die denken sich eher, dass die Mühe nicht lohnt. Von Köln in die Eifel, wieso sollen die dann noch auf mich schießen?«

»Stimmt, für die Städter laufen wir hier alle mit der Mistgabel durch die Gegend und erfreuen uns am aufrechten Gang, der letztes Jahr eingeführt wurde.« Er sah seinen Kollegen an.

»Vielleicht rufen wir die Spurensicherung, damit die das Projektil sichern. Die haben es ja gar nicht gerne, wenn wir da rumpopeln.«

»Doch, hol's raus, sonst motzen die wieder rum«, er verzog das Gesicht und quetschte seine Stimme in ein nörgeliges Quengeln: »›Müsst ihr uns denn wegen jedem Mist rufen? Soll ich euch mal einen Kurs über Beweissicherung auf der Polizeischule buchen?‹« Der Kollege nickte nachdenklich und griff in die Tasche. »Hier, mein Taschenmesser.«

Und während sich Knipp an die Arbeit machte und vorsichtig im Holz zu puhlen begann, sah Klarwitz Schwarz an. »Viel mehr können wir hier wohl nicht tun, oder?«

»Wir sollten den Wagen sicherstellen lassen.«

»Okay, werde ich in die Wege leiten. Und was hast du vor?«

»Ich fahr noch bei der Frau vorbei, und dann ist wohl ein Gespräch mit dem Dezernatsleiter fällig. Zufall oder Absicht, das ist natürlich die Frage, ein Bankdirektor verschwindet und zwei Stunden später wird auf sein Auto geschossen, vielleicht hängt das ja zusammen.«

»Vielleicht, wenn er wirklich verschwunden ist. Bis später!«

In seinem Auto startete Schwarz sofort den Motor, drehte die Heizung hoch und griff erst dann zur Karte. Gemünd war der nächste Ort, wenn er an der heimischen Polizeiwache vorbeifahren würde, es sollte wirklich kein Problem sein, den Weg zu finden.

Auf einmal ergriff ihn ein eisiger Schauder. Jetzt erst entlud sich die Aufregung, die sich in ihm angestaut hatte, als der scharfe Knall ihn aus seinem morgendlichen Alltag gerissen hatte. Bisher hatte das Adrenalin seine Arbeit in Schwarz' Adern verrichtet, jetzt, wo er einen Augenblick stillsaß, begannen seine Knie zu zittern.

Es war wohl ein Glück, dass er bisher selten in seinem Berufsleben in Schießereien geraten war. Es war nicht sein Verständnis von Polizeiarbeit, dann wäre er wohl auch zu einem Sondereinsatzkommando gegangen und nicht zur Kriminalpolizei. Er fand es sinnvoller zu reden als zu schießen, und allein, dass er eben seine Waffe hatte ziehen müssen, verunsicherte ihn zutiefst. Zu allem, was er mit sich schleppte, kam nun auch noch das.

Er riss sich zusammen, atmete noch einmal tief durch, reihte sich dann in den Verkehr ein und schaltete das Radio ein. Die Sonne hatte die Hügel in goldenes Herbstlicht getaucht. Es war albern, aber als Schwarz' Blick über die Baumwipfel glitt, die hoch über ihn an den Berghängen standen, beruhigte sich sein Herzschlag, als habe er eine dieser kleinen, gelben Pillen genommen, die ihm sein Therapeut verschrieben hatte.

Alle waren nett und reizend, wussten genau Bescheid, wer er war, hießen ihm mit neckischen Scherzworten willkommen, und seltsamerweise störte es ihn nicht im Geringsten. Was für ein Unterschied zur Stadt, wo man sich öfter als Blitzableiter für Frustrationen und schlechte Laune denn als einfacher Mitmensch vorkommt, überlegte er. Er fühlte sich wohl und warm, jede Sekunde ein Genuss. Schöner hätte es wirklich nicht sein können: eine Landschaft wie im Neckermann-Katalog, ein netter kleiner Fall, mit dem Schwarz sich die Zeit vertreiben konnte, traumhaftes Wetter, auch wenn die Temperaturen der Idee eines Sommerurlaubs doch eklatant widersprachen. Und ein verschwundener Bankdirektor war genau, was Schwarz in seiner angeknacksten Psyche als wohldosiertes Therapeutikum empfand: Eigentlich war es doch egal, ob er den wiederfand oder nicht. Zumindest rein menschlich schien sich doch niemand besonders darüber aufzuregen, dass er weg war, und wenn Schwarz so die Nachrichten im Radio verfolgte, dann wäre der Menschheit wohl einiges erspart geblieben, wenn alle Bankdirektoren weltweit schon vor Monaten verschwunden gewesen wären.

Gemütlich vor sich hinrollend war Schwarz dem Hauptverkehrsstrom gefolgt, bis die nächste Häuseransammlung seine Aufmerksamkeit auf die Gegenwart zurücklenkte. Gemünd entpuppte sich als reizendes Städtchen, das so etwas wie einen sehr kleinen, sehr ländlichen Verkehrsknotenpunkt bildete. Zwar war die Innenstadt von Brück belebter als dies hier, aber Schwarz musste unumwunden zugeben, dass in punkto Attraktivität Gemünd doch die entscheidenden Punkte machen konnte. Tief im Tal gelegen, von wild entschlossener Stadtsanierung größtenteils verschont geblieben, schmiegte es sich warm und freundlich an die Wälder, die direkt bis vor die Häuser zu reichen schienen. Fachwerkbauten mit Erkern und Türmchen, in denen nur noch die rapunzelnde Prinzessin fehlte, dekorierten die steilen Hänge in pittoresker Manier und erweckten den Eindruck eines Orts, an dem man sich wohlfühlen konnte.

Schwarz war verzaubert. In langer Kolonne Richtung Köln rollend hätte er fast die Orientierung verloren, doch in letzter Sekunde erwischte er die Abzweigung, die in einer Linksbiegung den Berg hinaufführte.

Schon beim Abbiegen sah er das Haus. Ein Flachbau, offensichtlich aus den Sechzigerjahren, hoch über der Stadt in exponierter Lage, sodass jeder auch sehen konnte, ob der Herr Bankdirektor zu Hause war.

Die Auffahrt führte fast senkrecht nach oben, der Steigungswinkel ließ Schwarz mit Bangen an seine Kupplung denken und überzeugte ihn von einem Aufstieg zu Fuß. Er klemmte sein Auto so nah wie möglich in den schmalen Raum zwischen Straße und Felswand hinter einen alten Kombi und blickte auf das Gebäude über sich. Bestimmt war es das Wohnzimmer, das hier meterweit aus dem Berg ragte und nach Lage der Dinge ein traumhaftes Panorama in riesigen Scheiben darbot. Keuchend stieg er den schmalen Weg nach oben, bis dieser an einer Garage endete. Schwarz sah sich um. Allein dieser Anblick war die Mühe wert, sich den steilen Pfad hochzuschleppen. Die freundliche, kleine Stadt lag wie gekuschelt um den munter plätschernden Eifelfluss, der sich durch das Tal wand und in wilden Mäandern immer wieder die Straße querte. Und selbst, wenn die Bundesstraße heftigen Verkehr und Lärm bis zu ihm hochtrug, hatte dieser Anblick doch nichts von dem hektischen Betrieb, den er aus Köln kannte. Jeder hatte etwas zu tun, jeder war beschäftigt, aber die Zeit schien hier zu atmen und einen anderen Wert anzunehmen. Sein Herz schlug auf einmal leichter, und er fühlte den Sauerstoff ungeahnte Wirkung in seinem Körper verrichten. Hoffentlich musste er bei seinem schmalen Polizistengehalt nicht noch Kurtaxe bezahlen!

Als Schwarz auf den in bronziertem Messing gehaltenen Klingelknopf drückte, erklang ein sonores Westminstergeläut, das der Ortskirche Ehre bereitet hätte. Durch die verdunkelte Scheibe der Eingangstür konnte er in das Haus blicken. Vor sich sah er einen Windfang, in dem eine stählern glänzende Garderobe nebst Schirmständer den Betrachter mit kühler Abweisung empfing. Die Tür im Hintergrund stand offen und schien direkt in ein Wohnzimmer zu führen, das auf den ersten Blick aus einer Mischung aus Chrom und Polstern eingerichtet war. Schwarz hatte so etwas bisweilen bei seinen Ermittlungen in den besseren Häusern der Großstädte gesehen und sich immer gefragt, wie man darin ein Wohlgefühl empfingen konnte. Diese Art des Innenarrangements strahlte eine hochmütige Arroganz aus, die man vielleicht Fremden gegenüber zur Schau tragen konnte, die einem aber im Privatleben jede Lebensfreude nehmen müsste, fand Schwarz. Im Hintergrund konnte er durch die riesigen Scheiben bis auf die andere Seite des Tals blicken. Ein tolles Panorama! Er klingelte noch einmal, lauschte den Glockenschlägen hinterher, und jetzt, tatsächlich, schien sich etwas zu regen. Das Geräusch von Schritten näherte sich, wurde lauter, vernehmlicher, bis schließlich im Takt ihrer Füße eine Frau erschien.

Sie öffnete die Tür und sah ihn nur an.

Schwarz sah zurück. Langsam hob er seinen Ausweis, ohne den Blick von ihren kalten, blauen Augen zu nehmen. Sie war blond, etwas anderes hätte ihn auch gewundert, Bankdirektorengattinen mit Porsche hatten anscheinend blond zu sein, vielleicht stand das ja irgendwo geschrieben.

Ihre Augen lösten sich von seinem Gesicht und besahen mit demonstrativer Interesselosigkeit das in die Höhe gehaltene Papier. Dann sah sie wieder in seine Augen, zog zart die Augenbrauen in die Höhe und fragte: »Und? Was will die Kripo Köln?«

Einen kurzen Augenblick spürte Schwarz eine heiße Woge von Adrenalin seinen Körper durchfluten und das Kommando in ihm übernehmen. Ihr die Nase zu brechen, erschien ihm als eine lohnenswerte Tätigkeit, doch das hatte bestimmt schon ein Chirurg getan, die Nase war teuer gewesen, und über diese Überlegung bekam er sich wieder in die Gewalt. »Guten Tag, könnten Sie bitte die Frau Brockstedel holen, ich nehme an, Sie sind die Haushälterin.«

Jetzt war es an ihr, die Beherrschung nicht zu verlieren. Schwarz sah, wie sich die Pupillen weiteten, als würden Flammen aus ihrem Kopf schlagen und ihn in ein zart qualmendes Häufchen Asche verwandeln. Doch auch sie entschied sich dafür, mit dem Wort zu kämpfen.

»Ich bin die Frau Brockstedel, Ihre Menschenkenntnis scheint nicht die beste zu sein, ich nehme an, Sie sind strafversetzt?«

Schwarz fühlte die Siegerstraße unter seinen Füßen. Wenn man sich mit ihm auf ein Wortgefecht einließ, musste man sich warm anziehen. »Nein, nein, man findet nur, dass die vielen Düsseldorfer hier etwas besser betreut werden müssen, und wer ist dazu besser geeignet, als ein Kommissar aus Köln?« Er wartete keine Antwort ab und setzte hinzu: »Frau Brockstedel, ich bin auf der Suche nach Ihrem Mann. Aber wollen wir nicht hineingehen?«

Die Dame rührte sich keinen Millimeter.

Er zuckte mit den Achseln. »Wie Sie wollen. Frau Brockstedel, Ihr Mann ist heute morgen nicht in der Bank angekommen, und dort wüsste man gern Näheres über seinen Verbleib. Man sagte mir, Ihr Mann hätte ganz normal das Haus verlassen.« Er sah sie nicken und fuhr fort, »ist Ihnen vielleicht etwas Ungewöhnliches an ihm aufgefallen?«

Jetzt schüttelte sie den Kopf. »Nein, er war in den letzten Tagen etwas unruhig, aber angesichts der Neuigkeiten aus der Finanzwelt ist das ja wohl zu verstehen. Es weiß ja niemand, wie das jetzt werden soll, und nach den Nachrichten von heute Morgen sind wir ja wohl noch nicht am Ende. Aber ich weiß nicht, was das hier soll.«

»Ich bin eigentlich nicht an der Welt interessiert, sondern an Ihrem Mann. Sorgen Sie sich eigentlich nicht um ihn?«

»Mein Mann, Herr Kommissar, weiß sehr gut auf sich aufzupassen, und er ist sicherlich nicht erfreut, wenn er erfährt, dass Sie hinter ihm herschnüffeln. Ich denke, er wird sich an passender Stelle über Sie beschweren.«

Schwarz seufzte. Er sah zur Seite über das wundervolle Panorama, das sich zu Füßen dieses Protzbaus verschwenderisch auftat. Diese Menschen hatten es eigentlich nicht verdient, so eine Aussicht zu genießen. Er wendete den Kopf und sah sie an. Ihr letzter Hieb hatte ihr ein triumphierendes Lächeln auf die Wangen getrieben, das er ihr zu gerne wieder in den Hals gestopft hätte.

»Frau Brockstedel, ich habe keine Lust, meine Zeit hier weiter mit Ihnen zu vertrödeln. Ihr Mann wird vermisst und auf sein Auto ist heute Vormittag geschossen worden, ich glaube nicht, dass Sie die Sache auf die leichte Schulter nehmen sollten. Ich jedenfalls möchte Sie heute Nachmittag um 15 Uhr auf der Wache in Schleiden sehen, wo ich Sie zur Sache vernehmen werde. Seien Sie pünktlich, sonst lasse ich Sie von den Kollegen in Uniform abholen.«

Brüsk wandte er sich um und ging. Hinter sich hörte er ein empörtes Schnauben, das sich ungefähr nach »Was erlauben Sie sich, das ist eine Unverschämtheit! Ich werde mich über Sie beschweren!« anhörte, doch er winkte nur nach hinten, ohne sich noch einmal umzusehen.

7. Kapitel

Als Schwarz seinen Wagen vor der Schleidener Polizeiwache einparkte, hatte er zum ersten Mal nach langen Monaten das Gefühl, zu den Lebenden zurückgekehrt zu sein. Nur wenige Stunden hatte er gebraucht, um sich mal wieder richtig unbeliebt zu machen und es sich mit Leuten zu verderben, die sich für unglaublich wichtig hielten und dementsprechend einen irrsinnigen Zauber veranstalteten, um ihn klein und demütig zu halten. So kannte er es, so war es immer gewesen, in diesem Lebensgefühl war er zu Hause. Natürlich wusste er, dass er jetzt eigentlich etwas ängstlich sein sollte, man würde sich über ihn beschweren, aufgeregte Anrufe, künstlich gedrechseltes Gehabe über unbotmäßiges Verhalten, aber er brachte es einfach nicht über sich, Respekt vor Menschen zu zeigen, die ihn seiner Meinung nach nicht verdienten. Höfliches Benehmen empfand er immer als Grundvoraussetzung menschlichen Zusammenlebens, aber die Zeiten, in denen er sich um die Meinung anderer geschert hatte, waren lang vorbei. Wer ihm jetzt blöd kam, der brauchte sich nicht zu wundern, wenn Schwarz dann auch blöde wurde. Das musste Schleiden lernen. Und Düsseldorf erst recht.

Als er die Tür aufdrückte, kam ihm Katzenmacher entgegen. »Ha«, rief er, »Django! Kaum vier Stunden in der Stadt und schon bekannt wie ein bunter Hund! Haste dir schon Freunde gemacht?«

Schwarz verdrehte die Augen. »Große Aufregung?«

»Hier sowieso nicht. Der Kleinert ist, was das angeht, wirklich klasse, der lässt sich von nichts und niemandem unter Druck setzen. Aber fünf verschiedene Leute haben schon angerufen und gefordert, man solle dich nur noch mit Maulkorb unter die Leute lassen.«

»Versteh ich nicht. Ehrlich. Der Mann ist verschwunden, ich suche ihn, dann gibt es noch eine Schießerei, und die Frau tut, als hätte ich ihn als Kinderschänder verdächtigt.«

»Na ja, viel Spaß damit, ich hab mit meinen Regenrinnen genug zu tun. Stell dir mal vor, du kommst morgens aus deinem Haus, und dann hat jemand deine Regenrinne abmontiert, der völlige Wahnsinn. Letztes Jahr hatten wir einen, der hat hier in ganz Schleiden die Motorsägen aus den Schuppen geholt und ist dann gegen einen Baum gefahren. Ich sage dir, hier ist was los! Aber du passt genau bei uns rein! Da ist noch gar keine Vermisstenmeldung aufgegeben, und hier ist Stimmung in der Bude, als hätten wir schon eine Sonderkommission. Ich glaube, wir werden viel Freude mit dir hier haben!« Er klopfte Schwarz auf die Schulter und verschwand auf den Parkplatz.

Als Schwarz den Wachraum betrat, sahen ihn alle amüsiert an. »Stefan, du sollst hoch zu Kleinert«, sagte Sandra, die an einem Tisch saß und Notizen aus ihrem Block in einen anderen übertrug.

»Danke, ich hab's schon gehört. Bitte antreten zum Teeren und Federn.« Ihr Lächeln begleitete ihn die Treppe hinauf.

Oben stand die Tür zum Büro des Dezernatleiters inzwischen offen. Kleinert, mit dem Telefonhörer am Ohr, sah Schwarz, winkte ihn herein und legte den Finger an die Lippen. Dann hielt er den Hörer in Schwarz' Richtung, sodass dieser eine laut quäkende Stimme hören konnte. Er deponierte den Hörer auf den Tisch, goss sich etwas Tee aus einer Thermoskanne in eine Tasse, bot mit fragendem Gesichtsausdruck Schwarz auch etwas an, zuckte mit den Achseln, als dieser ablehnte, nahm einen kleinen Schluck und ergriff wieder den Hörer, der mittlerweile verstummt war.

»Genau, Herr Staatsanwalt, ich denke, wir sehen den Sachverhalt ähnlich, und ich werde den Kollegen dementsprechend unterrichten, sollte er heute hier noch auftauchen. Damit rechne ich allerdings nicht, er macht einen sehr beflissenen Eindruck, wird aber heute wohl sein Quartier aufsuchen und die Angelegenheit mit seiner Unterkunft in Ordnung bringen.« Er schwieg und nahm noch einen Schluck Tee, während er Schwarz mit einer Geste auf den leeren Besuchersessel bat. Dann räusperte er sich. »Verzeihen Sie, aber ich bin wirklich in der Lage, Akten und Dienstvermerke zu lesen. Schließlich bin ich Beamter, und da gehört so etwas zum Berufsbild genau wie ein gesunder Büroschlaf. Der Ruf des Herrn Schwarz ist auch bis zu mir gedrungen. Allerdings glaube ich, dass er sehr gut zu uns passt.«

Pause.

Kleinert und Schwarz sahen sich tief in die Augen, der Kriminalbeamte nippte zufrieden an der Tasse und schmeckte genüsslich das Aroma. »Nein, davor habe ich gar keine Angst. Ich habe Herrn Schwarz gebeten, den Sachverhalt zu untersuchen, obwohl noch keine offizielle Anzeige vorliegt, und soweit ich unterrichtet bin, hat er sich völlig korrekt verhalten. Und wenn nicht, dann denke ich nicht, dass das ein dauerhaftes Problem sein dürfte. Ja. Genau. Auf Wiederhören«, beendete Kleinert das Gespräch, nahm den Hörer vom Ohr, sagte leise: »Du mich auch!« und legte auf.

Dann räkelte er sich in seinem Schreibtischsessel und wandte sich an Schwarz. »Tag Stefan, schön, dich wiederzusehen. Willst du wirklich keinen Tee?«

»Nein danke«, wehrte Schwarz ab, nahm aber die hingestreckte Hand. »Ja, immer wieder laufen wir uns über den Weg, und auf einmal bist du mein Chef.«

»Hast du ein Problem damit?« Kleinert fixierte Schwarz über den Rand der Teetasse. »Sonst sag es. Ich weiß eh, dass du machst, was du willst, also, was soll es?«

Schwarz schmunzelte und schüttelte den Kopf. »Das ist mir völlig egal. Kein Problem, besser du als irgendein Paragraphenreiter. Wir werden schon miteinander klarkommen. Und?« Er zeigte auf das Telefon. »War das ein Fan von mir?«

Kleinert lachte »So kann man das nennen. Das kann ja lustig werden mit dir! Kannst du mir sagen, was du da veranstaltet hast? Das letzte Mal, als wir uns gesehen haben, da sind wir auf einem Fortbildungsseminar über Verhörmethoden bei Personen in öffentlichen Ämtern oder so'n Quatsch, und kaum bist du in der Eifel, fliegen einem die Kugeln um die Ohren, und der halbe Altkreis ruft aufgeregt bei mir an, um von mir zu verlangen, dich am besten persönlich wieder ins Irrenhaus zurückzubringen. Aber das ist immer so, wenn Leute aus Köln kommen. Dann klingelt hier das Telefon, und mein Gärtner oder Metzger oder sonst wer ist dran und ruft: ›Also Alfred, den schickste mir aber nicht wieder!‹ Doch so schlimm wie bei dir hatte ich es schon lange nicht mehr.«

Schwarz blickte Kleinert gelangweilt an. »Eigentlich wollte ich mich ja nur mit Frau Brockstedel unterhalten, aber die war dann so doof, und dann habe ich einfach beschlossen, mich nicht dort vor der Tür abfertigen zu lassen, sondern hier gemütlich im Warmen mal genau zu erfahren, wo der Typ sich rumtreibt.«

Kleinert nickte. »So habe ich das auch verstanden. Deshalb habe ich ihr gesagt, dass sie sich bemühen soll, pünktlich zu sein, als sie anrief, um deinen Kopf zu fordern. Immerhin ist es ja ein Entgegenkommen von uns, dass tatsächlich ein Beamter sich um den Fall bemüht, bevor es überhaupt ein Fall ist. Schließlich haben wir auch noch anderes zu tun.«

»Die Regenrinnen zum Beispiel«, ergänzte Schwarz.

»Genau! Und noch mehr. Der Schuss heute Morgen. Heute Nacht ist eine ganze Baustelle leergeräumt worden. Stromkabel – und zwar mehrere Tonnen. Die müssen gleich mit LKW und Gabelstapler da angekommen sein. Sehr mysteriös.« Er drehte nachdenklich die Tasse auf dem Tisch. »Was hältst du eigentlich von der Geschichte? Lohnt es sich, da dranzubleiben?«

»Was jetzt? Die Regenrinnen?«

»Quatsch! Du weißt genau, was ich meine! Natürlich der Brockstedel! Was ist mit dem passiert, was denkst du?«

Schwarz zuckte mit den Achseln. »Keine Ahnung. Ich finde, das riecht nach Entführung oder vielleicht auch inszenierter Entführung zur Vertuschung der Vergehen, die im Augenblick in der Bank entdeckt werden. Ich glaube, dass man das getrost als Fall bezeichnen kann. Aber was hältst du von diesem Schuss?«

»Das weiß ich auch noch nicht. Dass hier geschossen wird, ist eher selten, seltener auf jeden Fall als in Köln. War es denn ein Gewehr?«

»Nein, kurzer, scharfer Knall, das war eine Faustfeuerwaffe.«

Kleinert dachte nach. »Wenn hier einer gute Laune hat, dann kann es schon mal sein, dass er mit der Schrotflinte rumballert, aber Pistole oder Revolver ist nicht normal, das gefällt mir nicht. Aber im Augenblick können wir nicht sehr viel mehr tun als abzuwarten. Bericht von der Ballistik, vielleicht meldet sich ja auch noch ein Zeuge, ich werde es mal an die Presse weitergeben, das bringt manchmal etwas.« Er seufzte und sah Schwarz mit gespielt gequältem Gesichtsausdruck an. »Okay. Wir sind hier wenig Leute, das siehst du selber. Ihr könnt jetzt nicht von Haus zu Haus ziehen, um nach jemandem zu suchen, der etwas gesehen hat. Und dich werde ich morgen mit einem Kollegen losschicken, damit du mal die Gegend kennen lernst. Bis dahin kannst du ja gucken, ob sich in der Angelegenheit heute noch etwas tut, sonst geben wir die Sache eh nach Euskirchen weiter. Halt mich auf dem Laufenden, wie sich das entwickelt. Wenn sich allerdings nichts an den Sachverhalten ändert, dann geben wir die Sache auf, wir sind nicht dazu da, Bankdirektoren hinterherzulaufen, die sich auf einmal in Luft auflösen. Wenn dem das Spaß macht, kann der das tun.«

Schwarz stand auf. »Ich denke, da steckt mehr dahinter. Gibt es denn einen Raum, in den ich gleich mit der Frau Brockstedel gehen könnte?

»Nein, dafür hast du dein Luxusbüro zur Verfügung.«

»Gut. Und übrigens: Danke.«

»Wofür?«

»Dass du mir den Rücken stärkst. Das würde nicht jeder tun.«

»Geschenkt. Ich kenne dich doch. Du bist ein alter Hase und ein guter Polizist, das wissen wir alle. Am besten soll man dich machen lassen, denn du hast eine gute Nase und einen besonderen Instinkt. Ansonsten weiß aber auch jeder, dass man dich keine Sekunde aus den Augen lassen darf, weil du ein bekloppter Hund bist, der nichts als Ärger macht.« Er hob die Arme. »Was also soll ich tun? Ich lass dich laufen und hoffe, dass der bekloppte Hund seinen Job macht und nicht zu viel Blödsinn. Abgesehen davon habe ich mir noch nie von jemandem sagen lassen, wie meine Leute zu arbeiten haben. Wenn euch hier einer anbrüllt, dann bin ich das. Also keinen Dank. Noch Fragen?«

Nachdenklich ging Schwarz hinüber in den Bereitschaftsraum, in dem Pankowski und Sandra ihre verschiedenen Pläne für die herannahenden Herbstferien gegeneinander abwogen. Sie bot ihm einen Kaffee an, den Schwarz dankend annahm.

»Ihr habt ein Büro für mich?«, fragte er und fummelte an dem Milchdöschen herum. Vielleicht war er zu hektisch, diesmal schwappte ihm die eingedickte Milch auf die Hose. Schlechte Aussichten für den Resttag.

Sandra betrachtete den Fleck mit zartem Ekel. »Ein Lappen ist dahinten an der Spüle. Du musst das wegmachen, sonst kriegst du das nicht mehr raus. Und für dein Büro hat man sogar einen eigenen Computer springen lassen. Da muss dich einer sehr mögen.«

Er grinste. »Und? Und wie lieb hat man mich? Ist es ein Commodore? Oder arbeitet ihr hier noch mit Lochkarten.«

»Nee«, rief Pankowski von hinten, »aber wenn du ihn an die Heizung klemmst, dann kannst du bestimmt Radio Moskau empfangen. Wie bei meinem alten Plattenspieler!«

»Dual? Mit dem Groschen auf dem Tonarm, weil der sonst die Stones-LPs rauf und runter hopst?«

»Richtig!«

»Das kennst du nicht mehr«, sagte Schwarz zu Sandra, »das ist so bei so alten Säcken wie uns, da tauscht man schon mal Kriegserlebnisse aus, damals, als wir vor Gorleben mit benutzten Kondomen beworfen worden sind und so.«

»Sehr interessant«, antwortete sie mit genervtem Gesichtsausdruck, »wir haben hier übrigens sogar DSL, und wenn unser Systemheini nicht wieder Mist gebaut hat, dann läuft es sogar ganz erträglich. Ich kann dir auch deine Kiste anmachen. Wer weiß, ob du dich noch daran erinnerst, wie das geht.«

»Klar weiß ich das! Das dicke Kabel aus der Wand ziehen, und dann wieder reinstecken. Oder direkt am Sicherungsschalter Porzellanknopf reindrücken, oder? So war das jedenfalls damals im vorigen Jahrtausend!«

Sandras Blicke deuteten eine kommende Krise an. »Das meinst du jetzt nicht im Ernst!«

Schwarz trank seinen Kaffee aus und spülte die leere Tasse im Waschbecken aus. »Nein, nein, keine Angst, aber versprochen: Wenn ich nicht mehr weiter weiß mit eurer modernen Technik, frage ich dich als Erste, vielen Dank!«

Sie ging hoch wie eine Sylvesterrakete. »Hey, du bist neu hier, und auch wenn du vielleicht im Rang über mir stehst, finde ich das überhaupt nicht witzig! Du glaubst wohl, weil ich eine Frau bin, kannst du mich verarschen, das kannst du dir sparen!«

»Sandra, ganz ruhig«, beschwichtigte Schwarz. Er sollte doch besser die Schnauze halten, das mit dem Reden klappte wohl nicht.

Pankowski sah angelegentlich aus dem Fenster und beobachtete hochinteressiert, wie dort nichts geschah. Er schien diese Art von Ausbrüchen schon zu kennen. Er würde also bei der notwendigen Glättung der Wogen keine Hilfe darstellen.

»Ich wollte nur einen Scherz machen, tut mir leid, wenn das blöd angekommen ist. Meine Ex-Frau ist Programmiererin, was meinst du denn, wer früher meine Computerprobleme gelöst hat? Ich meinte das im Ernst. Und wirklich: Ich würde mich freuen, wenn du mir kurz zeigst, wie das hier bei euch mit Passworten und Systemanmeldung funktioniert, das ist ja überall ein bisschen anders.«

Sandra blickte ihn immer noch schnaubend an, bis sie sich dann umdrehte und wortlos die Teeküche verließ.

Schwarz seufzte und sah auf die Uhr. Das mit der Exfrau war natürlich schamlos gelogen gewesen, aber wer würde das je kontrollieren? Eine geschiedene Ehe war unter Polizisten nichts, was irgendjemanden zu Nachfragen gereizt hätte, und so konnte er relativ sicher sein, dass das alles bald wieder im Sumpf der allgemeinen Gleichgültigkeit verschwunden und vergessen war. Doch mittlerweile war es nach zwei Uhr, vielleicht sollte er mal etwas essen gehen.

Vorher aber beschloss er, dem Rat des Bürgermeisters nachzukommen und sich mit diesem Walterscheid zu treffen.

Ortsvorsteher, so etwas kannte er gar nicht. Wahrscheinlich eine Spezialität der ländlichen Regionen.

Er ging in sein Büro und kramte aus dem Schreibtisch das Telefonbuch, das eine hellsichtige Seele als Grundausstattung bereitgelegt hatte. Aus dem Hörer begrüßte ihn zu seiner spontan einsetzenden Zufriedenheit ein Tuten. Und so wählte er eine Nummer und hörte auf das Freizeichen am anderen Ende der Leitung.

Dann meldete sich eine Stimme. »Hallo.«

»Guten Tag, hier ist Schwarz, Kripo Schleiden. Ich bearbeite die Vermisstensache Brockstedel und wollte Sie bitten, dass Sie mir in dem Zusammenhang ein paar Fragen beantworten.«

Ein kurzes Schweigen am anderen Ende, dann ein zögerliches: »Der wird vermisst? Und was habe ich damit zu tun? Wie kommen Sie auf mich?«

»Eigentlich versuche ich nur, mir ein Bild vom Privatleben des Herrn Brockstedel zu machen, und da sind Sie mir als möglicher Kontakt genannt worden. Könnten Sie kurz in die Polizeiwache kommen? Das wäre sehr nett von Ihnen.«

»Ach so, ja, ich bin allerdings gerade unterwegs, ich weiß nicht, ob ich das heute noch schaffe, aber ich versuche zu kommen, wenn ich damit helfen kann.«

Schwarz sah auf die Uhr. »Es wäre schon toll, wenn das noch klappen würde.«

»Ich werde mich bemühen, aber kann es leider nicht versprechen. Wenn ich es heute nicht schaffe, komme ich aber auf jeden Fall morgen früh zu Ihnen. Bis später!«

Schwarz legte auf und überlegte, wo er seinen aufkommenden Hungergefühlen entgegenarbeiten könnte. Auf seinem Weg in die Polizeiwache hatte er genau gegenüber einen Imbiss gesehen. Nicht gerade die kulinarische Erfüllung, aber um eben Mal den Blutzuckerspiegel wieder auf Vordermann zu bringen, mochte es das Richtige sein.

Eigentlich hatte Schwarz damit gerechnet, dass nach dem allseitigen Essensansturm um die Mittagszeit der Laden leer sein würde. Doch er wurde enttäuscht. Es mochten drei oder vier Leute sein, die in dem winzigen Büdchen standen. Wer Essensgast war und wer mehr zur Möblierung zählte, war schwer zu entscheiden; ein Essen vor sich stehen hatten jedenfalls nur noch zwei der Personen. Schwarz warf im Vorübergehen einen kurzen Blick auf die in Arbeit befindlichen Teller und entschied, es sei wenigstens mal einen Versuch wert. Wenn auch die anderen hier etwas zu sich genommen hatten, dann bestand wohl eine gewisse Überlebenschance. Nach einem Blick auf die Liste verfügbarer Speisen entschied er sich unkompliziert für eine Frikadelle, die seinem momentanen Gemütszustand wohl am besten entsprach.

Von der Wand plärrte ein Radio: *»Deutsche Großbanken haben zur Stützung der Finanzmärkte einen Hilfsfond in Höhe von 70 Milliarden Euro ins Leben gerufen. Damit soll verhindert werden, dass infolge des Konkurses der US-Großbank Lehman-Brothers weitere Geldinstitute Liquiditätsprobleme bekommen.«*

»Dat is doch mal widder typisch!«, stieß einer der Gäste hervor und haute seine Bierflasche auf den Tresen, dass das Bier zu schäumen begann und unbeachtet über das Holz floss, »wo han die dann auf eimol dat janze Jeld her! De janze Daach sin se am kühme, och, wat simmer erm, ewe wenn se dann esu richtich Dress jemaat han, dann jiddet Kohle ohne Engk!«

»Ach, sei doch still, wenn da jetzt in Amerika alles am Zusammenkrachen ist, meinst du, hier kommt das nicht an? Hier macht doch jetzt schon alles zu! Wir leben vom Export! Wenn die Amis nix mehr kaufen, dann ist hier Sabbat, dann kannst du deinen Laden hier zu machen!«

»Ich mach jar nix zu«, sagte der Koch und stellte Schwarz die Frikadelle vor die Nase. Ach, dachte Schwarz, Eifel, da bekommt man noch ein Stück Brot zur Frikadelle! Er erinnerte sich, wie er es vor Jahren einmal gewagt hatte, im *Weißen Holunder* ein Brötchen zu seiner Frikadelle zu bestellen und prompt angepupt wurde: »Du Jeck, da is genug Brot drin!«

»Da is auch noch ein Kaffee, den gebe ich heut aus!«, fügte der Koch hinzu und schob eine Tasse schwarzer Flüssigkeit vor ihn. Schwarz bedankte sich und fügte Milch hinzu.

»Isch weiß et net, isch weiß et net«, fing der Mann hinter Schwarz wieder an. »Isch jläuv, de nächste Zick weed net janz löstisch. Dat weed en kaale Winter.«

»Meinst du jetzt das Wetter oder die Banken.«

»Dat kannst do dir ussööke! Waad ens aaf!«

»Do Jeck! Do hes doch jar kei Ahnung!«

Schwarz klinkte sich geistig aus dem Gespräch aus. Während die Diskussion immer hitziger wurde, dachte er über die Menschen um ihn herum nach. Sie wirkten einfach, diese Leute. Aber hier sah keiner aus, als bekäme er etwas geschenkt. Und auch wenn er mit zunehmender Lautstärke kaum noch ein Wort verstand, so spürte er doch die Betroffenheit, die alle in diesem Raum beim Hören der Nachrichten erfasst hatte. Die Leute hatten Angst. Sie war zu spüren, wurde wach in den Augen, wenn sie über die Dinge sprachen, die sie selber wohl genauso wenig verstanden wir er.

Nachdenklich trank er seinen Kaffee aus und ging halbwegs gestärkt wieder hinüber in die Polizeiwache, wo er, ohne sich in weitere Gespräche ziehen zu lassen, direkt in sein Büro ging. Hier ging er daran, sich die moderne Bürodatenverarbeitung in ihrer Schleidener Ausprägung untertan zu machen.

Als Frau Brockstedel an seine Tür klopfte, war es kurz nach

drei, und Schwarz hatte erfolgreich seinen Rechner zum dritten Mal in das Datennirwana geschickt. Zu gerne hätte er sich von jemandem helfen lassen, doch der Flur war genauso verwaist wie die Teeküche. Bestimmt machte er etwas falsch, so ein Computer hatte ja immer recht. Behaupteten jedenfalls alle, die diese modernen Geißeln programmierten. Lies das Handbuch, versuche nichts, wovon du nicht sicher bist, dass es funktioniert, und ändere auch nie etwas, dann kannst du sicher sein, dass alles läuft. Manchmal. Manchmal auch nicht. Auf jeden Fall bist du schuld.

Schwarz beobachtete aus dem Augenwinkel, wie die Brockstedel an seinen Tisch trat und ihm einen Besucherzettel vor die Nase warf.

»Wir haben wohl eine Verabredung«, sagte sie.

»Oh ja«, tat Schwarz überrascht, sah pantomimisch auf seine Uhr und nickte ihr ein »Danke, dass Sie kommen konnten, bitte nehmen Sie Platz« zu, während er aufstand und mit Nonchalance einen leeren Aktendeckel in einen leeren Schrank legte, als wäre er schon mehrere Jahre hier an der Arbeit.

Sie folgte ihm mit den Augen, ohne eine erkennbare Regung zu zeigen.

»Hat Ihr Mann sich inzwischen gemeldet?«, fragte er über die Schulter zu ihr.

»Wäre ich sonst hier?«, gab sie zurück.

Die Kampfhandlungen waren also noch in vollem Gange. »Wer weiß, vielleicht wollten Sie mich ja wiedersehen.«

Sie schnaubte verächtlich. »Ganz bestimmt nicht.«

»Sie verkennen meinen Charme.«

»Bitte seien Sie gut und verschonen mich damit!«

»Wie Sie wollen. Also, beginnen wir mit einer ganz einfachen Frage: Wann hat ihr Mann heute Morgen das Haus verlassen?«

Sie holte tief Luft. »Sie müssen mich nicht für herzlos halten, aber mein Mann hat mitunter spontane Ideen.« Sie sah Schwarz an, als würde das alles erklären.

»Und, was bedeutet das für heute Morgen?«

»Natürlich nichts, aber ich glaube nicht, dass mein Mann verschwunden ist.«

»Lässt er denn gerne mal sein Auto stehen und geht einfach so nicht in die Bank? Ist das denn schon früher mal vorgekommen?«

Sie lachte etwas eingebildet. »Wenn der Grund einen Rock anhat, kann das schon mal passieren, ja. Mein Mann hat eine gewisse Wirkung auf besondere Frauen.«

Womit du billige Vorstadtschlampe natürlich sagen willst, dass du besonders bist, ergänzte Schwarz im Stillen. Laut fuhr er fort: »Haben Sie denn ein Foto von Ihrem Mann? Hat er Freunde, besondere Vorlieben, eine Ferienwohnung, ein Hotel, in dem er sich gerne aufhält, können Sie mir vielleicht irgendwas erzählen, damit ich etwas weiterkomme? Mit Verlaub sind Sie nämlich die Einzige, die so entspannt mit der, nennen wir es mal, ungenügenden Abmeldung von dienstlicher Tätigkeit umgeht. Es gibt da nämlich einige, die händeringend hoffen, sich mit ihm unterhalten zu können.«

Sie sah ihn feindselig an. Schließlich schluckte sie mit einem tiefen Atmen einen Schwung bösartiger Erwiderungen hinunter und griff in ihre Handtasche. Mit einer schnellen Bewegung warf sie ihm einen Abzug auf den Tisch. Interessiert nahm er ihn, warf einen Blick darauf, schluckte und sah seine Gesprächspartnerin ungläubig an. Des Menschen Glauben war ja bekanntlich sein Himmelreich, aber das... Nicht Brad Pitt war auf dem schlecht beleuchteten und verwackelten Foto zu sehen, sondern ein dicklicher, kleiner Mann mit schwarzen, kurzgeschnittenen Haaren und einer überdimensionierter Nase, die Schwarz an einen dieser Flaschenöffner erinnerte, die an Getränkeautomaten montiert waren, damit man daran die frisch gezogenen Flaschen entkronkorken konnte.

»Na, da staunen Sie«, sagte sie triumphierend.

»Allerdings«, musste er zugeben. Verstand einer die Frauen. Auf so einen Wicht sollten die fliegen? Na, vielleicht hatte er ja wirklich etwas Besonderes, obwohl er sich das nicht wirklich vorstellen konnte. Erotik des Geldes, wichtiger Bankdirektor, der Mann verwaltet Millionen, irgendetwas in dieser Art musste es ja wohl sein.

»Damit hätten Sie nicht gerechnet, was? Das ist ein Mann!« Ja, damit hatte Schwarz wirklich nicht gerechnet, das konnte er fröhlich zugeben. Dass diese Blondine sich aber so gar nicht über ihren fremdgehenden Gartenzwerg beruhigen konnte ...

»Ich möchte aber doch noch auf meine Ursprungsfrage zurückkommen und erhoffe jetzt eine Antwort: Wann hat denn Ihr Mann nun heute Morgen das Haus verlassen?«

Sie stieß gereizt Luft aus. »Wie immer, halb sieben. Das macht er jeden Tag so, denn dann kann er arbeiten, ohne ständig von seinen Angestellten gestört zu werden.«

»Und Ihnen ist da nichts Ungewöhnliches aufgefallen?«

»Nein. Er war natürlich sehr aufgeregt, als die Nachricht über die Pleite von dieser Bank kam, aber das sind im Augenblick ja wohl alle.«

Jetzt war die Gelegenheit, die Frage zu stellen, die immer wieder auf Unverständnis stieß, auch wenn sie so einfach zu beantworten war. »Wo waren Sie eigentlich heute Morgen?«

»Wollen Sie jetzt auch noch mir unterstellen...«

»Ich will Ihnen gar nichts unterstellen, ich will einfach nur wissen, wo Sie heute Morgen waren. Bereitet Ihnen das irgendwelche Probleme?«

»Natürlich nicht. Ich habe meinem Mann ein Frühstück

gemacht und bin dann wieder ins Bett gegangen. Und zwar alleine. Das mache ich jeden Morgen so. Mein Mann ist ein Frühaufsteher, aber das heißt noch lange nicht, dass ich ihm alles nachmache. Ich bin dann um halb 9 aufgestanden, nachdem die Leute aus der Bank angerufen haben, um nach Michael zu fragen.«

Schwarz nickte und machte sich ein paar Notizen. Es wäre schön, wenn er auch nur irgendeinen Ansatz hätte, wo er diesen Brockstedel suchen könnte. Natürlich mochte diese Frau damit etwas zu tun haben, aber wenn, womit dann überhaupt? Es gab bisher ja keinerlei Hinweis auf etwas, das nicht in Ordnung sein könnte. Außer, dass er verschwunden war. Dann war es aber gut, zu wissen, wer wann wo gewesen zu sein behauptete.

»Wenn ich mit jemandem über Ihren Mann reden will, der mir vielleicht noch ein paar Informationen geben kann, wen würden Sie mir dann empfehlen?«

Sie bedachte ihn mit einem hochnäsigen Blick, der normalerweise wohl für ihre nicht beim Finanzamt gemeldete Putzfrau bestimmt war, wenn diese unzulänglich über den im Wohnzimmer als Dekoration drapierten Nippes gewedelt hatte. »Sie meinen, mein Mann hätte vor mir Geheimnisse?«

»Frau Brockstedel«, bemühte er sich um eine Ausgeglichenheit, die er normalerweise nur selten aufbrachte. Er fühlte Anstrengung, und er hasste es, sich anzustrengen, besonders wenn es dazu diente, Geduld für Düsseldorfer aufzubringen. »Sie sagen mir einerseits, Sie wüssten nicht, wo Ihr Mann ist, er würde gerne mal eine kleine Extratour ins Ungewisse unternehmen. Dann sind Sie empört, wenn ich auf die Idee komme, es gäbe vielleicht im Leben Ihres Mannes die ein und die andere Situation, in die Sie nicht direkt involviert sind. Sagen Sie mal, wollen Sie mich für dumm verkaufen? Was tischen Sie mir denn hier auf? Haben Sie denn nicht das geringste Interesse zu erfahren, was mit Ihrem Mann los ist?«

Ihr Mund verformte sich zu einer merkwürdigen Grimasse. »Ab und zu traf er sich abends mit dem Ortsvorsteher und einigen örtlichen Geschäftsleuten. Aber wenn Sie an einen engen Freund denken, mit dem er die Nächte durchfeiert oder auf einer Tour durch die Freudenhäuser unterwegs ist …«, sie holte Luft und stockte.

»An genau so jemanden denke ich«, bestätigte Schwarz.

»Dann fürchte ich, muss ich Sie enttäuschen. Es kann sein, dass es so jemanden gibt, aber dann weiß ich nichts davon.« Schwarz versuchte, seine Enttäuschung zu verbergen. »Sie wissen nicht besonders viel über Ihren Mann, kann das sein?«

»Herr Schwarz, ich verbitte mir diese Unterstellungen, wir führen eine vorbildliche Ehe. Und nur weil ich mich nicht für diese Riege von Langweilern interessiere, mit denen mein Mann hier in der Eifel sich herumzuschlagen hat, heißt das für Sie noch lange nicht, daraus vorschnelle Schlüsse zu ziehen!«

»Mir interessieren vor allem Tatsachen! Und deshalb können Sie sich Ihre Empörung auch für die Beschwerdestelle aufsparen.«

Sie zog einen Flunsch und sah aus dem Fenster.

»Frau Brockstedel, ich will Ihnen wirklich nicht zu nahe treten, aber in der Bank scheint es Unregelmäßigkeiten gegeben zu haben, und es sieht so aus, als wäre Ihr Mann der Ursprung dafür.«

Ihre Augen richteten sich mit eisigem Feuer auf ihn. »Sagt wer?« Jedes Wort ließ sie wie eine Peitsche knallen. Da war sie wieder, die elegante Arroganz oder die arrogante Eleganz, auf jeden Fall kotzte es Schwarz an, doch bevor er etwas erwidern konnte, fuhr sie fort. »Etwa dieser hirnlose Kriecher von Hellnbrinck? Michael hat den aus der Gosse gezogen, aus Mitleid. Und der hat nichts Besseres zu tun, als meinem Mann die Dinge in die Schuhe zu schieben, die er ausgefressen hat. Michael ist wunderbar und gesetzestreu, der würde nie etwas machen, was nicht völlig legal ist.« Mit einer eleganten Bewegung beugte sie sich vor und sah Schwarz mit einem verschwörerischen Augenbrauenheben an. »Wenn Sie an Hinterziehungen und Unterschlagungen interessiert sind, dann sollten Sie sich wirklich einmal über diesen Hellnbrinck informieren. Sie werden staunen. Was meinen Sie denn, warum er so lange arbeitslos gewesen ist? Personalüberhang? Von wegen! Geben Sie mal den Namen in Ihren Computer ein, Sie werden staunen! Zehn Monate auf Bewährung! Das ist Ihr toller Zeuge!« Sie stand auf. »War's das jetzt? Ich möchte mir diese dreckigen Lügen über meinen Mann nicht länger anhören.«

»Fürs Erste wäre das alles, auch wenn Sie mir nicht wirklich weitergeholfen haben. Sollte sich irgendetwas ergeben, dann benachrichtigen Sie mich bitte.« Er reichte ihr seine Karte, die sie mit gerümpfter Nase und spitzen Fingern entgegennahm und in ihre Handtasche fallen ließ, als wäre sie mit kaltfeuchtem Schleim überzogen. »Im Übrigen habe ich das Auto Ihres Mannes in die Kriminaltechnik bringen lassen, es hat bei dem Schuss heute Morgen wohl etwas gelitten.«

»Mein Mann wird sich das nicht gefallen lassen. Und Sie sollten endlich untersuchen, ob nicht dieser Hellnbrinck oder sonst jemand meinen Mann entführt hat. Oder noch viel schlimmer. Man muss in diesen Zeiten ja mit allem rechnen!«

Ein großartiger Abgang, alles was recht war, nur, dass die Tür nicht donnernd ins Schloss fiel, wie sie es bestimmt beabsichtigt hatte. Die Runde war an sie gegangen, kein Zweifel. Mit der Eröffnung über die Vergangenheit von Hellnbrinck hatte sie Schwarz mundtot gemacht und dies auch ausgekostet.

Noch immer verblüfft über die plötzliche Wendung tippte er den Namen von Hellnbrinck in die Datenbank. Verdammt, sie hatte wirklich recht. Zehn Monate auf Bewährung wegen Unterschlagung, vor sieben Jahren, Landgericht Düsseldorf. Genaueres war dem dürren Eintrag nicht zu entnehmen, er würde die Akten anfordern müssen.

Aber vor allem war es nötig, dass Finanzspezialisten und Computerfachmänner sich einmal die Bank vornahmen, doch er hoffte, dass das inzwischen schon von dem Bürgermeister und seinen Aufsichtsratskollegen in die Wege geleitet worden war.

Schwarz verschränkte die Hände hinter dem Kopf und sah aus dem Fenster. Friedlich floss der Fluss, ohne zu ahnen, was gerade an seinen Ufern passierte. Er war gespannt, wann die Eifelbank mit ihren Problemen an die Öffentlichkeit ging. Bisher hatte er ja noch nichts gehört, immer nur Amerika, dann auch diese Bank in Bayern – aber in der Eifel, da hielt man sich noch bedeckt. Wollte man Panik verhindern? Retten, was zu retten war? Oder glaubte man einfach, ohne großes Aufhebens aus der Nummer wieder rauszukommen? Allerdings hatte es doch den Anschein gehabt, als wären die Probleme etwas heftiger und nicht durch stures Beharren zu lösen. Und war stures Beharren nicht auch eher ein Wesenszug, der dem Westfalen nachgesagt wurde?

Mit einem Seufzer drehte Schwarz sich wieder zu seinem Bildschirm, über den inzwischen eine Kuh mit Flügeln als Eifelversion eines Bildschirmschoners einherschwebte – bestimmt die Hinterlassenschaft eines humorvollen Vorbenutzers.

Hellnbrinck, dunkle Kanäle, ein geheimnisvoller Schuss, seltsame Geldübertragungen – viel Arbeit für einen einzelnen, kleinen Polizisten, fand Schwarz. Morgen würde er zu Alfred gehen und ihn bitten, ihm noch Unterstützung zu geben. Doch für heute reichte es erst mal. Mit einer entschiedenen Geste schaltete er den Computer aus und verließ das Büro.

8. Kapitel

Schwarz fühlte seine strategischen Fähigkeiten mit der Notwendigkeit, in einer verschlafenen Kleinstadt Bettwäsche zu besorgen, auf eine harte Probe gestellt. Umso erstaunter war er, als er nach kurzer Suche feststellte, dass er hier, kurz vor dem vermeintlichen Ende der Zivilisation, riesige Supermärkte vorfand, die eine üppige Auswahl an allem boten, was einem jungen Hausstand wie dem seinen zur Ehre gereichen würde, angefangen vom Zahnputzbecher bis zum metergroßen Flachbildschirm – was er jedoch beides weder benötigte noch vermisste. Der Erwerb von Bettzeug war also problemlos.

Was ihm allerdings wirklich Schwierigkeiten bereitete, war die Aufgabe, seine neue Behausung wiederzufinden. Es war eher Zufall und das Resultat unsystematischen Kreuz- und Querfahrens, dass er plötzlich inmitten des Arrangements aus Wiesen, Zäunen und Bäumen über dieselbe, aus der Vergangenheit entkommene Straße fuhr, die ihn schon bei seinem ersten Besuch in eine verträumte Starre hatte fallen lassen. Und jetzt war es keinen Deut anders. Verträumt rollte er den Berg hinauf, ließ den Blick über die Kurven der Landschaft gleiten, sich an dem ausgeklügelten Spiel von Licht und Schatten ergötzen, dass die Natur immer noch besser hinbekam als jeder Stardesigner. Erst, als ihm der Weg neu und gänzlich unbekannt vorkam, wurde ihm bewusst, dass er schon hundert Meter an der Einfahrt vorbeigefahren war und allmählich umkehren sollte.

Ein Schwall köstlicher, kalter Herbstluft empfing ihn, als er schließlich auf dem tannenumstandenen Vorplatz die Tür seines alten Autos öffnete. Die Zeit schien stehen geblieben zu sein und Inseln der Ruhe in der Hektik des Alltags geformt zu haben. Zeitblasen schienen über diesen Ort zu schweben, wunderliche Gebilde, die einen einsaugten und in glückselige Erstarrung fallen ließen, vielleicht romantisierte Tiefenerlebnisse der Allgemeinen Relativitätstheorie, von der Schwarz nicht viel mehr begriffen hatte, als das die Zeit relativ sein sollte, relativ zu was auch immer. Über dem Wald bereitete die Sonne sich auf einen spektakulären Untergang vor, die Vögel zwitscherten in einer Lautstärke und Bestimmtheit, als sei dies das erste Mal und nicht über Jahrhunderte geübte Praxis, und Schwarz fühlte sich wie auf einem nie enden wollenden Ritt durch Raum und Zeit. Seine Gefühle, die er so lang weggesperrt hatte, auch wenn eine Unzahl von Therapeuten sich größte Mühe gegeben hatte, ihm einen Weg zu sich selber zu ermöglichen, rappelten an den Toren des selbsterrichteten Gefängnisses. Er atmete tief ein und schloss die Augen, bereit, sich in ein tiefes Tal des sorglosen Träumens fallen zu lassen, als plötzlich ein infernalischer Lärm die friedliche Stille zerriss. Hysterisch kläffend stürzten die Hunde aus der Scheune und bauten sich wie eine vergnügt hopsende Lärmkulisse vor ihm auf. Er seufzte, das Idyll hatte auch schon viel zu lange gedauert.

»Sie machen aber eine Menge Krach, wenn Sie nach Hause kommen«, sagte Bettina Sieger. Sie stand im Rahmen des großen Scheunentores und hatte ein völlig undurchdringliches, aber irgendwie zufrieden wirkendes Gesicht.

»Wieso hat Gorres eigentlich Angst, dass Sie überfallen werden?«, gab Schwarz zurück, während er die Hunde mit einer Handbewegung zu sich lockte und das Gebell mit ein paar Streicheleinheiten in ein hysterisches Gequietsche umwandelte. »Ich hätte eher Sorge, dass Sie bei dieser Bande einen Tinnitus erleiden.«

»So?«, fragte Bettina, »er sorgt sich tatsächlich um mich? Das ist ja reizend.« Sie redete nicht weiter, sondern sah in die fernen Wälder hinaus.

Schwarz öffnete den Kofferraum und nahm seine Reisetasche heraus, in die er schnell, um etwaigen Peinlichkeiten zu entgehen, die neuen Pakete mit der Bettwäsche gesteckt hatte. »Hat er denn Grund dazu?«, fragte er nebenbei. Er unterbrach seinen Weg ins Haus, stellte die Tasche ab und sah sie an.

Sie zuckte mit den Achseln, es schien nichts zu sein, was jetzt ein mögliches Gesprächsthema zwischen ihnen darstellte.

»Wie ist das eigentlich mit Vertrag, Kaution, Schlüssel? Wir müssen ja vielleicht noch einiges regeln, oder nicht?«, fuhr er fort?

»Vertrag brauche ich nicht, das ist eh nur Müll. Wenn Sie mich betrügen, schaffen Sie es nicht heil aus der Eifel raus, dafür habe ich zu viele Freunde hier, da bin ich ziemlich zuversichtlich. Wenn Sie eine Anzahlung machen wollten, wäre es schön. Schlüssel hängt drinnen, nehmen Sie sich, was Sie brauchen. Ansonsten steht das Haus immer offen. Außer den Pinseln und den Farben ist eigentlich nichts hier, was einen Dieb interessieren könnte. Es sei denn, Sie haben Diamantcolliers in Ihrem Gepäck, das kann ich natürlich nicht beurteilen.«

Schwarz mochte die verhalten flapsige Art der Künstlerin. Auch dass sie nicht direkt darauf bestand, sich mit ihm zu duzen, war ihm angenehm. Wenn er keine Distanz gewollt hätte, hätte er sich niemals darauf eingelassen, in dieses gottverlassene Haus zu ziehen. Vorsichtig stapfte er die enge Treppe hoch, um mit seiner dicken Tasche nicht irgendwelche Bilder von den Wänden zu reißen, und wandte sich nach kurzer Orientierung seinem Zimmer zu. Das Licht des späten Nachmittags verzauberte ihn. Er sah nach Osten, zu den von der untergehenden Sonne angestrahlten Waldrändern. Nie gesehene Farben erblickte er, die irgendetwas in seiner Seele zum Klingen brachten, sein Atem ging tiefer, als würde ihn etwas sehr aufregen, aber anders, als er Aufregung in der letzten Zeit kennen gelernt hatte. Es war ein fast erotisches Gefühl, diese atemlose Sorte, die aus dem Bauch hochsteigt und einen in sinnlicher Vorfreude erröten lässt.

»Das ist genau die richtige Zeit, um Rehe zu beobachten. Die kommen um diese Zeit gerne raus.« Die Stimme hinter ihm riss ihn aus fernen Welten. Die Malerin stand in der Tür und sah ihn an. »Entschuldigung, ich wollte Sie nicht stören, ich habe Sie wohl erschreckt.«

»Nein, nein«, wiegelte er ab, »ich war nur etwas ins Träumen geraten und gerade abgelenkt.«

»Ich wollte Sie auch nicht behelligen oder kontrollieren, keine Angst, es ist nicht meine Art, jetzt ständig hinter ihnen herzurennen. Da hinten ist das Bad, ich glaube, ich sagte es schon, ich habe Ihnen einen kleinen Schrank freigemacht, wo Sie Ihre Sachen unterbringen können. Nichts für ungut, aber die Zeiten, in denen ich morgens auf nicht weggeräumtes Rasierzeug gestarrt habe, sind glücklicherweise lang vorbei, und wenn ich ganz ehrlich bin, kann ich auch gut ohne diesen Anblick leben. Außerdem wollte ich fragen, was denn heute Abend Ihre Pläne fürs Abendessen sind.«

»Ich weiß nicht, ich hatte eigentlich noch nicht darüber nachgedacht. Vielleicht werde ich irgendwo etwas essen gehen. Es gibt hier doch sicherlich ein Restaurant.«

»Natürlich gibt es das. Die meisten davon haben die sogenannte gutbürgerliche Küche, auch wenn ich mich immer frage, was an der Bourgeoisie gerade in der Küche gut sein soll, und wenn ich es dann probiere, bekomme ich auch keine Antwort. Dann gibt es mehrere Rest-Jugoslawen, die Internationale Küche servieren. Unter Internationale Küche fallen streng genommen auch Currywurst und Pommes Frites, was nichts ist, was für meine Ernährung infrage kommt. Abgesehen davon gibt es tatsächlich auch vereinzelt Läden, in denen man tatsächlich ganz vernünftig speisen kann. Oder…«, sie holte Luft.

»Oder?«, fragte er interessiert.

»Oder vielleicht hätten Sie Lust, hier etwas zu essen. Ich habe den ganzen Tag gemalt und auch noch nichts Vernünftiges zu mir genommen und einen Bärenhunger. Ich weiß allerdings noch nicht, was es geben könnte, ich war nämlich auch nicht einkaufen und bin nicht auf kulinarische Exzesse eingerichtet. Aber möglicherweise finden wir ja eine alte, verschimmelte Mohrrübe, an der wir abwechselnd nagen können.«

»Das klingt verführerisch, ich denke, ich werde das Angebot annehmen.«

»Na gut, dann richten Sie sich mal ein bisschen ein, aber warten Sie nicht zu lange, sonst habe ich alles, was ich finden kann, schon alleine verkimmelt. Bis gleich!« Sie verschwand in dem dunklen Flur.

Nach einem letzten, frisch verliebten Blick auf die unwirkliche, an ein verkitschtes Kalenderblatt erinnernde Szenerie vor dem Fenster, begann Schwarz, seine Habseligkeiten auszupacken und in der altertümlichen Kommode zu verstauen. Das gesamte Mobiliar seines neuen Reiches war nicht protzig, aber geschmackvoll auf Flohmärkten oder Haushaltsauflösungen zusammengesucht. Da war kein Stück, das nicht in dieses Ambiente passte: das alte Bauernbett, ein einfacher Schrank aus abgelaugtem Weichholz und auch die Kommode, stolz von einer Marmorplatte gekrönt – alles atmete Geschichte.

Nachdenklich begann er die neuen, nach merkwürdigen Chemikalien riechenden Bettbezüge und Laken auszupacken und auf Kissen und Steppbett zu ziehen, die für ihn bereitlagen. Dann, als er dies alles zu seiner Zufriedenheit erledigt hatte, ging er noch kurz in das Bad und brachte seine wenigen Utensilien in einem Schränkchen unter, dessen Tür offen stand, und stieg dann die Treppe hinab.

Mittlerweile hatte die Dämmerung diese Seite des Tales in Dunkelheit gehüllt. Von Weitem leuchtete noch die Landschaft im Abendsonnenschein, während die Bäume, die in der Nähe standen, schon zu geisterhaften Schatten mutierten. Schwarz ging vorsichtig in die Küche. Noch immer fühlte er sich als Gast, nicht als Bewohner, der Rechte und Pflichten hat, sondern als Eindringling, der über die schüchterne Beobachtung der Gepflogenheiten seiner neuen Umgebung sich unauffällig anzupassen sucht.

»Erlauben Sie?«

Die Malerin stand an einem Küchenschrank und hantierte mit einem Haufen Mehl. Sie sah kurz zu ihm und antwortete: »Na klar, sonst wird das wohl nichts werden mit dem gemeinsamen Begrüßungsessen.« Dann schüttete sie Öl in den Haufen, gab zwei Eier und etwas Wasser dazu und begann, die Zutaten miteinander zu verkneten.

Vorsichtig stellte er eine Flasche Wein auf den Tisch, die er, von einer gütigen Eingebung geleitet, spontan aus dem Supermarkt mitgenommen hatte. Die Küche war einfach eingerichtet, ein Herd, zwei, drei Schränke, in denen man wahrscheinlich das Geschirr fand, und in der Mitte ein alter Tisch, um den herum mehrere, alte Stühle, alle völlig verschieden und zusammengesucht, auf eine große Gesellschaft warteten. Mindestens acht Leute würden sich bequem, ohne sich allzu sehr in die Quere zu kommen, an diesem Möbel zusammenfinden können, überschlug Schwarz schnell, auch wenn es hier nicht so aussah, als würde das oft stattfinden. Jetzt war der Raum nur von einigen Kerzen beleuchtet, hinten im Atelier hörte er vom Kamin das Knistern eines Holzfeuers.

»Verraten Sie mir, was Sie da machen? Es sieht ja fast aus wie Pfannkuchen, aber irgendwie auch nicht!«

Sie lachte. »Ich mache Spaghetti. Ich habe wirklich nichts im Haus, was sich zu essen lohnt, und deshalb nehme ich, was ich habe: Mehl, Öl, Eier, so etwas hat man immer im Haus.«

»Sie machen Ihre Nudeln selber?«, fragte er ungläubig nach.

»Na klar! Ist viel leckerer! Der Müll, der hier in den Läden verkauft wird, ist doch nur Abfall, das, was die Italiener selber nicht essen wollen. Jede richtige Italienerin macht ihre Nudeln selber, das gehört sich so! Und es dauert jetzt auch nicht viel länger als eine Packung aufzureißen. Nur!« Sie sah ihn wild an und hob drohend einen teigverschmierten Zeigefinger in die Höhe, »man braucht das richtige Mehl!« Wieder stürzte sie sich auf den Teigklumpen und walkte ihn, dass Schwarz um seine Überlebenschancen zu bangen begann.

Er sah ihr schmunzelnd zu, wie sie fröhlich vor sich hin erzählend den Teig bearbeitete und dann in einen Topf in den Kühlschrank legte. »So, und jetzt muss er ruhen.« Sie nahm Speck aus dem Seitenfach und schloss die Tür. Mit dem Messer machte sie kleine Würfelchen und warf diese in eine Kasserolle, die sie auf kleiner Flamme stehen ließ.

»Was ist das eigentlich für ein Haus?«, fragte er, »Wie findet man denn so was?«

Sie lachte. »So etwas findet man nicht. Wenn man gute Freunde hat und jemanden kennt, der einen kennt, dann kann es sein, dass es einem angeboten wird. Es war ein altes Forsthaus, das früher einmal diesen Teil des Waldes überwacht hat. Wilddiebe und so, Sie können sich vielleicht vorstellen, dass es hier auch mal ziemlich rustikale Zeiten gab. Heute ist in der Eifel ja nicht mehr viel los, aber damals – die Leute waren arm, hatten nicht viel zu essen. Landwirtschaft brachte auch nicht viel, es gab Hungerwinter, und wenn draußen das Wildbret spazieren ging, dann fragte man nicht lange, ob dem Herrn Grafen das jetzt recht war oder nicht. Und das ist noch gar nicht so lange her, da gab es hier noch viel Wilddieberei, und die Leute fanden es eigentlich völlig in Ordnung.«

»Und jetzt?«

»Jetzt können Sie hier auf der Terrasse sitzen, und falls keine dummen Stadtmenschen da sind und lauthals Fragen stellen, dann kann man hier schon mal einen Schwarzstorch sehen oder Wildschweine, Rehe, Füchse, Fledermäuse, das treibt sich hier alles herum. Und weil sie immer weniger bejagt werden und damit ihre Scheu verlieren, kommen die inzwischen auch immer öfter tagsüber ans Haus. Das ist eigentlich ein gutes Zeichen. Wenn ich Besuch habe und hier steht ein Rudel Rehe, dann denken die manchmal, die Tollwut ist ausgebrochen, so hat man es uns ja noch als Kinder beigebracht. Sollte das so weitergehen, verkommt die gute, alte Eifel zu einem Streichelzoo. Wird Zeit, dass wir hier mal wieder ein paar Wölfe herkriegen, wenn sie mich fragen.«

»Das meinen Sie nicht ernst!«

»Oh doch! Glauben Sie doch nicht, die würden hierher kommen und die Babys aus der Wiege klauen! Wir könnten hier ein ganzes Rudel Wölfe haben, und keiner würde es merken. Die sind so scheu, die wissen, wie böse Menschen sind.« Sie sah ihn triumphierend an. »Und was das Haus angeht, wie gesagt, die guten Sachen gehen hier unter der Hand weg. Bevor man sich selber dazu entschließt, ein Haus zu verkaufen, weiß es die ganze Gegend, und dann hat man eigentlich auch schon genug Interessenten – jedenfalls, wenn es etwas Ungewöhnliches ist. Wenn Sie von außerhalb kommen, dann erfahren Sie nur davon, wenn es keiner haben will, dann darf auch schon mal einer aus der Stadt kommen und sich bewerben, aber ansonsten bleibt man hier gern unter sich.«

»Und Sie? Kommen Sie aus der Eifel?«

»Na klar! Wäre ich sonst in diesem Haus? Aber meine Eltern sind, als ich noch ein Kind war, in die Stadt gezogen, denn hier gab es keine Arbeit, und deshalb sind wir nach Frankfurt. Und da bin ich aufgewachsen. Aber hier gilt noch das alte Recht von Blut und Boden, wenn Sie hier geboren sind, dann gehören Sie auch hierher. Aber sagen Sie mal, ist das ein Verhör? So bin ich ja noch nie ausgefragt worden!«

Schwarz konnte sich ein Lachen nicht verkneifen. »Vielleicht ist da ja der Beamte mit mir durchgegangen, aber glauben Sie mir, es war wirklich nur einfaches Interesse.«

»Dann interessieren Sie sich jetzt mal dafür, wo die Teller sind. Sie dürfen nämlich jetzt den Tisch decken.« Sie wies ihm die Schranktüren an, die er zu öffnen hatte, wo er tatsächlich sauber aufgestapelt alles fand, was man für ein Essen benötigte. Er öffnete die Weinflasche und goss die rotduftige Flüssigkeit in einfache Wassergläser; das sei zünftig, hatte die Malerin entschieden.

Sie nahm den Teigklumpen aus dem Kühlschrank, sagte zu ihm »Genug geruht, fauler Kerl!« und begann ihn auf den Steinplatten auszurollen. Dann führte sie die langen Bänder in eine kleine Maschine ein, bis der Teig nur noch hauchdünn war. Jetzt wählte sie an der Maschine eine andere Öffnung und hatte tatsächlich in kurzer Zeit sehr professionell aussehende Spaghetti produziert.

Sie warf die Nudeln in einen großen Topf mit Wasser, der die ganze Zeit unbeachtet vor sich hingedampft hatte. Während sie weitererzählte, schob sie den ausgelassenen Speck in dem kleinen Topf noch ein wenig hin und her, stellte ein Sieb in die Spüle und griff sich den Wassertopf.

»Das Schöne an selbstgemachten Nudeln ist«, dozierte sie fröhlich, »dass die nicht eine halbe Stunde vor sich hinköcheln müssen. Das wäre bei meiner Ungeduld nichts für mich.«

Mit geübtem Schwung kippte sie das Wasser durch das Sieb, griff es sich, schüttelte es ein-, zweimal und gab die noch dampfenden Nudeln in den Specktopf. Schnell tat sie noch zwei Eier dazu, rührte um und strahlte ihn an: »Los, setzen Sie sich hin, Essen ist fertig!«

»Das habe ich noch nie gesehen«, gab er zu, »das war ja filmreif!«

»Ja, das sind echte Carbonari! So gehen die! Nicht die olle Sahnepampe, die hierzulande als Spaghetti Carbonara serviert wird! Am besten noch mit Erbsen! Hah! Wann hat man denn so etwas gehört!«

Das Essen war köstlich, und Schwarz genoss jeden Bissen. Als er beinahe seinen Teller geleert hatte, klingelte sein Handy. Er entschuldigte sich und stand vom Tisch auf. Die Nummer, die er auf dem kleinen Bildschirm sehen konnte, war ihm neu. Irritiert stellte er die Verbindung her und war überrascht, als er Sandra am Telefon hatte.

»Es tut mir leid, dich zu stören, jedenfalls, wenn ich dich störe. Aber leider bist du der Einzige, den ich erreichen kann. Ich habe ein Problem und brauche deine Hilfe.«

Einen kurzen Moment war Ruhe am anderen Ende, und Schwarz fühlte sich verpflichtet, etwas ermunternde Unterstützung zu leisten. »Dann mal raus mit der Sprache, was kann ich für dich tun?«

Sandra räusperte sich. »Ja, weißt du, eigentlich sollte ich das hier ja auch alles allein machen können, aber ich hatte das noch nie, und habe da wirklich ein Problem, und du hast damit doch sicher Erfahrung.« Wieder stockte sie.

»Das kann ich noch nicht sagen, ich weiß ja noch nicht, worum es geht.«

»Wir haben einen Leichenfund hier. Vielleicht Mord, eine riesige Wunde am Kopf, soweit ich sehen konnte, und, Stefan, es ist so schlimm, es ist ein Kind!«

9. Kapitel

Schwarz wusste später nicht mehr, wie er es geschafft hatte, soweit die Beherrschung zu behalten, Sandra nach einer Adresse und einem Weg zu fragen. Auch ob er sich für das Essen und den netten Abend bedankt hatte, war ihm nicht mehr bewusst.

Die Strecke führte ihn durch das nachtschlafene Schleiden auf die andere Seite des Tals. Vorsichtig verfolgte Schwarz die enge Straße zwischen den alten Häusern und dem Schloss weiter, bis das Knirschen der Kiesel unter seinen Reifen verriet, dass er die Zivilisation hinter sich gelassen hatte und nun auf dem direkten Weg in die Wildnis war. Wie eine Kompanie von grausilbernen Tänzern zogen die riesigen, alten Bäume an ihm vorbei, bis hinter der nächsten Kurve ein blaues Zucken die Nähe einer Tragödie andeutete.

Er hielt als Letzter in der Kolonne hinter dem Streifenwagen und dem kleinen Nissan, in dem er Sandra vermutete. Schwarz drehte den Zündschlüssel, öffnete die Fahrertür und lauschte auf die Ruhe, die ihn draußen erwartete. Die Eifelwälder. Hatte sein Vater nicht immer etwas von den Wäldern in der Eifel gefaselt, was war es bloß gewesen, es wollte ihm nicht einfallen, vielleicht ja nachher, wenn er etwas mehr Ruhe hatte. Er raffte sich auf und stieg aus.

Wie in einem schlechten Traum stand er hier mitten in einem gottverlassenen Wald, von flackerndem Blaulicht umspielt, und starrte sinnlos in die Dunkelheit, wo irgendwo sein größter Albtraum neue, grauenerregende Gestalt gewonnen hatte. Und er war jetzt auch noch der, der sagen musste, was zu tun war, der die Nerven behalten musste, denn Sandra hatte sich in den Streifenwagen gesetzt und machte nicht den Eindruck, als sei sie für irgendetwas zu gebrauchen.

Natürlich hatte sie das gelernt, dafür gab es Dienstvorschriften und Anweisungen, wie man sich zu verhalten hatte, aber alles war anders, wenn man wirklich hier draußen stand, wenn einem der Frost in die Hosenbeine stieg und man wusste, dass wenige Meter weiter das Ende der Hoffnungen lag, ein Leben, das eigentlich noch gar nicht begonnen hatte, sinnlos vernichtet und zerstört. Systematisches Prozedere gab einem einen letzten Halt – falls man es tatsächlich schaffte, zu tun, was zu tun war.

Immer noch wie im Traum gab Schwarz Anweisungen an die uniformierten Kollegen, die langsam aus ihrem Wagen ausgestiegen waren und auf ihn zukamen: Gebiet weiträumig absperren, Spurensicherung bestellen, die Kollegen in der Dienststelle, die sich eigentlich mit derartigen Delikten wie Mord oder schwerer Körperverletzung beschäftigten, informieren. Das alles hätte schon längst geschehen sein müssen, aber wer war Schwarz, dass er irgendjemandem einen Vorwurf hätte machen können? Wie gern würde er jetzt jemanden dafür verantwortlich machen. Warum war denn nicht einfach jemand da, dem er dafür den Schädel einschlagen konnte? Doch so sehr er auch den leeren Waldweg entlangstarrte und hoffte, ein gütiges Schicksal hätte ein Einsehen und würde ihm den Verursacher des ganzen Leids fröhlich vorbeischlendernd in die Arme laufen lassen, die Nacht blieb dunkel und behielt ihre Geheimnisse für sich. Nur die Bäume raschelten leise mit den Blättern, als wollten wenigstens sie erzählen, was sie gesehen hatten.

Endlich gab er sich einen Ruck und ging zu Sandra. Mittlerweile hatte sie aufgehört zu schluchzen und rauchte hektisch eine Zigarette nach der anderen. Schwarz öffnete die Beifahrertür und ließ sich auf den Sitz fallen.

»Glaub mir, ich weiß, wie du dich jetzt fühlst, aber …«, begann er, doch sie unterbrach ihn barsch: »Ach hör doch auf, du bist doch der harte Cop, dir macht das doch gar nichts aus. Der Großstadthero, den nichts mehr erschüttern kann, lass mich doch in Ruhe!«

Er starrte durch die Windschutzscheibe. Das blaue Licht der Dachleuchten wanderte wie der Lichtfinger eines Leuchtturms durch die Dunkelheit. Schon so wäre es unheimlich genug gewesen, doch wenn man wusste, dass dies bedeutete, hier war etwas geschehen, ein Verbrechen, hier, dann spürte man dieses Ziehen in den Eingeweiden, diese bleierne Schwere in den Aktionen. Immer musste man sich überwinden, immer von Neuem aufraffen, diese Grenze überschreiten und den Tod als ständigen Begleiter akzeptieren.

Er musste jetzt etwas sagen, doch er weigerte sich, die Allgemeinplätze, die er schon so oft gehört und immer wieder auch selber von sich gegeben hatte, in diesem Moment zu wiederholen. Zwischen den rasch ziehenden Wolken blinkten Sterne, als würden sie ihm ermunternd zuzwinkern. Er gab sich einen Ruck und versuchte zu erzählen, während er verfolgte, wie die Bäume vor ihm die Farbe wechselten: grau – blau – grau – blau. Doch kein Ton kam aus seiner zugeschnürten Kehle. Er musste sich räuspern, dann begann er mit rauer, von angehaltenem Atem gepresster Stimme zu reden.

»Ich war zehn Monate dienstunfähig. Bei meiner letzten Kinderleiche hätte ich fast jemanden totgeschlagen. »Es war so eine Bilderbuchsituation gewesen, klischeehaft bis zum Anschlag. Mietskaserne in der Nacht, verrauchte, chaotische Wohnung, in einem Kinderzimmer steht der Notarzt und schüttelt den Kopf, sieht mir in die Augen, verzweifelt, hoffnungslos und packt das Stethoskop in seine Tasche, und im Türrahmen lehnt die gerade aktuelle männliche Bezugsperson, sturzbetrunken, Kippe im Mund, rülpst zart und sagt: ›Dat blöde Balg, jetzt isset widder bockisch!‹, während im Hintergrund der Fernseher kreischt. Und das Letzte, was ich noch weiß, ist, wie ich ihm die Hand auf die Schulter lege und ihn anlächele.« Er sah vorsichtig zu Sandra, um ihre Reaktion zu beobachten. »Glaub mir«, wiederholte er, »ich weiß, wie du dich fühlst. Leider. Mir wäre es lieber, ich wäre der harte Großstadtcop, aber die Stadt hat mich kaputtgemacht. Ich tauge nicht mehr viel. Ich bin hier, weil man nicht weiß, was man überhaupt noch mit mir anfangen kann. Und man hat wohl gehofft, bei euch hier, da ist die Insel der Seligen, da können wir den Schwarz hinstecken, vielleicht bringt er da ja noch was, am Schreibtisch ist der eh nicht zu gebrauchen, dann versuchen wir es doch mal so.« Er rieb sich die brennenden Augen. Waren es Tränen oder bildete er sich das nur ein? »Und diesem Kind dort drüben können wir auch nicht mehr helfen. Nichts kann das mehr heilen. Es ist vorbei, auf immer und ewig vergangen, und auch, wenn wir davon träumen, es könnte einmal anders sein, bitte nur dieses Mal, kommt keine gütige Hand und macht wieder heil, was gerade kaputtgegangen ist. Das Einzige, was wir noch tun können, ist, uns so weit zusammenzureißen, bis wir den Tatort hier perfekt an Kollegen übergeben haben, die besser mit der Situation zurechtkommen als wir. Das sind wir diesem armen, kleinen Wurm dort schuldig. Denn dann findet man vielleicht den, der das ganze Unheil verursacht hat.«

Der Kollege war aus dem Schatten getreten und leuchtete mit der Taschenlampe in die Dunkelheit hinter den ersten Bäumen. Auf einmal öffnete sich die Wolkendecke, und silbernes Mondlicht übergoss die Baumwipfel mit einem unwirklichen Schein. Scharf und klar zeichneten sich die Stämme am Rand des Weges ab, wiegten ihre Blätter in der sanften Brise, die eine lähmende Kälte durch den Wald trieb. »Und vielleicht lässt man mich dann eine halbe Stunde mit dem Schwein alleine. Ach, was sag' ich, fünf Minuten würden reichen.«

Das Funkgerät krachte und knätschte.

»Aber würde das etwas ändern?«

Sandra griff nach einem Taschentuch und schneuzte sich. »Also, was soll ich tun?«

»Erzähl mir alles. Wann kam der Anruf?«

»Viertel nach zehn meldete sich ein Spaziergänger. Sein Hund hatte die Leiche gefunden, und er war schnell nach Hause gerannt. Wir haben uns dann hier getroffen.«

»Was ist es eigentlich, Mädchen, Junge, wie alt?«

Ein fassungsloser Blick traf ihn. »Du hast dir die Leiche nicht einmal angesehen?«

Er schüttelte nur den Kopf.

»Mein Gott, du musst ja wirklich noch mehr neben der Kappe sein als ich. Ein Junge, vielleicht acht oder neun Jahre alt, ich hab auch nicht so genau hingeguckt.«

»Sandra, du bist Polizistin, du hast ganz genau beobachtet, mit einem Blick, du kannst gar nicht anders, erzähl mir nichts. Bekleidet?«

»Was ich gesehen habe, ja. Die Leiche ist auch schon kalt, ich habe natürlich nachgesehen, ob noch Hilfe möglich ist.«

»Und dann?«

»Dann habe ich das Blut gesehen und die Wunde und alles und wusste auf einmal nicht mehr weiter. Und weil ich hoffte, du könntest mir helfen, habe ich dich angerufen, du bist ja hier auch ganz in der Nähe.«

Er nickte. »Wo ist der Zeuge?«

»Zu Hause. Ich habe ihn weggeschickt. Der steht doch hier eh nur im Weg.«

»Was hattest du denn von ihm für einen Eindruck?«

Sie zuckte mit den Achseln. »Weiß nicht, normal. So wie alle halt. Rentner. Aus dem war eh nichts Vernünftiges rauszukriegen, der hat immer nur auf seinen Hund eingeredet, is ja gut, is ja gut, dabei war der Hund völlig cool, wenn du mich fragst, nur der Typ war am Ende.«

»Kannte er das Kind?«

»Hat er nicht gesagt. Und ich habe da auch nicht nach gefragt. Interessiert mich auch nicht.«

»Hast ja recht. Sollen die anderen sich kümmern.«

Sie sah ihn an. »Wie geht das denn jetzt weiter? Wer macht das denn hier?«

»Wahrscheinlich werden Kollegen aus Euskirchen oder Aachen oder Bonn oder irgendwo kommen, eine Sonderkommission bilden, dann wird man das untersuchen. Und jetzt sollte hier allmählich die Spurensicherung erscheinen und alles abriegeln. Und dann können wir nach Hause.« Er sah angestrengt in die Dunkelheit. »Aber sag mal, wo sind wir hier eigentlich?«

»Das ist der Kammerwald. Sozusagen die gute Stube unter Schleidens Wäldern. Direkt hinter dem Schloss, gehört immer noch zu den Arenberg'schen Ländereien. Frag mich nicht, ob da noch ein Fürst zu existiert, aber es ist so was Ähnliches wie der Schlossgarten.«

Kammer. Da war doch was, hatte sein Vater nicht immer was von einer Kammer gesagt? Speisekammer? Totenkammer?

»Wo liegt eigentlich die Leiche?«

»Da drüben. Da geht ein kleiner Trampelpfad zum Bach runter. Daneben liegt das Kind an der Seite, nicht mal besonders gut versteckt.«

Schwarz seufzte und sah Sandra an.

»Ich gehe mal raus. Vielleicht fällt mir ja noch was auf.«

Er öffnete die Tür und stieg aus. Tief sog er die Nachtluft in seine Lungen, doch der schmerzende Kloß, der sich in der Gegend seines Magens gebildet hatte, wollte nicht verschwinden. Er versuchte es mit einzelnen tiefen, bewussten Atemzügen. Es würde nie vergehen. Es würde nie besser werden. Warum musste ihm das immer passieren?

In den letzten Wochen war es etwas besser geworden. Keine Albträume mehr, nicht mehr die zitternden Hände, wenn das Telefon klingelte und er befürchten musste, wieder zu einem Tatort gerufen zu werden. Nicht mehr die plötzlichen Brechattacken, die ihn aus heiterem Himmel überfielen, die Weinkrämpfe, die Tobsucht.

Er sah sich um. Es war eine Ausrede gewesen, um der erstickenden Atmosphäre im Inneren des Streifenwagens zu entkommen und etwas frische Luft schnappen zu können, aber vielleicht fand er ja wirklich etwas. Zaghaft ging er in die Richtung, in der er die Leiche wusste. Am Rand des Fahrwegs war nichts, das er im schwachen Gewackel des Lichtstrahls, den er mit seiner Taschenlampe über die Gräser gleiten ließ, hätte sehen können. Obwohl es ja Quatsch war. Nachher, wenn die Kollegen mit ihren dicken Scheinwerfern vor Ort sein würden, wäre es viel einfacher, im Augenblick zerstörte er eher etwas, als dass er half. Und er wollte doch auch nichts finden. Ihm war klar, dass er nur so tat, als würde er suchen und dass er sich heimlich nur in Richtung des kleinen, kalten Körpers bewegte, den er dort zwischen den Nadelbäumen wusste, dessen Anwesenheit in ihm ein erstickendes, alles lähmendes Grauen auslöste. Und doch konnte er nicht anders: Wie von einem Magneten angezogen, bewegte er sich ganz langsam, aber unaufhaltsam dorthin.

Er ließ den Lichtstrahl zu dem Bündel aus Kleidern gleiten, das kaum zwei Meter vom Wegesrand entfernt zwischen den Ästen lag. Sein Gehirn arbeitete fieberhaft. Eine Schotterstraße, aber gut zu befahren, unkomplizierter Transport, kurzerhand neben den Weg gelegt und auch nicht aufwendig versteckt: Das sprach nicht dafür, dass sich jemand Zeit gelassen hatte. Vielleicht war es Tag gewesen, und man hatte den Täter gestört, oder vielleicht hatte er sich auch nicht die Zeit nehmen wollen, den Körper zu verbergen. Oder überhaupt war es ihm einfach egal gewesen.

Doch wozu machte sich jemand die Mühe, hier in die Einsamkeit zu fahren, wo weit und breit kein Haus war, und eine Leiche in den Wald zu werfen, wenn er sich nicht auch die Mühe machte, sie zu verbergen? Das Opfer zu verstecken bedeutete immer Zeitgewinn für den Täter. Je besser getarnt, desto mehr Zeit. Aber so, nichts Halbes und nichts Ganzes? Schwarz schüttelte den Kopf, das hatte doch gar keinen Sinn. Kaum zwei Kilometer. Mehr war er nicht gefahren, bestimmt nur zwei Kilometer, und da hatte er gesessen und gegessen, während sich hier ein Drama abgespielt hatte. Er sah über das Tal in die Richtung, in der das Forsthaus lag, wo sein Essen bestimmt schon an die Hunde verfüttert worden war. Vielleicht hätte er noch die fünf Minuten Zeit gehabt, die nötig gewesen wären, den Teller zu leeren, doch die Nachricht hatte ihm die Kehle zugeschnürt. Ein Kind.

Wie gern wäre er jetzt wieder in der kleinen, gemütlichen Küche, in der der Abend begonnen hatte. Gerade fing er an, die Eifel zu mögen, doch jetzt wusste er nicht weiter. Sollte er es nicht einfach aufgeben, wieder nach Köln zurückgehen und sich dort in den Innendienst versetzen lassen? Oder an die Polizeischule, wie man es ihm auch angeboten hatte? Das war doch ein kompletter Wahnsinn hier, er würde nie die Kurve kriegen und ein normaler Mensch werden, der Zug war doch ein für alle Mal abgefahren!

Hinter sich hörte er ein Räuspern. Sandra stand dort und sah ihn an. In der Ferne zuckten weitere blaue Feuer, Martinshörner brüllten. Sie rückten an, jetzt kam der Apparat ins Rollen. Geh zur Seite, Schwarz. Sie werden keine Rücksicht auf dich nehmen. Stell dich ihnen nicht in den Weg, dann lassen sie dich vielleicht in Ruhe.

»Sie kommen«, sagte Sandra.

Schwarz nickte nur.

»Alles okay?«

»Das müsste ich dich fragen«, erwiderte Schwarz.

»Ich denke schon.« Sie sah den Weg entlang zu den Fahrzeugen, die in langer Kette heranrollten und hinter den anderen Wagen anhielten. Mit deutlichem Klicken öffneten die Türen, und immer mehr Männer stiegen aus, kamen näher. Die uniformierten Polizisten gingen hin und her, redeten, erklärten, zeigten in den Wald, zeigten zu ihnen, zeigten wohin auch immer. Gleich würden sie kommen, gleich würden sie alles wissen wollen.

Sandra atmete tief die klare Nachtluft ein und schloss die Augen. »Na gut, dann will ich mal ein tapferes Mädchen sein. Und du?«

»Ich werde einfach nach Hause gehen. Ich kann ja eh nichts Erhellendes beitragen, ich habe ja nur unterstützende Tätigkeiten geleistet.«

»Danke für die unterstützenden Tätigkeiten.« Sie nickte ihm zu und ging auf die Polizisten zu.

Wie zart doch die Nacht war. Schwarz hatte immer Nächte geliebt, besonders, wenn die Luft die Klarheit des Frostes in sich trug. Dann konnte man wieder neu atmen, spüren, wie die Luft durch den Körper floss. Es war, als würde man inwendig gereinigt, als würde der Atem wie der Besen eines Schornsteinfegers durch die alten, verstopften Kanäle fahren und für Frische und neues Leben sorgen. Doch diese Nacht roch nicht nach Leben, sie roch nach Tod. Nach Tod und nach Wald, nach Pilzen, vielleicht nach Kaninchen und Wildschweinen, aber vor allem roch sie nach Tod.

Er saß auf der Terrasse des Forsthauses. Kein Schlaf, bitte, bitte nicht einschlafen, dann würde er auch nichts träumen. Im Schlaf war man wehrlos. Bloß nicht schlafen. Wachbleiben.

Wie konnte das gehen, dass Menschen sich über das Leben

erhoben und Hand aneinander legten? Was konnte es für einen Grund geben, so gedankenlos, so bösartig anderen Leuten Schmerz zuzufügen? Wie oft hatte er schon in seiner Arbeit in Abgründe geblickt, die ohne Ende direkt in einen alles verschlingenden Höllenschlund zu führen schienen.

Doch verstehen würde er es nie.

Was sagte man? Wie konnte man den Eltern erklären, warum ihr Kind jetzt dort im Wald lag und die ganze Hoffnung, die mit dem Leben dieses Jungen durch die Welt gelaufen war, zerstört und unwiederbringlich sinnlos vernichtet tot im Laub des Kammerwaldes lag? Er würde doch nie mehr wieder jenen Funken des Verstehens entwickeln, der nötig war, um sich in die Köpfe der Täter hineinzudenken, um dort vielleicht zu erschließen, warum sie das getan hatten, was sie getan hatten. Aber wozu auch? Wer wollte das denn überhaupt? Er kannte keinen Kollegen, der nicht genau wie er mit Abscheu und Ekel die betrachtete, die immer auf der anderen Seite des Schreibtischs saßen. Ihr da drüben, wir hier hinten. Und wir rennen Euch immer hinterher. Wir sind der Hase, der dem Igel nachrennen muss.

Wenn es doch nur Morgen werden würde.

Wenn es doch nur hell werden würde.

War es nicht etwas mit Wald gewesen, was sein Vater ihm erzählt hatte? Irgendetwas mit der Eifel? Es war so ewig lang her. So lange war er schon tot. Schwarz glaubte, er hätte ihm noch gerne etwas gesagt – aber was? Sie hatten nie miteinander geredet. Und jetzt war es zu spät, dabei würde er ihm heute viel besser zuhören können, heute, wo er wusste, was einen in den Eifelwäldern erwartete.

Tod.

Es war nie vorbei.

10. Kapitel

Dienstag, der 16. September

Eine ungewohnte Betriebsamkeit hatte die Polizeistation ergriffen, als Schwarz am nächsten Morgen auf den Parkplatz hinter dem Gebäude fuhr. Ein großer LKW stand vor dem Haupteingang, aus dem wichtig dreinblickende Arbeiter Kartons herausschleppten. Schwarz wusste, was das hieß: Man hatte entschieden, die Sonderkommission hier vor Ort einzurichten, war eingetroffen und hatte alles, was man dafür als notwendig erachtete, auf den Weg gebracht, um sich in einem der großen Besprechungszimmer breitzumachen.

Nach rechts und links grüßend drückte er sich durch die Gänge, vorbei an den hastenden Männern, die mit vollgepackten Armen durch die Flure eilten. Als er den ersten Stock passiert hatte, wurde es ruhiger, nur noch einzelne Rufe hallten zu ihm hoch.

Die Tür zur Kriminalabteilung fiel hinter ihm ins Schloss und ließ den Lärm in einem anderen Universum verschwinden. Hier war es ruhig, wie gestern, Alltag, der den Schrecken der Nacht vergessen ließ. Bevor er sich in sein Büro flüchten konnte, musste er noch einen Gruß in das Zimmer des Dezernatsleiters rufen, doch der erwiderte nicht nur, sondern bat ihn hinein. Neben ihm stand ein fremder Kollege, der ihn interessiert betrachtete.

»Ja, Stefan, darf ich vorstellen, das ist Jo Friedrichs, der Leiter der Soko. Und dies ist Stefan Schwarz, der gerade aus Köln hierhergekommen ist.«

Ein kurzer Händedruck, dann waren die Höflichkeiten schon vorbei, und es ging zum Tagesgeschäft über.

»Sie waren gestern als Erster am Tatort, wurde mir erzählt?«, kam Friedrichs ansatzlos zur Sache.

»Nein, eine junge Kollegin hatte mich benachrichtigt, da ich in der Nähe wohne und aus Köln einige Erfahrung bei der Auffindung von Leichen habe.«

»Prima! Erfahrung können wir immer brauchen. Würden Sie mir dann den Gefallen tun, und sich zu uns gesellen, quasi als ortskundiger Kollege?«

Schwarz musste lachen, auch wenn ihm gar nicht danach war. »Tut mir leid, aber mit meiner Ortskenntnis ist es nicht weit her, ich habe erst gestern hier meine Stelle angetreten.«

»Ach ja, ich vergaß. Aber Sie sind uns trotzdem herzlich willkommen, wir können im Augenblick wirklich jeden gebrauchen, und wenn Sie erfahren sind, ist das noch wertvoller.«

Draußen vor dem Fenster konnte Schwarz den gegenüberliegenden Berghang sehen. Die Sonne hatte sich durch den Morgennebel gequält und beschien den nun träge vor sich hinfließenden Fluß. Wie hatte der doch gleich geheißen?

»Verstehen Sie mich bitte nicht falsch, aber Kindermord ist bei mir ein etwas heikles Thema, ich habe da ein paar Schwierigkeiten mit. Nehmen Sie besser die Sandra. Wenn die sich bekrabbelt hat, ist sie richtig gut. Die macht einen guten Job. Und kennt sich noch dazu hier aus.«

»Wenn mit Sandra die Frau Melches gemeint ist, dann kann ich sie beruhigen, sie verstärkt schon unser Team. Und was Ihre Probleme angeht, denke ich, das dürfte uns allen so gehen. Ich habe selber drei Kinder, und glauben Sie mir, ich sehe in regelmäßigen Abständen zu, dass ich psychologische Betreuung bekomme. Ich will die Täter überführen und hier vor niemandem den harten Mann markieren. Aber ich habe volles Verständnis dafür, wenn Sie meinen, es sei Ihnen nicht möglich.«

Schwarz nickte. »Das meine ich. Außerdem ...«

»Ja?«

»Der Dienststellenleiter Gorres hatte mich gestern gebeten, das Verschwinden des hiesigen Bankdirektors zu untersuchen. Der ist einfach weg, spurlos, ohne Vorzeichen, ohne jeden Hinweis. Wenn ich mir das als erfahrener Polizist ansehe, dann denke ich, es kann ein Zufall sein, dass an einem Tag in einer Kleinstadt zwei Verbrechen passieren, muss es aber nicht.«

Kleinert und Friedrichs sahen sich an, dann räusperte sich der Leiter der Kriminaldezernates. »Stefan, du weißt, dass das kein Fall ist, der Priorität hat. Es liegt noch nicht einmal eine Anzeige vor! Wir haben dich da vorbeigeschickt, damit du dich hier gut einarbeitest. Es konnte doch wirklich keiner damit rechnen, dass so etwas passiert.« Er stand auf und stellte sich neben Schwarz. »Wir brauchen dich wirklich. Du hast einfach die Erfahrung und das Wissen bei solchen Fällen. Vergiss den Bankdirektor, der ist unwichtig!«

»Vielleicht, vielleicht aber auch nicht. Die Geschichte in der Bank ist auf jeden Fall etwas für die Kollegen vom Wirtschaftsdezernat, da scheint nicht alles korrekt gelaufen zu sein, auch wenn ich es nicht wirklich verstehe. Aber was den Brockstedel angeht, so denke ich nicht, dass es dafür eine harmlose Erklärung gibt. Mein Gefühl sagt eigentlich eher, dass das nicht in Ordnung ist.«

Einen Augenblick war es still, dann ergriff Kleinert wieder das Wort: »Stefan, darf ich dich daran erinnern, wir haben einen Kindermord, und das hat absolute Priorität. Wenn dich das belastet, dann musst du dich beurlauben lassen, aber ansonsten ist dein Platz jetzt bei der Soko. Und alles andere muss zurückstehen. Bitte halte dich daran.« Er sah Schwarz eindringlich an, der seinen Blick ruhig erwiderte.

»Na prima«, rief Friedrichs nach einem Augenblick der

Stille, »dann sind wir uns ja einig! Also dann, ich freue mich auf die Zusammenarbeit, viel Erfolg wünsche ich uns allen!« Er setzte sich in Bewegung und verließ im Eiltempo den Raum.

»Mach mal die Tür zu«, raunte Kleinert Schwarz zu, als Friedrichs den Raum verlassen hatte. Als die Tür fest im Schloss saß, streckte er sich in seinem Schreibtischsessel. »Fleißiger Kerl ist das, bisschen steif, aber ein guter Mann, ich bin froh, dass der hierhergekommen ist. Ein Kindermord ist immer eine irrsinnig unangenehme Geschichte für alle Beteiligten. Was meinst du, was hier in der Stadt jetzt los ist? Wir sind hier eine Schulstadt! 4500 Kinder, und die Eltern sind alle in Panik! Wir können froh sein, wenn wir die besten Leute hier haben.«

»Danke, dass du ihm nicht von meiner Vorgeschichte erzählt hast.«

Kleinert war erstaunt. »Wieso? Ich habe ihm alles erzählt! Er meint aber, du bist ein alter Hase und wärest wenigstens in der Lage, dich einzufühlen. Auch wenn er überlegte, dass es sicherlich nicht von Vorteil ist, jemandem im Team zu haben, der sich nicht beherrschen kann.« Er stockte, erschrocken über die eigene Ehrlichkeit. Kurz verunsichert blickte er zu Schwarz. »Nichts für ungut, Stefan, aber ich bin nun mal ehrlich, ich werde hier nicht hinter deinem Rücken operieren, und das erwarte ich auch von dir.«

»Kein Problem. Ich habe in der letzten Zeit schlimmeres gehört.«

»Das kann ich mir vorstellen. Also, vergiss erst mal diesen Bankdirektor und versuch dich in die Soko zu integrieren.«

»Geht klar.« Schwarz wandte sich zum Gehen.

»Moment noch. Wenn du das Gefühl hast, dass du Probleme bekommst, sag bitte Bescheid. Du bekommst von mir jede Unterstützung, die du brauchst, Termine beim Arzt, Pillen, was du willst, aber ich will dich dabei haben. Dich kenne ich lang genug und weiß, was du kannst, bei den anderen bin ich mir da manchmal nicht so sicher. Und noch etwas. Hier geht in einer Tour das Telefon, und Gorres sitzt schon beim Bürgermeister, um den zu informieren. Alles nur wilde Panik, aber die Journalisten fallen auch schon ein. Deshalb wundere dich nicht, wenn die Leute draußen etwas gereizt reagieren. Sie haben Angst.«

»Das kenne ich. Ich habe auch Angst.« Eine schnelle Drehung, und Schwarz war aus der Tür.

Ihm war wirklich nicht nach Reden zumute. Er war müde, er hatte eine schreckliche Nacht hinter sich, und hier in der Polizeiwache spürte er auf den Fluren etwas, das ihn früher schon irritiert hatte: eine Art Jagdfieber, stille Erregung, die Begeisterung, dabei sein zu dürfen. Oft diente es dazu, den Schock über den Tod eines jungen, unschuldigen Menschen zu überdecken.

In seinem Büro setzte er sich erst einmal an den Computer und ordnete seine Gedanken. Also war es wieder soweit. Totes Kind. Das wievielte seiner Laufbahn eigentlich? Vielleicht hätte er zählen sollen, aber so ein wenig war er denn doch froh, dass es nie dazu gekommen war.

Die Tür flog auf, und der Kopf von Katzenmacher erschien im Türspalt. »Ich soll dir sagen, um neun Uhr ist Versammlung im Besprechungsraum. Bist du auch dabei?« Ohne eine Antwort abzuwarten, verschwand er wieder.

Schwarz sah wieder aus dem Fenster. Dabei. Nein, er war nicht dabei. Vor allem war er nicht bei sich selbst. Ganz weit weg, irgendwo anders, da trieb er sich rum. Irgendwie war es dann ja auch egal, wenn er an dieser Soko teilnahm. Er merkte jetzt schon wieder, wie er sich in sich zurückzog. Dieser aufgedrehte Katzenmacher, da war es doch wieder gewesen, dieses Jagdfieber.

Der Berg, auf den er von seinem Schreibtisch aus blicken konnte und von dem er wusste, dass er dort oben eine unruhige Nacht verbracht hatte, lag noch zart nebelverhangen unter einer das Sonnenlicht verbergenden Wolkendecke. Dieses Licht faszinierte ihn. Es war anders als alles, was er bisher gesehen hatte: mild, weich, schmeichelnd. Verwirrende Assoziationen durchfuhren seine Gedanken, als plötzlich das Klingeln des Telefons ihn zusammenfahren ließ.

Ungläubig starrte er das Telefon an, als wäre es eine Ungehörigkeit von ihm, jetzt und überhaupt zu läuten. Unentschlossen hob er den Hörer. »Schwarz?«

»Hier Brockstedel.« Die Frau. Sie schwieg, dann räusperte sie sich mühsam. Dieser Anruf musste sie viel gekostet haben. »Guten Morgen, Herr Schwarz, ich wollte nur fragen, ob Sie etwas von meinem Mann gehört haben.«

Die Stimme klang, wie er sich fühlte – übernächtigt, verzweifelt, und doch mit einem winzigen Funken der Hoffnung, dass sich doch alles zum Guten wenden könnte. Da sorgte sich inzwischen jemand ehrlich. Die ganze aufgesetzte Überheblichkeit, die diese Frau gestern, als sie noch ihre kleine Welt für heil und sicher gehalten hatte, zur Schau getragen hatte, war verschwunden und einer zittrigen Unsicherheit gewichen.

Für sie war es kein guter Morgen, das war ihm sofort klar. »Nein«, sagte er, »das habe ich nicht, tut mir leid«, und es stimmte sogar. Sie tat ihm wirklich leid, genau wie das Kind, das jetzt auf irgendeinem chromglänzenden Tisch von wissenschaftlich analysierenden Augen auf die allerkleinsten verräterischen Spuren untersucht wurde, genau wie er oder die Jungs da draußen, die alle noch dachten, sie könnten vielleicht einmal etwas ändern. »Haben Sie schon eine Vermisstenanzeige gestellt?«

Wieder war Stille. Dann die zaghafte Frage: »Meinen Sie denn, das ist nötig?«

»Es würde uns mehr Möglichkeiten an die Hand geben. Gestern habe ich ja erst einmal inoffiziell ermittelt, damit könnte es offiziell werden.«

»Ja«, sie druckste etwas herum, »werden Sie denn dann den Fall weiterbearbeiten?«

»Nein, da kann ich Sie beruhigen, das würde wahrscheinlich jemand anders machen, jemand aus Euskirchen, nehme ich an.«

»Ach so.« Sie dachte nach. Schien nicht zu leicht zu fallen, der Pause nach zu urteilen. »Und wenn ich nichts mache?«

»Ich verstehe nicht?«

»Werden Sie dann weiter ermitteln?«

»Keine Angst, was auch immer Sie tun werden, Sie sind mich los, ich bin jetzt auf einen anderen Fall angesetzt.«

Sie lachte. »Na ja, wissen Sie, man hat sich doch jetzt grad aneinander gewöhnt. Und Sie können nicht ein wenig die Augen aufhalten?«

Schwarz kniff ungläubig die Augen zusammen. Wollte sie ihn auf einmal bitten, sich weiter um die Suche nach ihrem Mann zu kümmern, oder war da gar ein flirtender Unterton in ihrer Stimme? Hatte sie auf einmal eine derartige Angst? »Ich fürchte, das wird schwer sein, da ich anderweitig eingesetzt werde, aber wenn es der Zufall so will, werde ich Sie nicht vergessen. Schleiden ist ja relativ übersichtlich.«

»Ja, bitte vergessen Sie mich nicht. Und auch nicht meinen Mann. Bitte. Ich wünsche Ihnen dann noch einen recht schönen Tag.«

Schwarz legte irritiert den Hörer auf. Das ergab jetzt gar keinen Sinn. Der Mann war immer noch verschwunden, aber suchen sollte nur er? Schwarz als Tröster der Düsseldorfer höheren Töchterschaft? Er schüttelte den Kopf und sah auf die Uhr. Es wurde Zeit für die Besprechung. Er seufzte und beschloss, sich zusammenzureißen.

11. Kapitel

Niemand beachtete Schwarz, als er sich im Hintergrund durch die Tür drückte und an einen Tisch lehnte. Friedrichs stand zwischen mehreren Flipcharts, erläuterte Tatortskizzen und Fotos. Wie Schwarz sich schon gedacht hatte, war so ziemlich alles noch im Unklaren, die Spuren noch nicht ausgewertet, die Identität noch nicht geklärt.

»Ohne dass man jetzt Genaueres sagen kann, vermuten wir, dass der Fundort nicht der Tatort ist. Wir wissen auch nicht, wie lange die Leiche schon dort gelegen hat. Nach vorläufigen Erkenntnissen liegt der Todeszeitpunkt zwischen vierundzwanzig und achtundvierzig Stunden zurück, – der Tot ist also am Sonntag oder in der Nacht zum Montag eingetreten. Dem Augenschein nach ist der Junge aber erst kurz vor dem Auffinden dort abgelegt worden. Todesursache ist wahrscheinlich ein heftiger Schlag auf den Schädel mit einem stumpfen Gegenstand.« Kurz hielt er inne. »Missbrauch schließen wir bisher aus«, fuhr er, in seinen Unterlagen blätternd, fort und hob den Kopf, um den Kreis der Beamten anzublicken. »Ich denke, als Allererstes sollten wir klären, um wen es sich bei dem toten Jungen handelt. Vermisstenmeldungen liegen bisher keine vor, deshalb müssen wir selber auf die Suche gehen. Hier ist ein Stapel Fotos. Zwei Beamte gehen damit an die Grundschulen, da werden wir wohl am ehesten jemanden finden, der ihn kennt. Zwei andere gleichen bitte die Vermisstenfälle deutschlandweit ab. Heute Nachmittag kommen hundert Kollegen von der Bereitschaftspolizei, um den Wald großräumig nach Spuren abzusuchen.«

»Was ist mit Spürhunden?«

»Sind im Augenblick auf dem Weg hierher. Sonst Fragen?«

»Allerdings. Ist es auch möglich, dass hier ein Unfall vorliegt?«

»Natürlich«, nickte Friedrichs, »zum gegenwärtigen Zeitpunkt können wir nichts ausschließen. Allerdings hat dann der Unfall nicht dort im Wald stattgefunden, das können wir ausschließen. Und warum sollte jemand den Jungen dort oben ablegen, wenn er ein Unfallopfer ist?«

»Was ist mit der Öffentlichkeit? Sobald wir hier das Haus verlassen, wird die Presse über uns herfallen.«

»Zentrale Pressekonferenz in Bonn heute Mittag um zwölf Uhr. Da werden wir dann sagen, dass wir aus ermittlungstaktischen Gründen nichts sagen. Vielleicht lassen die uns dann mal ein, zwei Stunden hier in Ruhe. Der zuständige Staatsanwalt ist in Bonn und hält über mich Kontakt mit dem Team. Sonst noch etwas?«

Pankowski meldete sich. »Es ist natürlich Spekulation, aber ich glaube nicht, dass jemand, der die Gegend nicht ganz genau kennt, auf die Idee kommt, dort oben eine Leiche abzulegen. Da gibt es keine Touristen, keinen Fernverkehr, nichts, was jemand von außen dorthin ziehen könnte.«

»Denken Sie an jemand Bestimmten?«

»Es ist ein kleiner Waldweg, der nicht als Durchgangsweg benutzt wird. Wanderer gehen dort selten, eigentlich ist das eine Strecke, die vor allem den Einheimischen bekannt ist.«

»Kann sein, kann aber auch nicht sein. Wir werden es im Kopf behalten. Sonst was?«

»Ja. Genau unterhalb der Auffindestelle befindet sich ein Campingplatz. Soweit ich weiß, gibt es da keine direkte Verbindung, da dort ja auch noch der Bach fließt. Aber jemand von da könnte Ortskenntnisse haben.«

»Gut, dann würde ich vorschlagen, dass Sie bei der Verwaltung des Platzes vorbeigehen und sich eine Liste mit den Namen der Bewohner besorgen. Weiter, noch jemand?«

»Ja«, meldete sich ein anderer, »können wir die Teams so einteilen, dass wir Bonner jeder einen Ortskundigen an die Seite kriegen? Wir sind hier in der Eifel, da ist es immer besser, wenn man einen Kollegen dabei hat, der mit den ganzen Leuten hier per Du ist.«

Allgemeines Gelächter. »Sag doch gleich, dass wir hier alle verwandt sind!«

»Na, ist doch wahr! Was man euch beim Bier erzählt, das kriegen wir noch nicht mal mit Folter aus den Leuten raus!«

»Wir haben hier auch unser Guantanamo! Drei Tage Koblenz!«

Die Spannung begann sich in hysterische Heiterkeit aufzulösen, doch Friedrichs klopfte auf den Tisch. »Kollegen, wir alle hier stehen unter Druck. Wir haben ein totes Kind, und ich denke, jeder von euch hier wird sein Äußerstes geben, damit wir den Täter finden. Und jetzt an die Arbeit. Nächstes Treffen hier um 16 Uhr, vielleicht wissen wir dann schon etwas mehr.«

Die Polizisten fingen an zu diskutieren und sich in Gruppen aufzuteilen. Auch auf Schwarz kam jemand zu. »Du bist doch sicher hier aus Schleiden?«

Bevor er antworten konnte, legte Friedrichs ihm die Hand auf die Schulter. »Nein, den brauche ich, tut mir leid.«

Schwarz sah sich fragend um. Friedrichs blickte ohne besondere Regung zurück. »Ich möchte gerne den Tatort besichtigen, dazu hatte ich noch keine Gelegenheit und wollte Sie bitten, mit mir zu kommen. Okay?«

Schwarz nickte stumm.

»Na gut, dann in fünf Minuten auf dem Parkplatz.«

Bevor Schwarz antworten konnte, steckte Klarwitz den Kopf durch die Tür. »Hey Stefan, da will dich einer sprechen. Walterscheid oder so.«

»Ach Gott, den habe ich ja ganz vergessen.« Er wandte sich

an Friedrichs. »Tut mir leid, eine halbe Stunde brauche ich noch, ein Termin, den ich gestern gemacht habe.«

»Gut, aber vergessen Sie nicht, was wir vorhin besprochen haben. Und wenn Sie fertig sind, kommen Sie einfach eigenständig an den Tatort.« Er wandte sich ab und ging.

Schwarz sah ihm einen Augenblick genervt hinterher. »Horst, schickst du ihn in mein Büro?«

»Hach«, sagte ein Beamter neben Schwarz, »der Luxus des Landlebens, ein eigenes Büro.«

»Klar«, antwortete Schwarz, »und das liegt auch toll, direkt zwischen Misthaufen und Traktor.«

»Klingt nach frischer Luft.«

»Luftkurort, sage ich nur.« Schwarz nickte dem Kollegen zu und ging in den zweiten Stock.

Direkt hinter ihm drückte ein korpulenter Mann in knatschblauer Regenjacke die Tür auf. »'tschuldigung, wo finde ich denn Kommissar Schwarz?«

»Schon gefunden. Herr Walterscheid?«

»Genau.« Die Männer schüttelten sich die Hand. Walterscheid wirkte kleiner, als er wirklich war. Seine wachen, blauen Augen betrachteten Schwarz interessiert.

»Kommen Sie bitte mit. Möchten Sie einen Kaffee?«

»Och, da sage ich nicht nein, wenn es auf Behördenkosten ist.«

Schwarz holte zwei Tassen Kaffee aus dem Kaffeeautomaten und setzte sich mit seinem Gast in sein Büro. Es fiel ihm schwer, sich wieder nach der ganzen Aufregung auf eine vermisste Person zu konzentrieren, aber er hatte den Mann auch nicht wegschicken wollen. Als Ortsvorsteher sollte er seine Schäfchen kennen, vielleicht wusste er ja auch etwas über den kleinen Jungen. Und das Thema schien auch ihm auf der Seele zu brennen.

»Ja«, begann er unvermittelt, nachdem er etwas Milch in

die Tasse hatte laufen lassen, »die meisten Ihrer Kollegen kenne ich ja ganz gut, aber wenn wir hier schon so nett sitzen, können Sie mir sagen, was da oben los ist? Ich höre etwas von einem toten Kind? Die Presse rückt auch schon an. Den ganzen Tag klingelt mein Telefon, und ich weiß nicht, was ich sagen soll.«

»Das wüsste ich auch nicht. Im Moment sammeln wir noch alle Fakten, sichern Spuren. Es ist noch zu früh, um irgendetwas zu sagen. Wir wissen ja noch nicht einmal, wer das Kind ist. Oder können Sie da weiterhelfen?« Er reichte Walterscheid eines der Fotos, auf dem das junge Gesicht mit geschlossenen Augen in eine ferne Zukunft träumen könnte, wäre das Gesicht nicht blutbekränzt. Offensichtlich hatte man sich nicht die Mühe gemacht, den Jungen gründlich zu säubern.

»Ist er das?« Walterscheid sah es sich genau an, schüttelte dann den Kopf, beobachtete, wie Schwarz ohne zu schlabbern sein Milchdöschen öffnete und sagte: »Tut mir leid, aber den kenne ich nicht. Ich glaube nicht, dass der Junge aus Schleiden ist, aber hier gehen natürlich viele Kinder in die Schule, die ich nicht kenne.«

»Schade, wäre ja auch zu schön gewesen«, seufzte Schwarz. Es würde ein guter Tag werden, das hatte das Milchdöschen geweissagt, also musste noch etwas Interessantes bei dem Mann zu holen sein. »Herr Walterscheid, Sie kennen Michael Brockstedel?«

»Ach, der heißt Michael? Ja, so eng sind wir eigentlich nicht miteinander. Ich kenne den eher so von offiziellen Anlässen, wissen Sie, wenn sich der Gewerbeverein trifft, oder wenn wir mal einen Zuschuss für den Karnevalsverein brauchen, dann gehe ich da schon mal hin, aber so privat?« Er verzog das Gesicht und schüttelte den Kopf.

»Und dann?«

Walterscheid lachte. »Dann hat der schon mal was lockergemacht. Aber nicht so, dass dem hier irgendetwas am Herzen liegt. Das ist sein Job, und damit ist auch Schluss. Ich glaube, der möchte so schnell wie möglich hier wieder weg und dann auf der Karriereleiter in die Hauptverwaltung mit direktem Anschluss an die Geschäftsführung. Der ist nicht mehr lange hier. Und was man so hört ...«

»Was hört man denn so?«

»Ach, was man immer so von Bankleuten sagt: nah am Geld und fern von der Wahrheit. Wir haben da immer unsere Späße mit dem getrieben, aber der ist ungefähr so humorvoll wie ein Sack Nüsse.«

»Und Sie haben auch keine Idee, wo er sich aufhält, wenn man nicht weiß, wo er ist?«

Walterscheid sah Schwarz verschmitzt an und schwieg.

»Na kommen Sie, Herr Walterscheid. Den ganzen Tag erzählt man mir, dass wir auf dem Dorf sind und alle alles wissen. Jetzt helfen Sie mir, ich bin nicht von der moralischen Beschwerdestelle.«

»Ich wundere mich, dass es Ihnen noch keiner gesagt hat. Aber der hat eine kleine Freundin. Eines dieser jungen Mädels, die da in der Bank rumlaufen. Er glaubt zwar, dass das keiner weiß, aber die wohnt bei uns in der Straße, und da sieht man natürlich, wenn er da mal eben auf einen Sprung vorbeigeht.«

»Hat die junge Dame auch einen Namen?«

»Ja, die heißt Mauel. Annika Mauel. Eine Kusine des Sohnes meines Schwippschwagers, daher fällt einem so etwas schon mal eher auf, wenn man die Leute kennt«, fügte er wie zur Entschuldigung einer nicht standesgemäßen Neugierde hinzu.

»Und? Wann haben Sie ihn da das letzte Mal gesehen?«

»Ist schon was her. Meine Frau hat letzte Woche noch zu

mir gesagt: Wilhelm, der Brockstedel kommt ja gar nicht mehr, hat seine Frau was spitzgekriegt?«

»Sie sagt nein.«

»Sagt sie.« Walterscheid nickte bedächtig. »Na, vielleicht stimmt's ja.«

»Vielleicht ja auch nicht.«

»So ist das.« Er beugte sich nach vorne und sah Schwarz durchdringend an, »aber jetzt sagen Sie mal, was ist eigentlich hier los in Schleiden? Tote Kinder, verschwundene Menschen, in der Bank ist der Teufel los, ich kenne meine Stadt ja gar nicht mehr wieder!«

»Das dürfen Sie mich nicht fragen!«

»Ich frage Sie aber!«

»Na gut, dann glaube ich, dass hier etwas nicht stimmt. Aber ich glaube ganz persönlich nicht, dass in den nächsten Tagen noch etwas passiert. Wenn hier ein Serientäter am Werk ist, dann wird der hübsch warten, bis sich wieder alles beruhigt hat. Heute Nachmittag ist eine Hundertschaft Bereitschaftspolizei im Wald, da wird das der sicherste Ort in der ganzen Eifel sein, das können Sie mir glauben.«

»Ich hoffe, Sie haben recht.« Walterscheid nickte. »Ich hoffe, Sie finden den schnell, der das gemacht hat.« Er stand auf und streckte zum Abschied die Hand aus. »Übrigens, willkommen in Schleiden. Wir sind hier ein sehr gemütlicher, ruhiger Ort, Sie werden es sehen.«

»Es hat ganz den Anschein, ja, stimmt.«

Als Walterscheid den Raum verlassen hatte, verspürte Schwarz eine gewisse Müdigkeit. Eine Geliebte in der Bank – wie banal. Wie langweilig. Vielleicht war dies die Lösung, auch wenn die Unterschlagungen in eine andere Richtung deuteten. Doch jetzt wurde er erst einmal auf der anderen Seite von Schleiden erwartet. Seufzend machte er sich auf den Weg.

12. Kapitel

Die Trübnis des Tages hatte sich auf Schwarz' Gemüt gelegt, als sei ihm dessen Depressivität noch nicht ausreichend erschienen. Während er durch das wolkenüberschattete Tal fuhr, empfand er mittlerweile alles als sinnlos. Was sollte er sich mit diesem abgängigen Bankdirektor beschäftigen? Ein keiner Junge hatte sein Leben gelassen!
Er steuerte den Wagen vorsichtig den Berg hoch. Walterscheid hatte es schon gesagt, die Medien stürzten sich begeistert auf die neue Schreckensmeldung und rückten mit immer mehr Teams an, die sich allerdings noch nicht in diese Ecke des kleinen Städtchens verirrt hatten. Alte Häuser, enge Gassen und mächtige Steinmauern begleiteten ihn, bis immer mehr Bäume am Straßenrand auftauchten und einen plötzlichen Übergang in tiefen Eifelwald markierten. An einem kleinen Platz hielt er an der Absperrung, zeigte dem jungen Polizisten, dem man die undankbare Aufgabe übertragen hatte, die Menschheit vom Tatort wegzuhalten, seinen Ausweis und rollte, behutsam wie in der Nacht, langsam über den Waldweg.

In der Dunkelheit hatte er überhaupt nicht bemerkt, wie steil der Berg direkt rechts neben der geschotterten Fahrspur abfiel. Sein Blick wanderte über ein tief eingeschnittenes Tal, an dessen fast senkrechten Flanken die Bäume wie aufgeklappte Dekorationsschirme standen, unecht drapiert, als hätte ein überformatiger Modellbauer sich das ganze Ensemble ausgedacht. Unter sich sah er plötzlich Gräber. Schwarz schluckte. Der örtliche Friedhof, na gut, irgendwo musste er ja sein, warum nicht hier. Aber war die Friedhofsnähe nicht der natürlichste Platz, eine Leiche zu finden? Oder sollte es ihm zu denken geben? Im Moment war es eher dazu geeignet, ihn noch weiter zu deprimieren.

Er stellte das Auto an das Ende einer ganzen Fahrzeugkolonne. Überall rannten Leute unher, manche in weißen Overalls, Funkgeräte knackten und fiepten. So war es immer gewesen, so kannte er es. Ein seltsames Gefühl, wieder in diese hektische Betriebsamkeit eingebunden zu werden, die doch ablief wie ein Uhrwerk. Jeder kannte seine Aufgabe, jeder kannte seinen Platz.

Schwarz ging auf Friedrichs zu, der in der Mitte des ganzen Treibens stand und mit den Armen ruderte, seine Leute nach hier und dort schickte, auf Zettel blickte und Anweisungen gab.

»Wenn die Einsatzpolizei da ist, dann sollen die den gesamten Wald durchkämmen, und zwar von dort hinten da rüber bis an den Friedhof!« Er sah auf eine Karte und tippte mit dem Finger darauf, dass das Papier erzitterte. »Und oben bis zu dem Weg. Ist denn da ein Weg?« Er sah mit zusammengekniffenen Augen den Berg hinauf, an dessen Flanke sich der Tatort befand, versuchte zwischen den dicht stehenden Bäumen etwas zu erkennen. »Na, wie jetzt?« fuhr er Pankowski an, der sich ruhig am Kinn kratzte, »Weg oder nicht?«

»Drei«, sagte Pankowski.

»Wie, drei?«

»Na, da, da und da drüben noch einer«, erklärte er und tippte auf die Karte, »aber das bringt uns auch nicht weiter, da geht man bei Nacht nicht so einfach durch, das ist schon ein bisschen steil.«

Friedrichs war schon wieder unterwegs, riss seinen Leuten Funkgeräte aus der Hand, in die er dann Arbeitsanweisungen rief.

»Der ist ja richtig drupp!«, stellte Pankowski, an Schwarz gewandt, fest und hob die unbeachtet fallen gelassene Karte auf. Er betrachtete sie kurz und begann dann, sie systematisch zu falten.

»Er macht es nicht schlecht«, sagte Schwarz, »er hält die Leute auf Trab.« Nachdenklich machte er zwei Schritte vor und sah ins Tal. »Und das dort ist der Campingplatz?« So weit das Auge reichte, standen auf dem Boden des Tals Wohnwagen und Caravans. Ordentliche Hecken grenzten die Gebiete der einzelnen Bewohner voneinander ab, die offensichtlich im Wettstreit lagen, wer die buntesten Streifen an seinem Vorzelt aufzuweisen hatte. Mittendrin stand ein festes Haus, dessen qualmender Schornstein wohlige Wärme andeutete.

Pankowski stellte sich neben Schwarz. »Genau. Schleidens große Touristenattraktion. In den Ferien ist hier richtig Betrieb, aber jetzt ist da kaum einer.«

»Das glaube ich gerne. Kein Wetter zum Zelten.«

»Na, täusch dich nicht. Ein richtiger Camper fragt nicht nach dem Wetter! Da wohnen schon so ein paar. Die mieten irgendwo ein kleines Zimmer, aber leben tun die in Wirklichkeit hier. Die finden das toll. Ist es ja auch. Ich habe zum Beispiel auch einen Wohnwagen in Holland, Zeeland. Und wenn ich mir das da unten so angucke, dann juckt es mich richtig, dann muss ich da mal wieder hin. Ich habe durch diesen blöden Wechseldienst ja kaum noch Zeit, meistens ist mein Schwager da, der ist Ofensetzer, der kann sich das besser einteilen.« Konzentriert faltete er weiter die Karte.

»Gibt es denn von dort unten einen Weg hier hoch?«

»Vom Campingplatz? Direkt nicht, da ist noch ein Bach dazwischen und ziemlich dichtes Unterholz, da kommt keiner durch, das siehst du doch. Nur da hintenrum gibt es einen kleinen Fußpfad, aber wenn du mich fragst, geht da keiner mit einer Leiche lang. Vor allem nicht im Dunkeln. Der geht hier über den breiten Waldweg, am besten mit Auto.«

»Und? Warst du schon unten und hast die Bewohner überprüft?«

»Nein, ich musste ja erst mal dem großen Zampano da hinten den Weg zeigen, du hattest ja zu tun! Nein, der Campingplatz rennt mir nicht weg. Die paar Leute, die da sind. Jetzt sind keine Ferien, kein Wochenende, viel ist da nicht los.«

»Also, einer ist auf jeden Fall da«, beharrte Schwarz und zeigte nach unten. Auf einem der Wege, die sich zwischen den ordentlich gemähten Rasenflächen herschwangen, bewegte sich eine schwarze Gestalt von ihnen weg.

»Tatsächlich. Na, der ist aber lustig an. Der trägt ja gar keinen Jogginganzug! Der hat ja ein Jackett an!«

»Stimmt«, sagte Schwarz und kniff die Augen zusammen. Er fixierte die blonden Haare, den jugendlich beschwingten Gang. Das erinnerte ihn doch an jemanden. War das nicht ...?

»Den kenne ich!« rief er, » den habe ich gestern in der Bank gesehen, das ist der, der uns wegen des verschwundenen Bankdirektors gerufen hat! Hellnbrinck, ja, so heißt der.«

»Und der rennt hier rum? Als Bankier? Auf dem Campingplatz?«

»Und keine hundert Meter weiter finden wir eine Leiche!«

»Na ja, hundertzwanzig sind das doch«, nörgelte Pankowski.

»Was ist hier mit euch?« Friedrichs kam heran und blickte ihnen über die Schultern. »Ihr habt nichts zu tun?«

»Sehen Sie den Mann, der dort hinten gerade den Campingplatz verlässt?«, fragte Schwarz.

»Was ist mit dem?«

»Das ist der, der uns gestern in die Bank gerufen hat, weil sein Chef nicht zur Arbeit gekommen war. Inzwischen habe ich außerdem noch herausgefunden, dass er an seiner früheren Arbeitsstelle wegen Unterschlagung rausgeflogen ist. Zehn Monate auf Bewährung.«

»Und dann arbeitet der hier wieder in einer Bank?« Friedrichs konnte es nicht glauben.

»Und rennt hier auf dem Campingplatz rum.«

»Na prima! Pankowski, Sie wollten doch sowieso dort eine Liste der Camper holen. Fragen Sie, ob jemand in den letzten Tagen etwas gesehen hat. Und bei der Gelegenheit solltet ihr auch gleich mal diesen jungen Mann etwas näher unter die Lupe nehmen. Bis später.« Er rannte wieder los, Anweisungen in sein Funkgerät rufend.

»Bist du mit dem Auto hier?«, fragte Pankowski.

Schwarz nickte. »Natürlich.«

»Ich habe nämlich keine Lust da runterzulaufen. Sieht zwar kurz aus, ist aber ziemlich lang, glaub mir.«

»Ich glaub dir alles«, erwiderte Schwarz und ging zu seinem Wagen.

Sie schwiegen, während sie durch den Wald fuhren. Schwarz stellte das Radio an und lauschte den Nachrichten:

»Die US-Notenbank hat dem amerikanischen Versicherungshaus AIG einen Kredit in Höhe von 85 Milliarden Dollar zur Verfügung gestellt. AIG hatte am vergangenen Wochenende infolge der Immobilienkrise Zahlungsprobleme bekommen und vor dem Konkurs gestanden. Berlin. Der Verband der Deutschen Bankenwirtschaft erwartet keine Auswirkungen auf die bundesdeutsche Wirtschaft, das machte ihr Sprecher auf einer Pressekonferenz in Berlin deutlich ...«

Pankowski richtete sich auf und machte leiser. Dann räusperte er sich. »Was weißt du denn über diesen Hellnbrinck?«

Schwarz zuckte mit den Achseln und wich einem heruntergefallenen Ast aus. »Nicht viel. In diesen Tagen kommt einem schon zu Bewusstsein, dass man über die Banker eigentlich viel zu wenig weiß. Er ist verurteilt wegen Unterschlagung, Landgericht Düsseldorf, anschließend zwei Jahre arbeitslos. Mehr war nicht rauszukriegen. Ich wollte mir heute Morgen die Akten kommen lassen, aber dann kam alles anders.«

Pankowski schüttelte den Kopf. »Ich finde das ja sehr an den Haaren herbeigezogen. Was soll der Campingplatz denn mit dem Mord an dem Jungen zu tun haben, das ergibt doch keinen Sinn. Du ziehst doch nicht extra die Aufmerksamkeit auf dich! Hier links, und dann am Kreisverkehr geradeaus!«

»Horst, das sagst du! Aber du weißt doch, wie die alle sind. Die Täter meinen, sie müssen überwachen, wie wir den Tatort untersuchen, damit sie merken, ob sie in Gefahr sind. Wieso läuft der Kerl denn am helllichten Tag über den Campingplatz?«

»Vielleicht wohnt er da, und er hatte einen Fleck auf dem Hemd.«

»Ach ja, pass auf, nachher tischt der uns genau so eine blöde Geschichte auf, wart's ab!«

»Jetzt hier links ab!«, rief Pankowski, und Schwarz steuerte den Wagen einen schmalen, steil abfallenden Weg hinunter. Nach wenigen Metern erweiterte die Straße sich zu einem Platz, der an einem Metalltor endete. Schwarz stellte den Motor ab und starrte auf zwei Schilder, die am Empfangsgebäude hingen. Das eine hatte die Aufschrift *Fußgänger* mit einem Pfeil nach links, das andere forderte *Bitte anmelden* mit einem Pfeil nach rechts. Schwarz fühlte sich auf einmal überfordert. »Mach du das, du hast mehr Campingplatzerfahrung«, sagte er zu Pankowski und stieg aus.

»Das stimmt, aber du weißt nicht, was dir da entgeht! Camping ist super! Wenn du da im Wohnwagen liegst, und du hörst, wie der Regen auf das Dach trommelt, das ist so romantisch!«

»Ist klar, jetzt mach mal, ich will noch weiter!« Schwarz ging zur Tür, auf der in zart verwitterten Druckbuchstaben *Anmeldung* stand und klopfte. Durch das Fenster konnte er in einem winzigen Raum einen Tisch mit Schreibunterlage sehen, auf der eine Brille lag. Überthront wurde alles von einem riesigen Schlüsselbrett. Aus dem Haus hörte er es rumpeln, dann sah er, wie sich in dem Raum ein weißes Unterhemd bewegte. Ein Schlüssel wurde im Schloss gedreht, dann erschien ein älterer Herr und musterte sie aufmerksam.

»Ach, Horst«, sagte er und nickte befriedigt über die gelungene Identifikation, »Du bist das. Hast du einen neuen Chauffeur?«

»Wie jede Woche. Mit mir hält es halt keiner aus.«

»Nett, dich zu sehen, willst du Kaffee?«

Ein riesiger Traktor rauschte weiter oben über die Bundesstraße und übertönte Pankowskis Ablehnung.

»Wir brauchen einfach nur ein paar Antworten«, fuhr er wieder vernehmbar fort. »Hast du im Augenblick viele Gäste hier?«

»Nein«, der Mann schüttelte den Kopf, »ein, zwei Dauergäste, aber es sind ja keine Ferien. Wieso fragst du? Was ist denn überhaupt da oben los? Ist das da, wo man das tote Kind gefunden hat?«

»Genau! Hast du in den letzten Tagen da oben irgendwas bemerkt, was anders war als sonst.«

»Nee, tut mir leid. Mensch, wie schrecklich. Nee, ich habe nichts gesehen, aber ich gucke auch immer in die andere Richtung, da oben zur Einfahrt, nicht dort zum Wald.«

»Wer ist denn im Augenblick hier auf dem Platz?«

»Moment mal!« Er ging zu dem Kalender, setzte seine Brille auf und studierte die Eintragungen. »Also, so wie ich das hier sehe, ist nur der Rüdiger hier.«

»Hat der noch einen Nachnamen?« Schwarz wurde allmählich etwas ungeduldig.

Der Mann nahm seine Brille ab und musterte ihn sorgfältig.

»Hellnbrinck. Der hat hier einen Wohnwagen und ist das ganze Jahr hier.«

»Ist das normal, dass die Leute hier richtig leben? Kommt das häufiger vor?«

»Na klar! Wir haben hier immer welche, die gar nicht mehr weg wollen. Die leben halt lieber im Wohnwagen als woanders. Wir haben hier aber auch eine tolle Gemeinschaft!«

Schwarz drehte sich ab. Er hatte genug gehört, und wenn er sich vorstellte, jemand könnte gerne Mitglied irgendeiner Gemeinschaft sein wollen, wurde ihm seltsam.

»Wenn dir noch was einfällt, dann sag bitte Bescheid.«

»Na klar, ich hab' ja eure Nummer. Hast du eigentlich noch deinen Wohnwagen in Holland?«

Während die zwei sich in einem Fachgespräch über die diversen Vorzüge der Toilettenanlagen im internationalen Vergleich verloren, ging Schwarz zum Auto und sah noch einmal den Berg hoch. Eigentlich hatte man von hier aus einen überraschend guten Blick, das undurchdringliche Dickicht gab aus dieser Perspektive seine Geheimnisse preis. Wenn man im richtigen Moment dorthin sehen würde, könnte einem so einiges auffallen. Wenn er sich nicht täuschte, dann konnte er sogar Friedrichs erkennen, der in seiner blauen Daunenjacke immer noch aufgeregt hin und her lief. Am Berg krabbelten weiße und dunkle Wesen, fast ein wenig an Blattläuse erinnernd, wie sie dort durch das kräftige Grün krochen.

»So, dann lass uns mal fahren«, unterbrach Pankowski seine Gedanken.

»Man sieht alles von hier aus.«

»Wenn es etwas zu sehen gibt! Normalerweise ist da oben aber nicht viel los. Ein paar Spaziergänger, Waldarbeiter. Hier wundert sich ja noch nicht mal einer, wenn ein Auto durch den Wald fährt. Ist dann halt der Förster oder der Bauer, da denkt doch keiner nach. Aber …«, er zielte mit dem Finger auf Schwarz, »sauberes Auto und Kölner Kennzeichen, da kommen alle angerannt, da kann es nicht mit rechten Dingen zugehen.«

»Ist das so?« Schwarz wurde nachdenklich.

»Das ist so!«

»Dann sollten wir auch einmal abchecken, wo Hellnbrinck sein Auto angemeldet hat.«

»Mein Auto? Euskirchener Nummer, ich bin hier gemeldet. Wieso, was interessiert Sie das denn?« Hellnbrinck wirkte nervös. Er hatte sichtlich nicht damit gerechnet, so schnell wieder mit der Polizei reden zu müssen. Überhaupt wirkte er fahrig und unkonzentriert. »Ich habe die ganze Nacht nicht geschlafen, sondern nur die Konten durchsucht und die Transaktionen verfolgt.«

Die Bank selber, so Hellnbrinck, befinde sich mehr und mehr im Belagerungszustand, seit man Schilder mit der Aufschrift *Wegen Innenrevision zur Zeit keine Auszahlung möglich, Ihre Gelder sind sicher* aufgestellt hatte. Aufgeregte Menschen stünden vor den Schaltern und diskutierten, durch die Aufschrift erst auf die Idee gebracht, dass die Gelder vielleicht doch nicht sicher sein könnten.

»Ach, wissen Sie, da sind so einige Fragen aufgetaucht. Zum Beispiel, warum Sie uns nicht erzählt haben, dass Sie wegen Unterschlagung vorbestraft und deshalb damals arbeitslos geworden sind.«

Hellnbrinck seufzte und schloss die Augen. »Das wird mich wohl nie mehr loslassen.«

»Och, so schlimm ist das gar nicht«, sagte Pankowski und lümmelte sich in den Besuchersessel, »in zwanzig Jahren wird das gelöscht.« Er machte den Eindruck, als sei dies genau die Art, in der er gerne Bankangelegenheiten erledigte. »Aber genau darum macht es einen wahnsinnig schlechten Eindruck, wenn dann erst Kollege Computer uns verrät, dass in einer Bank, die gerade wegen Unterschlagungen bankrott geht, jemand sitzt, der genau wegen solch böser Dinge schon einmal was auf die Finger gekriegt hat.« Er beugte sich vor und sah Hellnbrinck kalt ins Auge. »Da werden wir aber ganz, ganz hellhörig.«

Schwarz hätte Pankowski am liebsten auf die Schulter geschlagen, der alte Hase zog eine Show ab, wie er selber das nicht besser hätte machen können. Doch im Bewusstsein, dass dies bestimmt den beabsichtigten Effekt zerstören würde, stellte er sich schräg hinter Hellnbrinck, als würde er ein scheues Kaninchen in eine Ecke treiben und murmelte: »Aber deswegen sind wir eigentlich gar nicht hier.« Er genoss die Situation. Der Hase stand zwischen ihnen, und sie würden ihn sich solange gegenseitig mit einem Händeklatschen in die Arme treiben, bis er aufgab.

»Ist es richtig, dass wir Sie heute Morgen auf dem Campingplatz gesehen haben, ungefähr vor einer Stunde?«

Hellnbrinck war überrascht. »Ja, das kann sein, da war ich.«

»Was haben Sie denn da gemacht?«

»Ich wohne da.«

»Auf dem Campingplatz?«

»Ja, ich habe da einen Caravan. Hören Sie, ich bin da nicht gemeldet, ich habe auch noch eine Wohnung hier in Schleiden, aber ich bin gerne da draußen, ich fühle mich da wohl. Ich habe so lange im Wohnwagen leben müssen, als ich arbeitslos war, irgendwann hat mir das gefallen, ich habe Spaß dran gehabt.«

»Und den Caravan, den haben Sie sich von dem Geld gekauft, dass Sie damals unterschlagen haben?«, klatschte Pankowski wieder von der anderen Seite.

»Nein, natürlich nicht, das war doch alles ganz anders, ich

bin reingelegt worden.«

»Reingelegt.« Pankowski ließ sich das Wort auf der Zunge zergehen wie Kaviar.

»Ja. Und ich bezahle immer noch das Geld zurück, was damals verschwunden ist. Ich war das nicht, aber mir glaubt keiner!«

»Stimmt«, stellte Pankowski fest und untersuchte seine Fingernägel auf etwaige Unreinheiten.

»Und als das hier wieder passierte, da wusste ich, dass Sie früher oder später kommen werden, um mir die Sache anzuhängen. Und da wollte ich vorher herausfinden, wer das war und wie das alles gelaufen ist.«

»Oder um alles zu vertuschen.«

»Eben nicht! Wenn man mir damals geglaubt hätte, dann hätte man auch damals rausgekriegt, wie das gewesen ist. Das liegt doch sowieso alles auf den Servern, doppelt und dreifach gesichert, da weiß man sofort, wenn ich jetzt die Daten manipuliere. Und ich habe auch schon etwas rausgefunden.«

Er sah die Beamten beifallheischend an, doch Schwarz fand es an der Zeit, mal wieder die Richtung zu wechseln.

»Wo waren Sie eigentlich gestern Abend?«

»Wie, wo ich war? Natürlich hier! Ich habe die ganze Nacht hier die Konten überprüft, um herauszufinden, was hier überhaupt los ist. Deshalb war ich doch auch noch auf dem Campingplatz, damit ich mich mal rasieren und umziehen kann. Wieso, was ist denn passiert?«

»Wie kommt es, dass Sie wieder eine Anstellung gefunden haben? Normalerweise nimmt man doch nie wieder jemanden, der einmal untreu gewesen ist?«

»Das war der Brockstedel. Ich habe bei dem die Banklehre gemacht und mich immer gut mit dem verstanden. Und nachdem man mich damals verknackt hatte, da ist er dann irgendwann gekommen und hat mir angeboten, mit ihm in die Eifel zu gehen. Für mich war das meine Rettung, und ich muss Ihnen sagen, ich bin hier sehr glücklich, ich hätte das nicht gedacht, aber ich mag die Gegend hier wirklich. Mich bekommen Sie nicht wieder zurück in die Stadt. Ich lebe da in meinem Wohnwagen und brauche gar nichts mehr. Aber meine Ehre, die lasse ich mir nicht wieder nehmen! Und die Verantwortung für diese Geschichte, die wird mir keiner aufladen, nicht noch einmal!« Er lehnte sich vor und sah den beiden Beamten ins Gesicht. »Und jetzt erzähle ich Ihnen, was hier in der Eifelbank für eine Bombe tickt! Was meinen Sie denn, wozu ich mir die letzte Nacht um die Ohren geschlagen habe?«

»Na, dann schießen Sie mal los!«

Hellnbrinck atmete tief durch. »Ich glaube, ich weiß, was der Brockstedel hier veranstaltet hat, und ich muss sagen, wenn ich das gewesen wäre, dann hätte ich mich auch verdrückt!«

»Wir sind ganz Ohr.« Pankowskis Körpersprache strafte ihn lügen, er sah eher aus, als würde er gleich einschlafen.

»Zuerst eine Frage, haben Sie verstanden, worum es bei der Finanzkrise, die die Welt ergriffen hat, eigentlich geht?«

»Ehrlich gesagt, nein, außer dass alle glauben, dass es bald kein Geld mehr gibt.«

»Das stimmt so nicht! Das Geld ist nur woanders. Oder es war nie da. Passen Sie auf, ich versuche es ganz einfach und kurz zusammenzufassen. Erinnern Sie sich noch an Ronald Reagan?«

»Klar! Der Schauspieler, der von einem Schimpansen an die Wand gespielt wurde und dann doch lieber Präsident wurde.«

»Genau! Da geht alles los. Reagan hat nämlich eine Wirtschaftpolitik betrieben, die die Arbeitgeber stärkte. Damals gab es in der Finanztheorie gerade eine Mode, die nannte sich Monetarismus. Man dachte, man könnte alles über den Geldmarkt regeln oder besser über den Kreditmarkt. Deshalb wurden in Amerika damals die Zinsen so weit gesenkt, dass Kredite irrsinnig billig wurden. Verantwortlich dafür war der damalige Notenbankchef Alan Greenspan. Eigentlich funktionierte das auch. Die Arbeitgeber investierten und schufen vor allem Billigjobs, sodass sich viele Leute mit zwei oder drei kleinen Jobs ernähren konnten. Und auch für die waren die Kredite billig. Also, wenn das Geld nicht reichte, dann holte man sich eine Kreditkarte, und wenn das immer noch nicht ging, dann holte man sich eine zweite Kreditkarte, mit der man die Schulden von der ersten bezahlte. Und Häuser? Gar kein Problem! Ob Geld oder nicht, es kostete ja kaum was, sich ein Haus zu kaufen, denn die Zinsen waren ja niedrig, und so erfüllten sich viele Amerikaner mit wenig Geld ihren Traum vom Haus und vom Auto und überhaupt, und alle waren glücklich, und es ging über Jahre immer weiter.« Er atmete durch und trank einen Schluck Kaffee. »Ach 'tschuldigung, wollen Sie auch einen?«

»Nein, danke, ich hatte gerade einen. Reden Sie weiter, was hat das mit der Eifelbank zu tun?«

»Sehr viel! Denn da die Zinsen so niedrig waren, konnte man mit irgendwelchen Anleihen nicht so viel Geld verdienen, und so sahen sich die ganzen professionellen Anleger, also Banken, Versicherungen und Wertpapierhändler, um, was man denn noch fröhlich verkloppen könnte. Und dann dachten die sich jede Menge kleiner Sonderpapiere aus, machten zum Beispiel ein Paket aus verschiedenen guten und schlechten Hypothekenkrediten und boten das als Sicherheit einer anderen Bank an, um damit wieder Geld auszuleihen. Und diese Bank packte das Paket dann wieder neu ein und gab es weiter und noch mal und noch mal und noch mal. Das ist ein bisschen so, als hätten Sie einen Acker, und da hätten Sie Weizen drauf gesät – und vorher die Ernte schon zehnmal verkauft.«

»Aber wenn ich Sie richtig verstehe, dann hat das doch immer funktioniert, warum denn jetzt nicht mehr?«

»Ja, das ist jetzt verrückt, denn das ging so lange gut, bis der kleine George W. Bush die Achse des Bösen entdeckte und den Irak angriff. Leider war das nämlich kein Spaziergang, wie er gedacht hatte, sondern wurde eine ziemlich teure Angelegenheit. Und wie bezahlte er es? Wie alle Amerikaner! Er nahm einen Kredit auf! Nur waren das nicht 10 Dollar, sondern mehrere 100 Millionen. Und was passiert, wenn alle etwas kaufen wollen? Der Preis steigt. Der Preis für Kredite sind aber die Zinsen, und auf einmal wurden alle die Kredite, die die Amerikaner über all die Jahre so satt und glücklich gemacht hatten, sehr, sehr teuer. Die Leute können ihre Kredite nicht mehr bezahlen, die Zinsen wachsen ihnen über den Kopf, und dann platzt eine Hypothek, dann noch eine, noch eine, dann zehn, dann hundert, und dann macht die erste Bank dicht, weil ihr die Mittel fehlen, um noch Geschäfte zu machen.« Er sah Schwarz zufrieden an. »Da werden aber auch plötzlich die Banken misstrauisch und überlegen sich, ob man vielleicht all den anderen Banken besser kein Geld mehr leihen sollte. Und auf einmal bricht das ganze schöne System in sich zusammen. Bumm! Die Blase platzt. Niemand bekommt mehr irgendein Geld, und der gesamte globale Geldfluss erstirbt.« Er sah sehr zufrieden aus, als wäre das Ganze auf seinem Mist gewachsen. »Haben Sie das jetzt verstanden?«

»So halb. Aber was hat das jetzt mit der Eifel zu tun?«

»Ja, Moment, das kommt jetzt, das wird jetzt ein bisschen kompliziert. Als nämlich noch alles in bester Ordnung war, vor ungefähr fünf Jahren, da hat auf einmal die Eifelbank,

Filiale Schleiden eine Firma namens Countryside Real Estate Finance Company mit Sitz in Irland damit beauftragt, ein Optionspapier auf deutsche Hypotheken aufzulegen. Und jetzt raten Sie mal, wer diese Firma ist?«

»Ich bin ganz schlecht im Raten.«

»Ein gewisser Herr Brockstedel. Und ahnen Sie auch, wer den Vertrag mit dieser Firma unterschrieben hat?«

Pankowski und Schwarz sahen sich fassungslos an. »Heißt das, Brockstedel hat mit sich selber einen Vertrag geschlossen?«

»Genau so! Als Sicherheit dienten die Immobilien- und Geschäftskredite der Eifelbank, aber damals interessierte das ja niemanden, denn alles existierte ja doch nur auf dem Papier, und eigentlich sollte das alles ja auch schön auf genau diesem Papier bleiben. Perfekt, die Kredite bleiben hier in den Büchern, keiner merkt was, das ist so, als ob ich mir auf Ihren Acker woanders Geld borge, nur leider wissen Sie gar nichts davon. Also, die Countryside Real Estate Finance Company macht irgendwo auf der Welt Geschäfte, sammelt Geld ein mit deutschen Immobilienderivaten und kauft dafür alles, was spektakulär ist. Und in diesen Listen hier finden Sie alles, was im Augenblick durch die Nachrichten geistert, Lehman Brothers, Freddie Mac, Kaupthing Bank, Hedgefonds, alles, was jetzt gegen die Wand gefahren ist. Man verdient Geld ohne Ende.«

»Und dann? Wo ist das jetzt alles?«

»Verzockt! Das Geld stand ja immer nur in den Büchern, das wurde ja nie real. Nur dann bröckeln seit einigen Monaten die Erträge. Es muss Geld nachgeschossen werden. Die Papiere, die vorher riesige Werte dargestellt haben, sinken immer weiter im Kurs. Und auf einmal gerät Brockstedel in Schwierigkeiten: Um die Konten der Countryside Real Estate Financing Company am Leben zu halten, muss er wohl versucht haben, mit den Liquiditätskonten der Eifelbank die kurzfristigen Zahlungen für seine Firma abzudecken. Und da stehen wir heute. Das gesamte Kapital der Bank ist über eine Tochter abgeflossen, von der die Bank eigentlich nichts wusste.«

»Hm. Und inwiefern hilft uns das jetzt weiter?«

Hellnbrinck lachte kurz auf. »Haben Sie den Parkplatz gesehen? Die Leute? Die sorgen sich nur, weil wir alle Auszahlungen eingestellt haben. Doch die wahre Bombe wird im Laufe des Tages hochgehen. Brockstedel hat nämlich, um die Lage der Eifelbank zu retten, alle laufenden Kredite fällig gestellt!«

Hellnbrinck sah sie triumphierend an, doch sie waren nicht so richtig beeindruckt. »Helfen Sie uns weiter, was heißt das genau?«

»Brockstedel hat allen Kreditnehmern der Bank einen Brief geschrieben, dass sie innerhalb von zehn Tagen sämtliche Kredite und Verbindlichkeiten zurückzahlen müssen, andernfalls sie Zwangsmaßnahmen entgegensehen. Und wissen Sie, was das heißt?«

»Keine Ahnung.«

»Die gesamte Eifel ist mit einem Schlag bankrott. Und was meinen Sie, was dann erst hier los sein wird!«

»Aha. Das heißt, da könnte jemand ziemlich sauer auf Ihren Chef sein?«

»Jemand ziemlich sauer ist gar kein Ausdruck! Das eigentliche Problem ist allerdings, dass Brockstedel die Kredite nicht als Chef der Eifelbank gekündigt hat, sondern als Geschäftsführer der Countryside Real Estate Finance Company. Und so lange es uns nicht gelungen ist, die Übertragung der Sicherheiten für unrechtmäßig erklären zu lassen, können wir da ziemlich wenig unternehmen. Im Augenblick sind uns da die Hände gebunden. Wir versuchen zwar, die

Wogen zu glätten, aber das ist nicht so einfach, vor allem, weil die Bank ja wirklich in Zahlungsschwierigkeiten ist und dringend liquide Mittel braucht. Deshalb können wir auch nicht so einfach die Kündigung der Kredite zurücknehmen und sagen, es sei ein Fehler gewesen. Da prügeln sich im Moment die Herren aus der Rechtsabteilung, um einen Weg zu finden, während die Bank selber von allen Geldströmen abgeklemmt ist.«

Die Beamten sahen sich beunruhigt an. »Ich bin auch Kunde bei der Eifelbank«, sagte Pankowski, »wie soll das denn weitergehen?«

Hellnbrinck zuckte mit den Achseln. »Keine Ahnung. Ich glaube nicht, dass das alles so durchgezogen wird. Allerdings brauchen wir Brockstedel, um an die Konten in Übersee heranzukommen. Ohne den kann man eigentlich wenig machen. Ansonsten kann man nur hoffen, dass wir über das Instrument der Einlagensicherung wenigstens wieder am Giralverkehr teilnehmen können, wenn wir uns unter einen Dachverband begeben, zum Beispiel bei den Genossenschaftsbanken, zu denen wir eigentlich ja auch gehören. Aber wahrscheinlich wird es so sein, dass wir viel zu klein sind. Wenn die Bayrische Hypo oder die Landesbank krank werden, dann bekommt Deutschland wirklich Probleme. So eine kleine Eifelbank, die kann man schon verknusen, die darf man ruhig kaputtgehen. Dass die ganze Region hier dann bankrott geht, da denkt eigentlich keiner drüber nach. Wen interessiert denn schon die Eifel?«

Schwarz dachte an die Fernsehteams, die nur durch ein totes Kind hierher getrieben wurden. Eifel interessierte bestimmt keinen, aber ein totes Kind war gut für die Quote. Manchmal dachte Schwarz, ob nicht einer der Fernsehleute, wenn die Zuschauerzahlen nicht stimmten … Er schüttelte sich, manchmal ging es doch ein wenig durch mit ihm.

Hellnbrinck redete währenddessen weiter. »Sie müssen sich vorstellen, den Leuten wird von heute auf morgen ihre Existenz geraubt! Da gibt es welche, die sollen in zwei Wochen ein paar hunderttausend Euro auf den Tisch legen. Wie soll das denn funktionieren? So was gibt es, das kommt dauernd vor, aber dann haben die Leute meistens eine Frist von ein paar Monaten, das funktioniert doch überhaupt nicht. Dem Brockstedel ist wohl nur die Zeit davongelaufen, er hat Panik bekommen. Der musste irgendwas tun, um seine Angelegenheiten noch zu retten. Und da stelle ich mir vor, könnte er vielleicht an den Falschen geraten sein.«

Pankowski war nicht überzeugt. »Nein, man kennt doch die Eifel, ein Eifelbauer, dem Sie den Hof wegnehmen wollen, der kommt Ihnen mit dem Miststreuer in die Schalterhalle gefahren! Der Brockstedel ist ganz still verschwunden, das klingt mir nicht so, als wäre da einer durchgedreht. Wenn, dann hat das einer von langer Hand vorbereitet. Aber«, er erhob sich, »spekulieren ist sowieso sinnlos. Wir werden das auf jeden Fall überprüfen, und vielleicht führt es uns ja weiter. Bis dahin halten Sie sich zu unserer Verfügung.«

Sie schlossen die Bürotür hinter sich und nickten sich zu.

»Was hältst Du denn davon?«, raunte Pankowski Schwarz zu.

»Von seiner Aussage? Alles sehr glatt. Wir wissen ja auch noch gar nicht, wann der Junge zu Tode gekommen und dort oben abgelegt worden ist.«

»Quatsch! Was der da von der Bank erzählt hat! Mensch, ich habe da auch einen Kredit!«

»Dann weißt du ja schon, was dich im Briefkasten erwartet. Aber ich würde mir nicht zu viele Sorgen machen, als Staatsbeamter nimmt dich jede andere Bank doch auch!«

Pankowski sah nicht sehr beruhigt aus. »Hoffentlich hast du recht!«

»Und was machst du? Willst du in die Dienststelle?«

»Ja, ich werde mal einen kurzen Bericht über unsere Taten verfassen. Und du?«

»Wenn ich schon hier bin, dann mache ich auch noch weiter. Hier, nimm einfach mein Auto, ich komme zu Fuß. Es sind ja keine großen Distanzen, die man hier zurücklegt.«

Pankowski nahm den Schlüssel in Empfang und grinste: »Das kann ja wieder nur ein Kölner behaupten. Und wir laufen uns hier die Füße blutig. Vergiss nicht Wegzehrung mitzunehmen, du Wandersmann!«

Er winkte und ging. Schwarz folgte ihm in die Schalterhalle. Die beflissene Angestellte versuchte Kunden zu beruhigen, die immer noch aufgeregt die Schalter umstanden und mit Zetteln wedelten. Kaum sah sie ihn, richtete die junge Empfangsdame wieder ihr Scheinwerferlächeln auf ihn und begrüßte ihn mit einem begeisterten: »Guten Morgen, Herr Kommissar!«

»Oberkommissar, um genau zu sein«, korrigierte er sie, »sagen Sie, können Sie mir sagen, wo genau ich die Frau Mauel finde?«

»Das bin ich selber.«

Schwarz sah sie mitleidig an. Was musste ein junges, nicht ganz unattraktives Mädchen dazu treiben, mit einem alten Sack wie dem Brockstedel in die Kiste zu steigen – jedenfalls, wenn das Gerücht auf Wahrheit basierte, was Schwarz in diesem Augenblick doch etwas anzweifelte. »Frau Mauel, ich hätte da ein, zwei Fragen an Sie, können wir vielleicht in einen Nebenraum gehen?«

Sie nickte und sah sich suchend nach hinten um. An der Seite war ein offenes Büro. »Ich frage gerade, ob wir dort hinten in den Beratungsraum gehen können, und dann muss mich auch jemand hier ablösen«, sagte sie und lief schnell zu einem Kollegen, der anscheinend mehr zu sagen hatte als sie selbst.

Beratungsraum. Warum bloß klang das so verlogen? Doch bevor Schwarz sich dieser Überlegung weiter widmen konnte, nickte sie ihm zu, und er ging hinter ihr her.

Sie schloss die Tür und bot ihm einen Sessel an. Inzwischen schien sie doch etwas beunruhigt zu sein, oder der enthusiastische Gesichtsausdruck funktionierte nur in der Schalterhalle.

»Frau Mauel, mir ist zugetragen worden, dass Ihr Verhältnis zu ihrem Filialleiter, sagen wir, nicht immer nur dienstlicher Natur gewesen ist.«

Sie sah ihn genervt an. »Der blöde Walterscheid wahrscheinlich. Ja, es stimmt, Michael war zwei- oder dreimal bei mir. Ich hätte es mir denken können. Er hatte mir versprochen, dass ich hier eine tolle Karriere machen kann, aber dann wurde mir das zu blöd. Ich meine, gucken Sie ihn sich doch mal an. Und im Bett ist der auch nicht toll, und dann habe ich mir irgendwann gesagt, lieber ein Leben hier in der Filiale Schleiden, als weiter welkes Fleisch auf sich rumrutschen zu lassen.«

Ihre Unverblümtheit verblüffte Schwarz. Und sie war so ehrlich patzig, wie nur junge Mädchen sein konnten, wenn man sie bei irgendetwas Ungehörigem erwischte – Nasebohren oder Schuleschwänzen. Oder mit dem Filialleiter rummachen. Er konnte nicht anders, er war leicht amüsiert. »Schließe ich daraus, dass das Verhältnis nicht mehr andauert?«

»Schließen Sie, was Sie wollen, aber ich habe dem den Laufpass gegeben. Ich wollte nicht mehr.«

»Wann war das?«

»Das ist jetzt sicher zwei Wochen her.«

»Und wie hat er reagiert?«

Sie hob genervt die Schultern. »Wie soll der reagiert haben, ich weiß auch nicht, keine Ahnung. Der hat halt vorher immer gefaselt, ich solle bei ihm bleiben, da würde es mir immer gut gehen, da wäre meine Zukunft gesichert, aber ich bin doch nicht blöd. Was immer der mir da verspricht, der hält es ja doch nicht. Und dann habe ich Schluss gemacht.«

»Und da hat ihr Chef nichts zu gesagt? Nicht mit Versetzung gedroht oder einem schlechten Zeugnis oder so etwas?«

»Nein. Kann sein, dass er noch so etwas vorhat, aber der war richtig cool. So als hätte er damit gerechnet. Wahrscheinlich hatte der eh schon längst wieder eine andere. War das alles?«

Es war alles.

Wieder eine Spur, die im Sande verlief.

13. Kapitel

Schwarz schob sich zwischen den aufgeregten Menschen hindurch auf den Parkplatz. Es war ein unwirkliches Schauspiel, wie es ihm noch von den Bankenpleiten der Siebzigerjahre in Erinnerung war: Menschen standen mit bedruckten Papieren und erhitzten Gesichtern vor den Schalterhallen, immer weitere kamen hinzu, regten sich auf, riefen und diskutierten.

Schwarz ging auf die andere Seite und besah sich die Szenerie. Auch wenn er mehr wusste als die alle, konnte er ihnen nicht helfen. Er war genauso ratlos und darauf angewiesen, Menschen zu vertrauen, die sich geduldig durch die Zahlenkolonnen wühlten und am Ende dann die richtige Entscheidung trafen. Doch würde das denen, die hier auf Rettung hofften, wirklich ein Trost sein?

»Das ist zu schrecklich, die ganzen Menschen, alle haben Angst um ihre Ersparnisse!«

Rheinischer Tonfall mit einem gehörigen Schuss Konfetti in der Stimme, doch Schwarz hatte nicht erwartet, als er sich umdrehte, einer Nonne gegenüberzustehen. Sie sah ihn durch ihre dicke Hornbrille aufgewühlt an.

»Das stimmt, aber wir müssen wohl etwas Geduld haben, bis sich die Lage geklärt hat. Haben Sie auch Geld hier?«

»Ich??« Sie lachte herzlich, »wo denken Sie hin, mein Konto wird da oben geführt!« Sie zeigte mit dem Finger schelmisch zur Wolkendecke. Dann sah sie ihn interessiert an. »Entschuldigen Sie meine Neugier, aber kommen Sie jetzt aus Köln?«

»Ja. Nein, irgendwie schon, aber dann auch wieder nicht«, stotterte er und war sich bewusst, dass diese Antwort genau so bescheuert wie ehrlich war.

»Denn Sie müssen wissen, ich bin ja ein kölsches Mädchen, auch wenn man mir das nicht so ansieht, wissen Se, und dann habe ich das Nummernschild von Ihrem Wagen gesehen, weil ich mich immer so freu, wenn ich jemand aus meinem guten alten Kölle treffe. Steht der Dom noch?«

»Ich habe nichts anderes gehört«, antwortete Schwarz sanft.

»Das ist gut, obwohl die Kirche hier ja auch schön ist, sehen Se, da oben, aber so'n kölsches Mädchen wie ich, die muss halt immer wieder nach Köln. Wenn zum Beispiel Karneval ist, dann ziehe ich mir die Pappnas an, und dann jeht et loss. Wissen Se, was unser Pastor immer gesagt hat?«

Nein, Schwarz wusste es nicht, aber er war sich sicher, es in Kürze zu erfahren, und sie enttäuschte ihn nicht.

Und während die Nonne munter weiterplauderte und von ihren Touren durch das Rheinland erzählte und dem tristen Dasein in westfälischen Klöstern, ganz ohne Pappnase, beobachtete er sie fasziniert und fragte sich, ob es vielleicht einen tieferen Sinn hatte, dass genau sie ihn hier angesprochen hatte.

»Entschuldigen Sie«, unterbrach er sie, als sie gerade eine Atempause machte, »ich bin leider beruflich hier«, er zückte seinen Ausweis, »kommen Sie hier öfter vorbei?«

»Das will ich sagen!«, rief sie, »wir wohnen doch genau da drüben!« Sie zeigte auf eines der Häuser hinter sich. »ist ja kein Kloster, das andere haben sie ja zugemacht, wissen Se, hinten in Reifferscheid, und jetzt sind wir halt hier, und da oben ist das Altenheim, in dem wir meistens arbeiten, warum fragen Sie?«

»Sie sind doch bestimmt morgens früh unterwegs. Haben Sie denn vielleicht gestern Morgen hier jemand gesehen?« Manchmal musste man dem Unwahrscheinlichen eine Chance geben.

Sie dachte kurz nach. »Gestern Morgen? Ja, wir sind ja immer früh auf, obwohl, ich bin ja eigentlich eher ein Langschläfer, aber so im Orden, da lernt man auch das Frühaufstehen. Wann soll das gewesen sein? Sieben Uhr? Halb acht? Ja, sage mal, da war ich doch gestern unterwegs, oder war das vorgestern?« Sie knuffte ihn vergnügt in die Rippen. »Bald komme ich auch bestimmt in das Demenzzentrum oben im Schloss.« Ein Daumen zeigte auf das große Gebäude, das über ihnen auf dem Hügel lag. »Doch ich glaube, das war gestern, denn hinterher bin ich ja noch nach Euskirchen gefahren, und ja, das stimmt, da war was! Da hinten, da stand doch so ein komisches, weißes Auto. Da kam ein Mann her, und der hat irgendwas in ein anderes Auto geladen, hinten in den Kofferraum. Mir kam das seltsam vor, man hört ja so viel, also, da gucke ich doch genau hin, wenn da einer frühmorgens auf einem Parkplatz was in ein Auto lädt!«

Das war kaum zu glauben, was für ein Zufall! »Schwester, Sie wissen nicht eventuell, was das für ein Auto war?«

»Na klar weiß ich das!« Der Triumph in ihrem Gesicht war unverhohlen. »Das war ein Golf! In Silber!« Vertraulich beugte sie sich zu ihm und hielt die Hand an ihren Mund, als wolle sie ihn in die Geheimnisse des Treibens hinter den schützenden Klostermauern einweihen. »Wir fahren nämlich auch so einen!«

Und wieder lachte sie so herzlich, dass Schwarz sie am liebsten in die Arme genommen hätte. Doch er war in seiner Fassungslosigkeit gar nicht fähig, irgendetwas zu machen. Diese Frau musste ihm der Himmel geschickt haben. Stundenlange Fußarbeit ersparte sie ihm. Gerührt räusperte er sich und fragte sie: »Sagen Sie, glauben Sie eigentlich an Engel?«

»Na klar!«, sagte sie und riss die Augen weit auf, »da bin ich doch Expertin, das ist doch mein Beruf, so wie Sie Polizist …« Sie stockte und wurde auf einmal ernst. »Aber sagen Sie, stimmt es, dass man ein totes Kind gefunden hat? Man redet ja über nichts anderes mehr.«

»Ja leider.« Er schwieg, was hätte er sagen sollen?

Die Nonne schüttelte den Kopf. »Wie schrecklich! Man versteht es nicht! Wer tut denn so was?«

Schwarz zuckte mit den Achseln. »Das wüssten wir auch gerne. Aber ich bin sicher, dass wir es bald wissen werden.«

»Manche kriegen Sie ja nie.« Sie sah ihn mit so einer verzweifelten Hoffnung an, er möge ihr jetzt widersprechen, natürlich würde man den bekommen, keine Frage – doch durfte man Nonnen anlügen? Selbst, wenn sie es wollten? Er entschloss sich, ihr den Gefallen zu tun.

»Keine Sorge, wir kriegen den. Wir haben da schon eine ganz heiße Spur.« Er lächelte sie an.

Sie erwiderte das Lächeln und sah ihm tief in die Augen. »Dann wünsche ich Ihnen viel Erfolg. Ich werde für Sie beten«, sagte sie, nickte ihm zu und ging Richtung Schloss davon.

Schwarz sah ihr hinterher. Ja, dachte er, bete für mich. Was für ein tröstlicher Gedanke, auch wenn ihm das Beten so fern lag wie Düsseldorf, es fühlte sich wahnsinnig schön an, wenn man einem Engel begegnet war und der auch noch für einen beten wollte.

Mühsam riss er sich aus seinen seltsamen Gedanken und versuchte sich wieder auf seinen Fall zu konzentrieren. Also ein Golf. In Silber. Und sein kleiner, lieber Nonnenengel fuhr auch so einen. Wenn das die Marketingabteilung von Volkswagen wüsste, wie die Engel sich heutzutage fortbewegen …

Als Schwarz sich auf den Weg zurück machte, verriet ihm sein Magen, dass es langsam aber sicher an der Zeit war, wieder etwas Nahrung zu sich zu nehmen. Und da er inzwischen bereit war, Schleiden als urbanen Mittelpunkt der umliegenden Hemisphäre zu akzeptieren, entschied er sich dafür, in der Innenstadt etwas Essbares aufzutreiben.

Wie aufgescheuchte Krähen flatterten Fernsehteams durch den Ort auf der Suche nach Bildern, die sie ihren Zuschauern präsentieren konnten. Doch was konnte gruselig genug sein, um die entsetzliche Wahrheit zu illustrieren? Etwas anderes als malerische Kulissen würden die Kameraleute wohl nicht vor ihre Linsen bekommen. Schwarz hörte die Menschen auf der Straße darüber lachen: Der Tatort lag so versteckt, dass er über kein Navigationsgerät anzusteuern war, und die liebenswerten Eifler hatten sich unabgesprochen den Spaß ausgedacht, die Fernsehteams in die absurdesten Richtungen zu schicken.

Von der Bank waren es nur wenige Schritte bis zum Marktplatz. Dafür, dass dies bestimmt gerne das Shoppingcenter der Region sein wollte, ging es hier relativ entspannt zu, wenn man von den Unmengen Schülern absah, die die Fußgängerzone bevölkerten.

Als er einen Wochenmarkt passierte, der auf einer freien Fläche aufgebaut war, beschloss er kurzerhand, sich für das Essen des Vorabends zu revanchieren. Er kaufte frisches Gemüse und schlenderte weiter. Er barg zufrieden seine reichhaltigen Einkäufe in Plastiktüten und blickte sich um. Schwarz entschied sich für eine Metzgerei, die einen Mittagstisch anbot. Kohlrouladen mit Bratkartoffeln wurden feilgeboten – im Moment genau das Richtige. Er ging hinein, bestellte sein Essen und sah zu, wie man es auf einen Teller packte und in die Mikrowelle schob. Der Laden war voll von Handwerkern und Mittagspäuslern, was nach seiner Erfahrung immer ein gutes Zeichen für die Qualität des Essens war.

Weniger entspannt war allerdings die Stimmung der Gäste. Kindermord oben im Wintzener Wald, das war das Thema, und hier wusste auch jeder genau, an welchem Baum die Leiche gefunden worden war. Es wurde laut überlegt, wer denn das Kind sein könnte, wen man nicht gesehen hatte. Gerüchte und Spekulation überschlugen sich in wilder Abfolge.

Ein silbrig klingendes Glöckchen zeigte an, dass die Mikrowelle ihre Arbeit verrichtet hatte, und die Frau hinter der Theke reichte Schwarz den Teller. »Vorsicht, ist heiß!«, warnte sie ihn.

»Hey, sagen Sie mal, sind Sie nicht auch Polizist? Lassen Sie es sich schmecken! Wieso sind Sie denn nicht da draußen und fangen die Arschlöcher, die unsere Kinder hier abschlachten.«

Genau das hatte Schwarz jetzt noch als Tischdekoration und Sättigungsbeilage gefehlt: eine Stammtischdiskussion über die Unfähigkeit der Polizei. Er überlegte kurz, ob ein überhitzter Teller mit Bratkartoffeln auf dem Kopf des Sprechers der Diskussion beruhigende Züge verleihen würde. Woher wusste dieser Mensch eigentlich schon wieder, dass er Polizist war? Großstadt hatte manchmal doch Vorteile. Er stellte den Teller auf den Tisch, atmete zweimal tief durch, dachte an die wässrig-blauen Augen seines Therapeuten, die ihn sofort beruhigten, und drehte sich um. »Meinen Sie mich?«

»Na klar! Ist hier sonst noch ein Bulle im Raum?«

»Allerdings!«, rief die Bedienung von hinten, »jede Menge hier in der Auslage!«

Das Lachen wirkte sich direkt auf die aggressive Stimmung aus. Schwarz' Gegner sah sich irritiert um und versuchte dann von Neuem, einen Angriff zu starten. »Geht der hier einfach essen! Macht gemütlich Pause! Mensch, warum seid Ihr nicht da draußen und tut was, anstatt euch hier den Beamtenbauch vollzuhauen!«

»Junger Mann«, begann Schwarz schleppend zu sprechen. Solche Leute hassten es, mit *Junger Mann* angesprochen zu werden, »ich werde mit Ihnen hier keine Polizeiarbeit diskutieren.« Schwarz ging, während er seinem Gesprächspartner starr in die Augen sah, im Zeitlupentempo auf ihn zu. »Da draußen sind im Augenblick zweihundert Mann und suchen. Zwanzig andere sind verzweifelt dabei, herauszukriegen, wer dieses arme Wesen eigentlich ist, das ich heute Nacht dort draußen gefunden habe. Und wenn Sie glauben, dass Sie alleine ein Monopol auf Lautstärke und Gefühle haben, dann muss ich Sie enttäuschen, denn«, inzwischen war er nur noch wenige Zentimeter vom Gesicht des anderen entfernt und entschied sich, seine Sprechlautstärke für einen erhöhten Effekt auf ein bedrohliches Flüstern zu senken, »ich habe heute Nacht die Leiche gesehen und du nicht, und wenn ich mich heute Abend ins Bett lege, werde ich sie vor Augen haben, und du nicht, und wenn ich mit meinem Sohn telefoniere, der fünfhundert Kilometer weit weg wohnt, dann werde ich dieses kleine Kind vor mir im Dreck liegen sehen, und dann solltest du dir einmal überlegen, dass ich auch schon Täter überführt habe, auf die ich nur gekommen bin, weil die sich direkt neben mir lauthals über die Unfähigkeit der Polizei beschwert haben, und wenn ich mir deine Fresse so angucke, dann möchte ich jetzt sofort deinen Personalausweis sehen, damit ich überprüfen kann, ob du nicht viel mehr weißt über dieses arme, kleine Wesen da oben im Matsch, als du jetzt sagen möchtest.« Er ging einen Schritt zurück, ohne den Blick von den Augen seines Opfers abzuwenden und streckte die Hand aus. »Also, ich warte.«

Der andere hielt tapfer stand und griff, ohne die Augen abzuwenden, in seine Brusttasche. Ohne hinzusehen öffnete er sie, holte die kleine, grüne Plastikkarte raus und hielt sie Schwarz hin. Schweigend sah er zu, wie Schwarz sich umständlich sein Notizbuch aus der Jackentasche fingerte, einen Stift suchte und sich Name und Anschrift notierte.

Dann räusperte er sich: »Gestern Abend war ich übrigens bei einer Vereinssitzung, das können Sie nachprüfen.«

Schwarz sah ihn interessiert an. »Gestern Abend? Wer redet denn von gestern abend? Wir wissen noch gar nicht, welche Zeit relevant ist. Ihre Vereinssitzung ist völlig unerheblich.« Noch drei Sekunden, ein starrer Blick tief in die Pupillen, dann erkannte Schwarz so etwas wie ein zartes Verstehen in den Augen seines Gegenübers, drehte sich weg und setzte sich, als wäre nie etwas passiert, an den Tisch. In seinem Rücken hörte er das Öffnen der Ladentür und wusste, dass er mindestens bei diesem Essen nicht mehr gestört werden würde.

Während er zufrieden an der Kohlroulade kaute, dachte Schwarz darüber nach, wie es eigentlich wäre, in Wirklichkeit einen Sohn zu haben, der irgendwo leben würde und mit dem man abends telefonieren könnte. Oder auch eine Ex-Frau. Es war schon seltsam, sich eine Riege von Menschen erfinden zu müssen, nur um nicht jedem immer erläutern zu müssen, wieso er jetzt so alleine war, wie er war. Die Arbeit war ihm immer alles gewesen, und an anderen Menschen fehlte ihm einfach das Interesse. Vielleicht war ja nie die Richtige gekommen, die ein Feuer bei ihm ausgelöst hatte, vielleicht sollte das ja alles so sein – oder am End hatte Schwarz sein Leben völlig verpfuscht.

Nachdenklich fuhr er mit einem Stück Bratkartoffel durch die Soße, die sich am Rand des Tellers gesammelt hatte. Bestimmt würde es seinen Therapeuten interessieren, aber da Schwarz sich nicht für seinen Therapeuten interessierte, beschloss er, diese angenehm distanziert vor sich hinplätschernde Beziehung nicht durch unnötige Vertraulichkeiten zu belasten. Und so genau wollte Schwarz es eigentlich auch nicht wissen, was es mit diesen ganzen Menschen auf sich hatte, die er bei Bedarf aus seiner Fantasie erschuf. Es war so praktisch, echte Menschen hatten echte Angewohnheiten und Berufe und konnten nicht so unkompliziert den Notwendigkeiten des Alltags angepasst werden. Schwierig wurde es allerdings, wenn man die Geschichten durcheinanderbrachte, aber Schwarz hatte ein hervorragendes Gedächtnis, und wenn er so an seine Ex-Frau dachte, die er bei Bedarf in den Gesprächen erstehen ließ, dann hatte sie mittlerweile so viel Format gewonnen, dass er sich nur zu gut vorstellen konnte, wie sie aussah, lief und redete und was ihn damals bei ihrer Heirat so an ihr fasziniert hatte.

Mit einem freundlichen Nicken stellte er den leergegessenen Teller auf die Seite und verließ mit dem Gefühl, halbwegs gestärkt in die Zukunft sehen zu können, das Ladenlokal und wanderte Richtung Dienststelle.

14. Kapitel

Zufrieden den Nachgeschmack der Kohlrouladen noch auf der Zunge balancierend, wanderte Schwarz an der dicht befahrenen Bundesstraße entlang. Ein wunderliches Gemisch aus alten und neues Häusern umstand die Straße, teilweise rußgeschwärzt und aus einer anderen Welt übriggeblieben. Er sah eine Art Schuppen mit Laderampe, an dem ein altertümlicher Kran angebracht war. Was immer man hier befüllt haben mochte, es sah aus, als sei hier schon seit Jahrzehnten nichts mehr verändert worden. Um so schöner war es, dass noch niemand sich bemüßigt gefühlt hatte, es abzureißen.

Wenn er sich den lebhaften Autoverkehr betrachtete, bekam er das Gefühl, dass zu Fuß zu gehen hierzulande so exotisch war wie mit dem Hubschrauber unterwegs zu sein. Ihm machte das allerdings nichts. Es war ihm eine liebe Gewohnheit aus der Stadt, in der man sich dreimal überlegte, einen günstigen Parkplatz leichtfertig wieder aufzugeben und deshalb lieber einen kleinen Fußmarsch auf sich nahm. Außerdem konnte man auf diese Weise vortrefflich nachdenken. Und nachzudenken war dringend notwendig. Wenn er auch am Morgen die Idee gehabt hatte, dass die beiden Fälle etwas miteinander zu tun haben könnten, fand er das im Augenblick doch recht weit hergeholt. Die Menschen konnten wohnen, wo sie wollten, und selbst wenn Hellnbrink auf einem Komposthaufen hausen würde, bedeutete das gar nichts. Und die Erklärungen von Hellnbrinck für seine Anwesenheit in Tatortnähe waren plausibel – leider.

Trotzdem wollte ihm dieser Mann gar nicht gefallen. Er spielte so überzeugend das Unschuldslamm und den zu Unrecht verdächtigten, dass es schon fast peinlich war. Doch bevor nicht ein Fachmann die Vorgänge in der Bank einmal genau unter die Lupe genommen hatte, konnte Schwarz ihm auch nichts am Zeug flicken.

Es sei denn, er fand Brockstedel.

Wäre ein leerer Campingplatz nicht ein hervorragendes Versteck für einen Bankdirektor? So ein Blick in den Wohnwagen von Hellnbrinck wäre bestimmt eine gute Idee. Doch da alle wollten, dass er an dem Fall mit dem ermordeten Jungen mitarbeitete, würde ihm auch niemand einen Durchsuchungsbefehl für einen Wohnwagen ausstellen. Und dabei war es doch so schön für Schwarz, sich mit dieser Bankengeschichte von dem toten Kind abzulenken, das sich immer wieder wie ein grauer Schatten in sein Bewusstsein schob.

Als Schwarz an der Einfahrt zur Polizeidienststelle ankam, blieb er entgeistert stehen. Das gesamte Gebäude war belagert von Wohnmobilen mit riesigen Satellitenantennen auf dem Dach, Menschen zogen Kabel über die Wiese, standen mit Zetteln in der Hand in gleißendem Scheinwerferlicht, während wieder andere Kameras hin und her trugen.

Er ging vorsichtig durch die Fernsehteams hindurch, über Kabel und Bleche, und störte sich nicht im Mindesten an dem hektischen Treiben, das um ihn herum ausgebrochen war.

»Die sind alle völlig wahnsinnig geworden«, begrüßte ihn Gschwind im Eingangsbereich des Gebäudes. »Schau dir das an! Was hier los ist!«

Schwarz kannte solche Szenen zur Genüge. Er beschloss, sich von der ganzen Hektik nicht beeindrucken und erst recht nicht anstecken zu lassen und grummelte nur eine kurze Begrüßung vor sich hin.

»Ach, Stefan, übrigens, du sollst mal zum Leiter der Soko kommen, es gibt Neuigkeiten, wir haben den Jungen identifiziert!«

Sofort war Schwarz hellwach und bei der Sache. »Ehrlich? Wer ist es denn?«

»Jemand aus Dreiborn. Kennst du eh nicht. Die Kollegen sind schon dort. Und dann wartet die Frau von deinem Bankdirektor auf dich, du bist richtig begehrt!« Er sah auf den Platz, wo seine Kollegen schon mit den Fernsehteams zu diskutieren begonnen hatten. »Kann ich auch drauf verzichten«, grummelte Schwarz und ging zum Treppenhaus.

In den oberen Stockwerken angekommen, drückte er die Tür auf und ging in den Besprechungsraum, in dem sich die Soko eingerichtet hatte.

Von dem lebhaften Treiben des Vormittags war hier jetzt nichts mehr zu merken. Der Raum war fast leer. Zwei Kollegen saßen an der Seite und bedienten die immer wieder klingelnden Telefone. Friedrichs saß an einem Schreibtisch und blätterte in Papieren, die sich vor ihm stapelten. Als er Schwarz sah, hob er kurz die Hand zum Gruß und wollte gerade losreden, als in Schwarz' Rücken die Tür neuerdings aufgerissen wurde und mit fliegenden Mantelschößen stürmte der Bürgermeister herein. Er plapperte sofort drauflos.

»Tut mir leid, ich kann mir denken, dass Sie im Augenblick nichts weniger brauchen können als mich, aber bei mir klingelt das Telefon Sturm, und ich kann den Leuten nichts sagen.« Er sah Schwarz an. »Sie waren doch gestern auf dem Parkplatz, richtig? Haben Sie eine Spur, irgendeinen Hinweis?« Ohne auf eine Antwort zu warten, wandte er sich an Friedrichs. »Das ist auch noch so eine Geschichte, die ich am Hals habe. Eigentlich ist die fast noch schlimmer. Wissen Sie, dass praktisch allen Firmen hier in der Gegend die Kredite gekündigt worden sind? Mit einem Schlag? Und in der Bank weiß keiner Bescheid! Das muss der Brockstedel im Alleingang gemacht haben, und wenn wir das nicht in den Griff kriegen, dann ist der gesamte Großraum Schleiden bankrott.

Und die Bank auch! Wie viele Beamte haben Sie denn, die daran arbeiten?«

Friedrichs holte tief Luft, doch Schwarz kam ihm zuvor. »Ich bringe Herrn Friedrichs gerade auf den neuesten Stand in diese Sache, denn wir überlegen, ob die beiden Fälle vielleicht etwas miteinander zu tun haben könnten. Und wie Sie sehen«, er wies in den fast menschenleeren Raum, »sind alle Beamten unterwegs, um in den beiden Fällen nach Neuigkeiten zu suchen.«

»Das will ich auch hoffen! Seit heute Mittag sind überall per Post die Kündigungsschreiben der Bank eingegangen. Wer einen Geschäftskredit bei der Eifelbank hat, und das ist hier in der Gegend praktisch jeder, hat den Betrag innerhalb von zehn Tagen zurückzuzahlen, gezeichnet, was meinen Sie?«

»Gezeichnet Brockstedel, ich weiß. Haben Sie einen Überblick, um wie viele Personen beziehungsweise Unternehmen es sich da handelt?«

»Also, bei mir haben alleine bald dreißig Leute angerufen.« Der Bürgermeister atmete tief ein und trat ans Fenster. »Da tickt eine Bombe, da ist das tote Kind ein Zuckerlecken dagegen. Apropos, wissen Sie inzwischen, um wen es sich handelt?«

»Ja«, nickte Friedrichs, »ein Junge namens Niklas Becker aus Dreiborn, eine Lehrerin hat ihn auf einem Foto erkannt. Ein achtjähriger Junge. Wir sind zur Zeit unterwegs, um die Eltern zu suchen. Aber die sind auch verschwunden. Jedenfalls ist der Hof leer, wir konnten noch niemanden erreichen. Deshalb kann es sein, dass wir es hier mit einem Familiendrama zu tun haben. Ich an Ihrer Stelle würde jedenfalls nicht davon ausgehen, dass hier ein wahnsinniger Mörder durch die Kindertagesstätten zieht.«

Der Bürgermeister sah ihn durchdringend an. »Können Sie

mir das garantieren?«

»Guter Mann, wie stellen Sie sich das vor? Ich weiß nur, was ich weiß, und der Rest ist pure Spekulation!«

»Also gut. Informieren Sie denn die Öffentlichkeit?«

»Wir haben um sechs Uhr eine Pressekonferenz angesetzt. Haben Sie vielleicht einen größeren Raum, damit wir die Presse hier mal weglocken können? Ich möchte die nicht ins Haus holen.«

»Verstehe ich.« Der Bürgermeister überlegte kurz. »Was halten Sie von der Aula im Gymnasium? Da passen alle rein. Und die da draußen müssen zwei Kilometer weiter ziehen.«

»Bestens. Gleich kommt noch der zuständige Staatsanwalt aus Bonn. Möchten Sie dabei sein und auch etwas sagen?«, fragte Friedrichs.

»Gerne. Und wenn Sie noch etwas brauchen, womit wir Ihnen helfen können, sagen Sie mir bitte Bescheid.« Er ging zur Tür. »Ich organisiere alles mit der Aula, ich erwarte Sie dann dort. Und Sie«, wandte er sich an Schwarz, »finden Brockstedel. Ich verlasse mich auf Sie!«

Mit einem vernehmlichen Klicken fiel die Tür ins Schloss. Schwarz ging an das Pinnbrett, an dem die Ermittlungsergebnisse aufgehängt waren. »So, aus Dreiborn also.«

»Ja. Aber aus den Nachbarn war nichts Interessantes herauszukriegen. Niemandem ist etwas aufgefallen, am Wochenende soll noch alles normal gewesen sein.«

»Ist das Haus der Familie schon durchsucht worden?«

»Nein, Sie wissen doch, wie das ist, ich hoffe, der Staatsanwalt bringt den Durchsuchungsbefehl mit. Erst einmal müssen wir sicher sein, dass die nirgendwo sind, Sie kennen doch die Vorschriften.«

»Ach, wissen Sie, die Vorschriften … Da verschwindet eine ganze Familie, und wir sitzen hier und warten auf ein Blatt Papier!«

Friedrichs seufzte und griff zum Telefon. »Ich werde noch einmal bei der Staatsanwaltschaft anrufen, wer jetzt die Geschichte mit der Bank übernimmt. Bis dahin reden Sie mal mit der Tante, die da oben auf Sie wartet. Kann ja nicht schaden, wenn wenigstens irgendwas vorangeht. Sonst steht dieser blöde Bürgermeister morgen wieder hier auf der Matte!«

Schwarz stand auf. »Ich würde mir auch gerne mal den stellvertretenden Filialleiter vorknöpfen. Ich habe das Gefühl, dass der mehr weiß, als er jetzt sagt. Und wenn der Junge am Sonntag gestorben ist, dann kann er auch sehr gut etwas damit zu tun haben. Wie auch sonst alle, die am Wochenende auf dem Campingplatz waren.«

Friedrichs nickte: »Ja, tun Sie das.«

Schwarz verließ den Raum. Nachdenklich ging er zu seinem Büro. Kind tot, Eltern verschwunden, das wollte ihm gar nicht gefallen. Gekündigte Kredite überall und geheimnisvolle Unterschlagungen, das war ihm sogar noch unheimlicher. Finanzen hatte er am liebsten, wenn er viele davon hatte, und der Rest war ihm ein böhmisches Dorf.

Frau Brockstedel stand in seinem Büro am offenen Fenster und rauchte.

»Hier ist Rauchen verboten«, begrüßte Schwarz sie.

»Sie haben mich so lange warten lassen, dass das Rauchverbot wahrscheinlich schon wieder aufgehoben worden ist. Es würde mich nicht wundern, wenn man inzwischen Rauchen muss und zwar überall.« Sie hielt ihm die Schachtel hin. »Wollen Sie eine? Bevor man Sie erwischt, beim Nichtrauchen?«

Er lehnte ab und setzte sich an seinen Schreibtisch. »Haben sich denn schon Kollegen mit Ihnen in Verbindung gesetzt?«
Sie schüttelte den Kopf. »Nein, deshalb bin ich hier. Können Sie nicht doch noch …«

Er musste kurz lachen. »Sie haben mitbekommen, dass im

Augenblick hier andere Schwerpunkte gesetzt werden, Ihr Vertrauen ehrt mich, aber ich fürchte, auch wenn ich immer noch nach Ihrem Mann suche, bin ich etwas überfordert, solange ich keine Verstärkung habe. Die Vorgänge in der Eifel sind doch etwas ...« er suchte nach einem Wort, das seine Wirrnis ausdrücken konnte, »... überkomplex.«

Sie sah ihn beunruhigt an. »Wieso?«

Warum wollte es ihm nicht gelingen, Worte zu finden, die ihr die Angst nahmen? »Ich bin noch dabei, den Überblick zu gewinnen. Aber ich bin doch im Augenblick sehr zuversichtlich, dass wir Ihren Mann heil zurückbekommen werden. Es haben sich da Erkenntnisse ergeben, über die ich aber wirklich noch nicht sprechen kann. Aber bitte geben Sie mir noch ein wenig Zeit.« Er wusste allmählich nicht mehr, was er sagen sollte. Er hatte keine Ahnung, wo er den Mann suchen sollte, und er bekam auch gar kein Gefühl dafür. In seinem Kopf war nur ein unendliches Chaos, gekrönt von dem Bild des toten Jungen.

Sie sprach in sein bittendes Schweigen. »Herr Schwarz, ich muss Ihnen sagen, es tut mir leid. Ich habe mich unmöglich benommen, als wir uns kennen gelernt haben, und dafür möchte ich mich entschuldigen.«

Schwarz sah sie an. Sie konnte einem leid tun. Klein, verunsichert saß sie dort, nicht mehr das großmäulige Anhängsel des allmächtigen Zampanos, sondern eine arme Frau, die nicht mehr weiterwusste.

»Ich mache mir wirklich Sorgen um meinen Mann. Er hat sich sicher nicht immer richtig benommen, aber ich möchte ihn gerne wiedersehen, und im Augenblick ...« Sie griff in ihre Handtasche, holte ein Taschentuch heraus und presste es an den Mund.

Wenn das eine gespielte Szene war, dann war sie großartig. Schwarz jedenfalls war gerührt. Er war immer bereit, eine

Leistung anzuerkennen, und wenn das hier Theater sein sollte, dann war es wenigstens ein grandioses. Oder konnte er ihr nicht ein ehrliches Gefühl zugestehen? Er zwang sich, ihr weiter zuzuhören.

»Wenn Sie wissen, dass meinem Mann etwas passiert ist, dann sagen Sie es mir bitte. Auch wenn es vielleicht gerade nicht so aussieht, ich bin eine sehr tapfere, vernünftige Frau, und ich kann auch eine grausame Wahrheit vertragen. Aber diese Ungewissheit ...« Sie biss sich auf die Lippen. »Ich stelle mir immer vor, mein Mann sitzt irgendwo und wartet auf Hilfe, und ich weiß nicht, wo das ist. Wie es ihm geht. Bitte finden Sie ihn.« Sie sah ihn eindringlich an. »Bitte!«

Schwarz beobachtete sie, wie sie aufstand und sein Büro verließ. Er konnte es nicht verhehlen, aber dieser Auftritt war ihm ans Herz gegangen. Er wusste, dass er immer wie blockiert war, wenn er sich mit seinen Gefühlen zu tief in einen Fall hineinziehen ließ. Und jetzt war da nicht nur das tote Kind, bei dem es ihm jedes Mal, wenn er daran dachte, war, als würde eine riesige Faust seine Eingeweide nehmen und zusammenquetschen. Nein, jetzt kam noch die Verzweiflung und die Hoffnungslosigkeit einer Frau dazu. Den Schmerz der Hinterbliebenen ertragen zu müssen, war mit das Grausamste an seinem Beruf.

Er hatte noch nicht einmal das Gefühl, durch großartige Ermittlungsarbeit seiner Ratlosigkeit entgegengewirkt zu haben. Im Gegenteil schwamm er wie ein Anfänger in einer trüben Brühe von Ahnung und Vermutung, ohne dass er einen Schritt weiterkam. Da draußen lag ein totes Kind, die Eltern waren verschwunden und zu allem Überfluss bildete sich ein riesiger Finanztsunami, der alle Leute hier in der Gegend an den Rand des Ruins brachte.

Schwarz sah noch einmal aus dem Fenster und seufzte. Er freute sich auf das Essen, das er machen wollte. Während er zusah, wie dort draußen die Krähen in einem spielerischen Nachlaufen fliegerisch hochkomplizierte Manöver vollbrachten, klingelte das Telefon.

»Hier ist Friedrichs. Ihr verschwundener Bankdirektor wird von der Staatsanwaltschaft Aachen bearbeitet, weil die Hauptverwaltung der Bank in Aachen sitzt. Der Staatsanwalt hat herausgefunden, dass dort eine Person namens Hellnbrinck sitzt, die vorbestraft ist.«

»Aber von dem rede ich doch die ganze Zeit und will ...«

Friedrichs schnitt ihm das Wort ab. »Mir egal, holen Sie ihn her und machen Sie ihm die Hölle heiß, überführen Sie ihn!«

»Kriege ich denn noch Unterstützung?«

»Von mir nicht.« Ein vernehmliches Klicken beendete das Gespräch.

Schwarz legte auf. Friedrichs ging ihm mit seiner herrischen Art gehörig auf die Nerven. Ständig kurz angebunden, und dann auch noch höchst unkooperativ. Das war mal wieder typisch. Perfekte Arbeit wurde erwartet, aber Hilfestellung gab es keine.

Er hatte auf einmal gar keine Lust mehr, mit Hellnbrinck zu reden, der sicher noch in der Bank war. Aber sein Wohnwagen schien doch ein lockendes Ziel darzustellen. So viele aufregende Dinge konnten in einem Wohnwagen stattfinden, sagte er sich und machte sich auf den Weg. Auf dem Flur traf er Pankowski, der mit mürrischem Gesicht einen Berg Akten trug.

»Horst, hast du was zu tun?«

»Nach was sieht das denn aus?«, grunzte der hinter dem Papier hervor, »ich darf dem Staatsanwalt die Pressekonferenz vorbereiten. Die hohen Herren haben es nicht so mit dem Aktenstudium, da haben die ihre Schergen für.«

»Ich wollte mal schnell auf dem Campingplatz nach dem Rechten sehen. Wer sagt uns denn, dass der Wohnwagen von

Hellnbrinck sauber ist?«

»Hast du einen Durchsuchungsbefehl?«

»Was meinst du, du nuschelst so komisch« grinste Schwarz und setzte seinen Weg fort.

Der Campingplatzwächter war begeistert, ihm den Weg zu Hellnbrincks Caravan erklären zu dürfen, und benahm sich, als spiele er die Hauptrolle in *CSI Schleiden*. Schwarz hatte große Mühe, ihn davon abzuhalten, mit ihm eine ganz genaue Hausdurchsuchung vorzunehmen.

»Ich mache eigentlich dort gar nichts Aufregendes«, beruhigte er ihn verlogen, »aber trotzdem ist es nicht nötig, Herrn Hellnbrinck zu erzählen, dass ich da war.«

»Is klar«, kniepte der Platzwart ihm zu, »und wenn sie ein Hupen hören, dann ist er im Anmarsch, keine Sorge, ich passe auf.«

Schwarz nickte dankbar und ging über den Asphaltweg. Der Platz schien größer, als er auf den ersten Blick angenommen hatte. Abgezirkelte Vorgärten reihten sich aneinander, soweit er sehen konnte, und gaben damit den Rhythmus der Wohnwagen vor, die zwischen all den angefügten Schuppen, Anbauten und Vorzelten nicht so aussahen, als sollten sie jemals wieder ihren augenblicklichen Standort verlassen. Keine Menschenseele begegnete ihm hier, aber er konnte oben im Kammerwald sehen, wie die Suchmannschaften durch die dichten Büsche krochen.

Hellnbrincks Wagen erkannte er sofort. Genau wie ihm beschrieben worden war, stellte das fröhliche orangefarbene Vorzelt ein unverkennbares Merkmal und gleichzeitig einen heftigen Kontrast zu dem etwas heruntergekommenen Zustand des restlichen Vehikels dar. Die Reifen drückten sich luftlos an den Boden, die Fenster waren ungeputzt, und der kleine Geräteschuppen ließ noch erkennen, dass die zu seinem Bau verwendeten Materialien hier schon zum wiederholten Mal zum Einsatz gekommen waren.

Schwarz linste durch eins der Fenster ins Wageninnere. Er sah niemanden. Es sah aufgeräumter aus, als er erwartet hatte. Vorsichtig sah Schwarz sich um und rüttelte am Schloss. Prima, nicht einmal abgeschlossen, wenn doch alles im Leben so einfach wäre.

Er öffnete die Tür, trat ein und blickte umher, doch seine gespannte Erwartung wurde enttäuscht: keine verräterischen Flecken auf dem Teppich oder an den Möbeln, keine Hinterlassenschaften von Kindern, die hier nicht hingehört hätten, nur billige Anzüge und Hemden von der Stange irgendeines Kaufhauses, die an den Schränken hingen. Vielleicht hätte die Spurensicherung mehr gefunden, doch so inoffiziell, wie er hier war, ging das nicht.

Er sah sich auch noch außen um, sah unter den Wohnwagen, über den Zaun, doch zu seinem eigenen Frust musste er einsehen, dass sich dieser Ausflug als Schuss in den Ofen erwiesen hatte. Vielleicht lag Friedrichs ja wirklich einfach falsch mit seinem Verdacht.

Auf dem Weg zu seinem Auto überlegte Schwarz, ob er sich als Zaungast auf die Pressekonferenz schmuggeln sollte, die jetzt anfangen musste, doch wenn er sich die künstliche Aufgeregtheit der Fernsehleute vorstellte, verlor er sofort die Lust. Stattdessen überzeugte er noch den enttäuschten Platzwart, dass sein Dauermieter erst mal nicht verhaftet werden würde, und fuhr in sein Domizil.

15. Kapitel

Der Lärm in der Küche war ohrenbetäubend. Die Dunstabzugshaube lief auf vollen Touren, die Pfanne, in der Schwarz Pilze hin und her schob, zischte, und aus einem großen Topf quoll Dampf in dicken Schwaden. Als Schwarz sich umdrehte, um in der ihm fremden Küche das Salz zu suchen, fuhr er zusammen: Im Türrahmen stand die Malerin und betrachtete ihn amüsiert.

»Ich wollte Sie nicht erschrecken. Ich wusste nicht, dass Sie so ein zartes Seelchen sind.« Interessiert kam sie näher und sah in die Töpfe. »Ist es das, wofür ich es halte?«

»Was wäre das denn?«

»Riechen tut es wie Pilzpfanne, und wenn ich mich nicht täusche, dann dünsten Sie dort gerade mein Lieblingsküchenhandtuch. Ich würde mal auf eine Teigware tippen.«

»Serviettenknödel. Hat mir meine Großmutter beigebracht. Ich hoffe allerdings, dass ich hier keine armen Pferde ihrer Nahrung beraubt habe, denn ich habe Ihnen die trockenen Brötchen geklaut.«

Sie zuckte mit den Achseln. »Eigentlich sollten Semmelbrösel daraus werden. Aber Serviettenknödel ist natürlich eine noch tollere Idee. Wie machen Sie den?«

»Eigentlich ganz einfach. Ich schneide die Brötchen in hauchfeine Scheiben, tue etwas heiße Milch, Pfeffer, Salz und am liebsten etwas kleingehackte Petersilie dazu und lasse es zwanzig Minuten ziehen. Danach haue ich noch zwei Eier rein und vermenge es. Und dann kann man es sich aussuchen, entweder macht man einzelne Knödel, oder man formt eine Rolle und tut die in ein Küchenhandtuch.« Er sah sie an. Zufrieden registrierte er ihr Lächeln und fuhr fort: »Na, und dann hängt man das Ganze einfach über einen Topf mit kochendem Wasser und lässt es zwanzig Minuten im Dampf garen. Und gleich, wenn es fertig ist, schneide ich Scheiben in eine Pfanne und brate sie noch goldbraun knusprig.«

Sieger nickte zustimmend. »Klingt sehr professionell, wenn ich das so sagen darf. Und? Darf ich ein Eifeler Bier beisteuern, oder haben Sie schon andere Pläne?«

»Bier ist toll! So ein Eifeler Bier habe ich noch nie getrunken. Meinen Sie, es passt?«

»Klar! Ich hätte auch noch belgisches Bier unten im Keller, aber ich denke, die heimische Ware tut es auch.«

»Schön, dass Sie noch zum Essen gekommen sind. Ich hatte mich schon gesorgt, das Haus leer, nur die Hunde hier.«

Sie erschrak. »Oh Gott, da hatte ich ja gar nicht dran gedacht. Haben die Hunde Sie überhaupt reingelassen?«

Schwarz lachte und zeigte auf die Tiere, die fröhlich wedelnd in der Küche standen. »Wir haben uns inzwischen sehr gut angefreundet. Erst wollten sie mich ja nicht reinlassen, der Chef sei nicht da und so, aber als ich mit der Papiertüte geraschelt habe, waren sie schnell überzeugt. Ich hoffe allerdings, sie haben mich jetzt nicht unter heuchlerischer Betrüger abgespeichert, denn ich habe ihnen von den Pilzen, die da drin waren, nichts abgegeben.« Er dachte kurz nach. »Aber gewollt hätten die bestimmt nichts davon.«

»Die wollen Futter. Im Tierheim wird immer um sieben Uhr abends gefüttert, und sie finden, es sei schon kurz nach zehn! Deren Zeit ist längst überschritten, aber ich war halt unterwegs, Bilder holen.«

Er lachte. »Haben Sie noch nicht genug?«

Sie blickte etwas angestrengt in ihr Atelier. »Mehr als genug. Eigentlich habe ich so viel, dass ich sogar welche verkaufe.« Sie sah zu ihm rüber. »Habe ich noch Zeit, das Auto auszuladen? Ich lasse die Bilder so ungern draußen stehen, da könnten sie leiden.«

Mit einem schnellen Blick auf die Wanduhr und den Wassertopf schätzte Schwarz die Zeit ab. »Reichen Ihnen acht Minuten?«

»Dicke. Ich geb Gas«, erwiderte sie und verschwand.

Während Schwarz den fertigen Knödel aus dem Topf nahm, vorsichtig aus dem Tuch wickelte und die aufgeschnittenen Teile in eine vorbereitete Pfanne gab, hörte er sie abwechselnd keuchen und mit den Hunden schimpfen, die offensichtlich ständig in ihre Füße liefen. Dann steckte sie kurz den Kopf in die Küche und rief: »Ich füttere noch schnell die Tiere, sonst haben wir keine ruhige Minute.«

Schwarz nickte und wendete die Knödelscheiben in dem heißen Olivenöl. Mit einem kurzen Blick fand er den Geschirrschrank wieder, nahm zwei Teller und Besteck heraus. Biergläser vervollkommneten das Ensemble. Sieger kam aus dem Keller und stellte einen Korb voll Bierflaschen auf die Anrichte.

»Na, Sie haben ja noch einiges vor«, sagte Schwarz mit einem Blick auf die Phalanx aus braunem Glas.

»Man weiß nie, was der Abend bringt, und außerdem habe ich schon für morgen etwas mitgebracht, da kommen ein paar Kollegen vorbei.«

»Künstlerparty?« Der leichte Ton sollte über den zarten Stich hinwegtäuschen, den Schwarz in seinem Bauch fühlte. War da etwa Eifersucht? Schmerz, nicht dazuzugehören?

Wenn die Malerin etwas von seinen Gedanken erraten haben sollte, so ließ sie es sich jedenfalls nicht anmerken. »Das ganze Leben ist eine Künstlerparty! Was meinen Sie, warum ich das mache? Das Dasein als freischaffende Künstlerin ist kein Zuckerschlecken, es ist harte Arbeit, und für mich gibt es nur zwei Gründe, warum ich es tue.« Sie stellte sich vor ihn und zählte auf. »Erstens: Ich kann nichts anderes. Zweitens: Es macht tierisch Spaß! Ich bin mein eigener Herr, ich kann machen, was ich will, sagen, was ich will, malen, was ich will, und keiner verbietet mir das! Und wenn ich auch manchmal nicht weiß, wie ich nächsten Monat die Rechnungen bezahlen soll, es geht immer wieder weiter, und es ist immer wieder spannend.«

Er lächelte sie freundlich an. »Dann wollen wir mal zusehen, dass wir nicht hier als Hungerkünstler enden, oder? Vielleicht gießen Sie schon mal ein Bier ein und setzen sich hin?«

»Gern! Nach der ganzen Fahrerei ist das eine tolle Überraschung, jetzt mit einem Essen empfangen zu werden. So toll hatte ich mir das mit dem Untermieter gar nicht vorgestellt!« Sie betrachtete sehr zufrieden den Teller, den Schwarz vor sie hinstellte, und begann sofort mit großem Appetit zu essen. Nach zwei Bissen legte sie die Gabel zur Seite und hob ihr Glas. »Cheerio! Auf den Koch! Großartig! Und für so ein tolles Essen musste kein Tier sterben, das finde ich immer am besten! Wo haben Sie denn die Pilze her?«

»Wochenmarkt in Schleiden. Großmama hat mir beigebracht, wo man gut und frisch einkauft. Und manche Gewohnheiten legt man nie ab.«

»Tolle Großmutter«, kaute Sieger versonnen vor sich hin. »Da kann ich ja zufrieden sein, dass mir der Gorres auch noch einen Mieter bringt, der kochen kann, da hätte ich im Leben ja nicht mit gerechnet.«

»Mussten Sie heute weit fahren?«

»Wie man's nimmt.« Sie zuckte mit den Achseln. »Bis nach Nettetal. Eigentlich geht das ja, aber ein paar Stunden ist man halt doch unterwegs. Und wenn man Bilder abholt von einer Ausstellung, die gar nicht stattgefunden hat, dann macht es, ehrlich gesagt, auch keinen Spaß.«

Er sah sie verwirrt an. »Erklären Sie mir das?«

Sie starrte kauend aus dem Fenster und riss sich mit einem

Ruck in das Leben zurück. »Die Sachen, die ich da abgeholt habe, Originalgemälde, Zeichnungen und Graphiken, die sollten eigentlich auf die *Art Zürich*, die im Oktober stattfindet. Aber im Augenblick sind alle wie bescheuert, und die Galeristen haben die Messe abgesagt, weil alle ihre Kunden, die sich angemeldet hatten, nicht kommen werden. Und so eine Messe ist teuer. Na, und jetzt haben sie angerufen und gesagt, tut uns leid, aber es geht nicht. Saublöd. Jetzt bin ich nicht auf der Messe und habe dafür extra Basel abgesagt, die wichtigste Kunstmesse überhaupt.« Sie schob sich die Gabel in den Mund und kaute versonnen. »Die Galerie hat mir nämlich versprochen, wir zeigen dich exklusiv, Werbung ohne Ende, ganz große Präsentation, aber dafür haben wir dich dann auch alleine, und du gehst nicht noch mit jemand anders auf die *Art Basel*. Eigentlich ist das nicht üblich, jedenfalls nicht ohne extra Bezahlung, aber ich habe mich halt bequatschen lassen. Dumm gelaufen. Aber wenigstens habe ich die Bilder wieder, da habe ich ja noch ganz andere Sachen erlebt, da ist man ja schon froh.«

Schwarz goss Bier nach. »Habe ich das richtig verstanden? Wegen der Bankenkrise in Amerika sagt eine deutsche Galerie eine Messe in der Schweiz ab?«

»Na klar, was denken Sie denn? Unsere Kunden, unsere Sammler, das sind doch genau die, die jetzt am Stock gehen, wenn die Börsen crashen. Haben Sie nicht die Nachrichten gehört? Verluste auf der ganzen Welt? Die ersten, die darunter leiden, das sind mal wieder die Künstler. Wir haben profitiert, als alle satt und reich wurden. Der Kunstmarkt ist explodiert, aber vor allem im oberen Sektor. In der mittleren Preisklasse, in der ich mich tummele, da hat sich nicht viel bewegt. Wir haben zwar auch gut verkauft, jetzt aber nicht so viel mehr als sonst. Aber nun werden alle leiden. Und ich merke es schon. Jetzt. Heute. Meine Finanzkrise steht da draußen, die habe ich eben mit dem Auto durch die Eifel gefahren. Und alles andere ist doch nur Gerede, wenn Sie mich fragen. Meistens tun die doch alle nur so.«

Schwarz starrte ins Leere. »Ich bin mir nicht sicher.«

Sie trank an ihrem Bier und betrachtete ihn interessiert. »Wieso?«

»Ich bin gerade dabei, den Chef der Eifelbank zu suchen, der ist verschwunden.«

»Stimmt, Sie haben da gestern so was erwähnt. Aber was soll das mit einer Bank in New York zu tun haben?«

»Das weiß ich auch noch nicht. Vielleicht nichts, vielleicht aber auch sehr viel. Wie haben Sie den Brockstedel denn kennen gelernt?«

»Kennen ist übertrieben. Er hat mal eine Auflage bei mir bestellt, die er seinen Großkunden zu Weihnachten schenken wollte. Nettes kleines Jöbchen. Etwas schmieriger Geselle, wenn Sie mich fragen. Einerseits wollte er mich als Kundin für seine Bank werben und als Bonus, sozusagen, wollte er noch unter meine Bluse. Bei beidem musste ich ihn aber enttäuschen.«

»Sie sind da nicht Kunde?«

»Nein. Ich habe seit Jahren mein Konto in Köln, und da bleibe ich auch. Sie haben aber so einen seltsamen Klang, was ist denn mit der Bank?«

»Ich weiß jetzt nicht, ob ich das so sagen darf, aber ich habe nicht das Gefühl, dass es ihr besonders gut geht. Brockstedel scheint da Geschäfte auf eigene Rechnung gemacht zu haben.«

»Waren Sie deshalb gestern noch weg?«

»Nein. Haben Sie es nicht gehört?«

»Was gehört? Ich war doch den ganzen Tag unterwegs. Sie sagten nur, Sie müssten noch weg und sind unter Hinterlassenschaft eines halbvollen Tellers verschwunden. Wenn nicht der Telefonanruf gewesen wäre, hätte ich gedacht, es hätte Ihnen nicht geschmeckt!«

»Gestern Abend ist hier oben im Wald die Leiche eines kleinen Jungen gefunden worden.«

»Oh Gott, wie schrecklich! Weiß man, wer es ist?«

»Ja, ein Junge aus Dreiborn.«

»Wie grauenhaft.« Sie schwieg und stellte stumm die leergegessenen Teller zusammen. »Und wie geht es Ihnen dabei?«

»Wie soll es mir gehen? Blendend, was sonst!«

»Sind Sie sicher? Sie sehen nicht so aus. Wenn ich Ihnen nicht zu nahe trete, dann muss ich Ihnen sagen, dass Sie aussehen, als würden Sie gleich weinend zusammenbrechen.«

Er lachte ein unehrliches Lachen. Es war ihm unangenehm, wie sie in sein Innerstes sehen konnte. »Ehrlich? Das hat mir noch niemand gesagt.«

»Ich bin Malerin. Ich sehe mehr als andere Menschen. Das ist meine Gabe, das ist aber auch ein Fluch. Aber wenn Sie nicht darüber reden wollen, dann ist das völlig in Ordnung, wir kennen uns ja auch nicht.«

»Ich kann auch darüber reden, wenn es Sie interessiert. Es macht mir natürlich zu schaffen, das ist doch klar. Das geht doch an niemandem spurlos vorbei, auch an mir nicht. aber ich muss es einfach professionell sehen. Ich bin Polizist, da gehört auch schon mal eine Kinderleiche mit zum Berufsbild, wie bei Ihnen Galeristen, die Versprechen nicht halten.«

Sie wackelte mit dem Kopf. »Okay, aber wenn mir ein Galerist auf die Nerven geht, dann verarbeite ich das in meinem nächsten Bild. Was machen Sie?« Sie sah ihm in die Augen und wechselte blitzschnell das Thema. »Apropos Galerist, haben Sie Lust, sich einmal ein paar Bilder von mir anzugucken? Vielleicht sind Sie hier mal alleine, und dann kommt das *Museum of Modern Art* und will eine Führung, was sagen Sie denn dann? Also los, auf geht's, dreißig Jahre freischaffendes Künstlerleben, halten Sie sich fest!«

Die Warnung war berechtigt. So etwas hatte Schwarz noch nicht erlebt. Bisher immer von der Berührung mit zuviel Kunst verschont geblieben, kam er nun aus dem Staunen nicht mehr heraus. Es war für ihn wie eine Reise in eine andere Welt, eine aus Farben und Formen, aus Gedanken und Assoziationen, aus Gefühlen und Überlegungen. Kohlezeichnungen, die ihn in eine endlose Tiefe mitnehmen wollten, wechselten ab mit winzig fein ziselierter Graphik. Er ließ sich erklären, was eine Radierung war, wie man einen Holzschnitt herstellte und war beeindruckt über das komplizierte Verfahren der Lithographie, wunderte sich über Performances, Aktionen und Konzepte, über Installationen, die sich ihm nun, wo die Künstlerin sie ihm erklärte, auf einmal völlig logisch und einsichtig erschienen. Wie hatte er sich früher immer mit den anderen über die versponnenen Künstler amüsiert, und wie schämte er sich jetzt dafür, wo er merkte, wie so eine vermeintlich leicht geistig verwirrte Person hier mit tiefem Ernst und ehrlicher Emphase Einblick in ihr Schaffen gewährte. Wenn er sich das so anhörte, dann wuchs in ihm fast schon das Gefühl, dass alle anderen, inklusive ihm selber, wahnsinnig waren und dies hier völlig normal und gesund war und tatsächlich die einzige Möglichkeit darstellte, sich der Welt dort draußen zu nähern.

Irgendwann schwirrte ihm der Kopf, und Formen und Farben verschwammen vor seinen Augen. »Seien Sie mir nicht böse, aber ich bin fertig. Das ist ja mehr, als ein Mensch in einem Leben fassen kann. Das wollen Sie alles gemacht haben?«

»Das und noch viel, viel mehr. Wollen Sie mal mit mir auf den Dachboden kommen? Oder den Keller? Ich habe schränkeweise Sachen, Dokumente, Relikte, Artikel. Und dabei ist hier nur das, was nicht verkauft ist. Der Rest ist weit über die

Welt verstreut und schmückt dort die Wände.« Sie sah verschmitzt zur Decke. »Ich war vielleicht doch mal ein wenig fleißig, oder?«

»Das kann man wohl sagen. Ich kann mir jetzt vorstellen, dass so ein Künstlerleben auch ziemlich aufregend ist. Früher dachte ich immer, man steht auf und malt ein bisschen, und dann kommt einer und kauft das, dann betrinkt man sich und malt wieder ein bisschen.«

Sie schlug sich auf die Schenkel. »Ja, genau so denken das alle immer. Und wenn man die erste Ausstellung macht, dann kommt einer und entdeckt einen. Und man hat es geschafft! Da breche ich immer zusammen, wenn ich so etwas höre. In Wirklichkeit ist es anders, völlig anders. Niemand schenkt dir etwas, und der Galerist lässt sich seine Aufmerksamkeit teuer bezahlen. Und wenn der nichts verkauft, dann bekommst du auch kein Geld, denn der ist schließlich nur der Händler. Der hat selber keinen Pfennig. Und wenn, dann hat er besseres damit vor, als einen armen Künstler von der Straße aufzulesen. Erst, wenn er das Gefühl hat, er kann mit dir einen Reibach machen, dann interessiert er sich für dich. Du bist Ware, genau wie deine Bilder. Und alles andere ist Quatsch.« Sie trank einen Schluck Bier.

»Und können Sie immer davon leben? Verkaufen Sie so viel?«

»Nicht immer, oft ist es knapp. Die Wahrheit aber ist: Wenn du Kunst machen willst, dann musst du sie richtig machen. Die Kunst kostet dich dein Leben, anders geht es nicht. Du kannst nicht einem Brotberuf nachgehen und Lehrer sein und abends die große Kunstkarriere starten. Du hast dann keine Kraft mehr für die Kunst. Du betrügst sie. So etwas ist Hobbykunst. Und da ist es egal, ob du jetzt ein bisschen besser oder ein bisschen schlechter malen kannst, darum geht es nicht. Wer nicht bereit ist, sein Dasein für die

Weihen der Kunst aufzugeben, dem wird sie verschlossen bleiben, der wird kein wirklich guter Künstler.«

»Also, ich finde ja manche Kunst schön, und manche nicht schön, aber das hier, das mag ich eigentlich alles.«

»Nein, nein, das ist anders«, widersprach sie erregt, »Bilder mögen oder einen Geschmack haben, das ist was für Amateure, das ist für die, die nicht Bescheid wissen. Aber ab einem bestimmten Niveau, da gibt es keine gute oder schlechte Kunst mehr. Es gibt Kriterien, nach denen kann man sich richten, die haben aber nichts damit zu tun, ob mir ein Bild gefällt oder nicht. Ich muss kein Bild mögen, um sagen zu können, ob es gut ist.«

»Seien Sie mir bitte nicht böse, aber das verstehe ich nicht.«

»Toll, dass Sie das zugeben. Sehr sympathisch. Die meisten Leute sind ganz aufgewühlt, wenn ich ihnen so etwas erzähle, und begreifen in Wirklichkeit gar nichts. Ich glaube, Sie haben mir gut zugehört. Und dann werden Sie auf einmal wissen, wovon ich damals an diesem Abend im September geredet habe, jedenfalls, wenn der Virus der Kunst Sie ergriffen hat. Aber das wissen wir noch nicht.« Sie streckte sich und gähnte. »Doch jetzt bin ich müde. Es war ein langer Tag.«

»Ich werde hier aufräumen, gehen Sie ruhig schlafen.«

»Ehrlich? Werden Sie denn alles finden, wo was hinkommt?«

»Ich bin Bulle, ich finde alles. Und wenn ich gefunden habe, wo's herkommt, dann gibt es vielleicht auch eine Chance, dass ich weiß, wo es wieder hinkommt, meinen Sie nicht?« Er drehte sich um und lächelte sie freundlich an. »Oder gibt es in den Schränken irgendwas, das ich nicht sehen darf?«

»Meinen Sie unbezahlte Rechnungen, Steuerunterlagen? Wenn Sie auf so etwas stoßen, können Sie's behalten. Oder meinen Sie Geld? Das können Sie rauslegen, da freue ich mich, dann brauche ich es nicht zu suchen. Oder Drogen? Meine einzige Droge ist sowieso die Malerei. Viel Vergnügen in meinen Küchenschränken, aber Vorsicht! Manchmal habe ich es etwas eilig beim Einräumen, und dann kann es sein, dass man beim Öffnen der Schranktüren von einer Lawine niedergemetzelt wird. Nur dass Sie mir hinterher nicht sagen, ich hätte Sie nicht gewarnt!«

»Danke für den Hinweis, aber er kommt etwas spät. Ich hatte schon das Vergnügen.«

»Ja ja, die moderne Avantgarde bietet immer Überraschungen, gute Nacht!«

Aufseufzend begutachtete Schwarz das Schlachtfeld, das er bei seiner Kochaktion hinterlassen hatte. Nun gut, für ein recht friedvolles Gelage zweier Personen ging es eigentlich. Er krempelte die Ärmel hoch und begann mit der Arbeit.

16. Kapitel

Es ist kalt, ich friere. Er hat mich wieder alleingelassen. Ich sitze hier in diesem Loch und weiß nicht, was aus mir werden soll. Wird er mich töten? Was will er eigentlich von mir? Er kommt so doch auch kein Stück weiter. Er kann mich doch nie wieder gehen lassen, ich werde doch verraten, dass er es war. Er muss mich töten, das geht gar nicht anders.

Es ist stockdunkel, und ich habe kein Licht. Gestern war er da. Wortlos, keinen Ton hat er gesagt, einfach nur geschlagen, immer wieder. Durch meine Nase bekomme ich gar keine Luft mehr, ein Auge ist zugeschwollen. Immer wieder geschlagen hat er mich. Und dann hat er mich wieder an dieser Kette festgebunden und hat sich in die Ecke gesetzt und geweint. Ich kann doch auch nichts dafür, ich mache doch die Regeln nicht. Er kann mich doch nicht einfach dafür verantwortlich machen, dass es in seinem Leben nicht mehr stimmt, das geht doch nicht. Ich muss doch auch sehen, dass ich meinen Job mache, und ich habe ihn doch auch früh genug gewarnt.

Wenigstens hat er mir etwas zu essen und zu trinken mitgebracht. Das war eine Erlösung, etwas frisches Wasser, ein Brot, ich kam mir vor wie bei der ersten Heiligen Kommunion. Wasser habe ich auch immer noch, aber Essen …

Davor habe ich auch Angst, dass er nicht wiederkommt, dass er mich hier verrecken lässt.

Und am schlimmsten ist, dass ich Leute hören kann. Aber wenn ich rufe, dann hören sie mich nicht. Oder, was noch schrecklicher war, ganz am Anfang, kurz nachdem er mich hier hineingeschleppt hatte, da dachte ich, da ist jemand, vielleicht kann der Hilfe holen, und dann war er es. Und dann hat er mich verprügelt!

Da ging es los. Alle paar Stunden kam er, um mich zu schlagen, immer wieder. Dann hat er mich gefesselt, dass ich kaum liegen kann. Und bald darauf war er wieder da. Und wieder und wieder. Das ist doch völlig sinnlos. Ich mache ihm Angebote, sage ihm, dass man doch über alles reden kann, aber er hört nicht. Er lacht dann nur und tritt mir in den Bauch. Oder gegen den Kopf.

Ich habe solche Angst, dass er gleich wiederkommt. Aber ich hoffe auch, dass er kommt, denn er ist meine einzige Verbindung zur Außenwelt. Ohne ihn sterbe ich. Und mit ihm auch. Aber ich habe Hunger und Durst. Das Wasser rühre ich erst mal nicht an, wer weiß, wann ich wieder welches bekomme.

Oh bitte, komm wieder! Du kannst mich doch hier nicht verrecken lassen. Er war schon sehr lange nicht mehr da. Vielleicht ist ihm ja was passiert! Oder er hat mich vergessen! Er ist aufgehalten worden! Kann ja sein! Und es weiß doch keiner, wo ich bin. Obwohl – ich weiß es ja auch nicht! Ist das nicht lustig? Wenn ich jetzt ein Telefon hätte, ich könnte nicht einmal sagen, wo ich bin! Holt mich hier raus, aber findet mich erst mal!

Still, ich höre Schritte! Ob er es ist?

Ich habe Angst!

* * *

Die Nacht ist dein Freund, mein Sohn. Sie erzählt Geschichten, du musst es nur verstehen, sie zu hören. Denn die Nacht kennt sie alle. Sie vergisst nichts, was ihr einmal anvertraut worden ist. Sie ist nicht wie du, der du dich entschieden hast, alles, was dir nicht passt, in einen Winkel zu schieben und dich nicht mehr darum zu kümmern. Nein, die Nacht weiß auch die Geschichten, die man nicht hören will.

Deshalb fürchtest du dich auch in der Nacht. Gespenster? Nein, keine Gespenster sind es, die dich bedrohen, es sind all die alten Erzählungen, die Schrecken, die unangenehmen Erfahrungen, die Warnungen und bösen Erlebnisse, von denen man dir einst berichtete, und die du alle, alle, alle nicht hören wolltest. Die Ohren hast du dir zugehalten, mein Sohn, denn du meintest, das sei nicht das Richtige für dich, du wolltest das alles nicht hören, nicht wissen, wie die Welt wirklich ist. Aber die Nacht ... die Nacht hat zugehört. Und die Nacht vergisst nichts, denn die Nacht hat Ohren, und sie weiß die Dinge in ihrem Schatten zu bewahren.

Der Wald.

Sieh den Wald.

Weißt du noch, die Geschichte, die ich dir damals erzählt habe?

Es war in den Jahren, als ich jünger war, als du heute bist. Viel jünger und unerfahrener. Man hat uns als halbe Kinder genommen und in ein Leben gezwungen, das uns nicht älter machte, dafür aber jeden Tag dem Tod als billiges Opfer darbot. Und wir wussten es. Wir wussten, wie verloren wir waren, dass wir unser Leben nur geborgt hatten. Ein winziges Stückchen Metall konnte es in jeder Sekunde beenden, wenn es irgendeinem gefiel, dieses nicht einmal fingerlange Ding auf eine Fahrt zu senden, die ihr Ende erst in deinem Kopf finden sollte.

Oder in Deinem Bauch.

Oder sonst wo.

Wir waren die Todgeweihten, und niemand regte sich darüber auf. Wir waren dazu erzogen worden, nicht nachzudenken, denn das Denken konnte ja verheerende Folgen haben, das sahen wir ja jeden Tag, erlebten es im allernächsten Umfeld. Doch wir konnten auch erleben, welche Folgen das Nichtdenken hatte, aber das verstanden wir nicht, wie sollten wir auch, wir dachten nicht. Wir versuchten nur, zu überleben.

Die Eifel, in der Eifel, da stehen die Totenwälder. Wenn ich an die Eifel denke, da schaudert es mich immer noch, denn die Wälder bestanden nicht mehr aus Bäumen, sondern aus Leichen, die sich in den seltsamsten Verrenkungen in stummer, erstarrter Anklage in den Himmel erhoben. Und daneben stand, was von den riesigen Bäumen übriggeblieben war, im Zwielicht, wenn der Pulverdampf durch die Sonne trieb, in genauso bizarren Formen ihre zerbombten Stümpfe flehentlich emporreckend. Doch es waren keine Bäume, wie du sie kennst, es waren Fetzen, das, was übrigbleibt, wenn du eine Granate zwischen sie wirfst. Genauso wie du nicht wusstest, ob dir gerade Holzsplitter oder Stücke vom Leib deines besten Freundes um die Ohren flogen.

Die Eifelwälder riechen nach Tod, mein Junge. Nach Verwesung. Atme ein und zieh die Luft scharf durch die Nase. Und nun spüre! Kannst du es schmecken? Ich rieche es noch heute, diesen Geruch aus zerfallenem Fleisch und Pulverdampf, aus Angst und vollgeschissenen Hosen, nach dem, was aus den zerfetzten Eingeweiden sickert, wenn sie sich langsam in den Waldboden entleeren. Riechst du es? So riechen die Eifelwälder!

Und es ist still, und du stolperst zwischen den letzten Stämmen umher, auf der Suche nach ein wenig Sicherheit. Kein Vogel singt. Kein Fuchs lugt verstohlen um eine Ecke. Vielleicht eine kleine Maus, doch die sitzt noch zitternd und bebend in ihrem Loch, voll Panik vor den schweren Stiefeln, die den Boden martern; und dann fallen die Bomben und die Granaten, noch tausendmal schlimmer als die Tritte der fliehenden Soldaten hämmern sie auf die Erde, als würden tausende Dampfhämmer auf den Boden schlagen, und sie zerwühlen den Grund wie ein Höllenpflug, bis die Mäusenester durch die Luft wirbeln und im frischen Blut zerfasert kleben bleiben.

Und jetzt sieh doch einmal hin! Kannst du es nicht sehen oder willst du nicht? Heute noch ziehen die Geister zwischen den neu gewachsenen Pflanzen umher und suchen nach ihren verstreuten Knochen, die die Überlebenden unsortiert in irgendwelche Gruben geworfen haben. Wo ist das Bein, das ihnen damals fortgerissen wurde? Wo die Hand? Wo die Nase, die einst Rosenduft gerochen? Doch wie sollen sie es finden, wenn es pulverisiert durch die Luft geflogen ist und von tausenden kleiner Würmer und Maden in die Ursubstanz allen Lebens zurückverwandelt wurde? Pilze wachsen gut, hier in der Eifel, Pilze mögen so etwas. Doch die Toten, die mögen das nicht. Die suchen nach ihren Gebeinen, die man nie gefunden hat, um die sich niemand je sorgte, die wollen sie wiederhaben, sie suchen nach ihren Träumen, nach ihrem Lachen, die so jäh ein Ende fanden, weil das Glück und die Freude starb, damals, damit sie endlich Ruhe finden nach all dem Schrecken im Wald des Todes. Kannst du sie hören, mein Sohn?

Ja, Vater, ich höre sie. Sie singen ein Klagelied, ganz leise und sanft, und sie sind hier. Damit sie mich holen. So wie sie dich geholt haben, jede Nacht, wenn ich dich schreien hörte. Und jetzt holen sie mich. Wie gut, dass ich nicht schlafe. So kann ich es besser hören, das Lied vom Todeswald.

17. Kapitel

Mittwoch, der 17. September

Als Schwarz' Handy mit zweimaligem Piepen die Ankunft einer SMS meldete, hatte er das Gefühl, er kaue gerade auf einer toten Maus herum. Nicht, dass er jemals diese Erfahrung gemacht hätte, doch dieses pelzige Gefühl, in dem die Schrecken einer durchwachten Nacht noch nachschmeckten, ließ ihn an einen kleinen, zusammengekrümmten Körper denken, auch wenn die Vernunft ihm sagte, dass es wahrscheinlich nur seine Zunge war. Blind vor Müdigkeit tastete er in der Morgendämmerung, die sein Zimmer erhellte, nach dem kleinen Gerät und drückte auf die Taste, die ihm die Nachricht anzeigen sollte.

Sofort kommen!, las er. Mit irgendwelchen Höflichkeiten hielt man sich hier ja nicht auf. Er sah auf die Uhr. 7:39 zeigten die digitalen Ziffern. Irgendwann nach sechs Uhr, als die erste Morgenröte sich über die Hügelkuppen gestohlen hatte, musste er wohl doch kurz eingenickt – auf dem Sessel, in dem er den im Wachen erlebten Albträumen hinterhersah, quasi zusammengebrochen.

Wie im Suff tappte er ins Bad und bemühte sich, nicht sofort wieder umzukippen. Irgendwann musste er mal wieder richtig schlafen. Er konnte sich kaum noch erinnern, wie sich das anfühlte. Es tat weh, wach zu bleiben, Teilnahme zu simulieren und so etwas wie Leistungsfähigkeit zu zeigen. Doch noch größer war seine Angst, einzuschlafen und von einem dieser grauenerregenden Nachtmahre heimgesucht zu werden, die ihn nun schon seit Jahren quälten. Traumgestalten, misshandelte Kinder, geschlagene Frauen, geplatzte Schädel, aufgerissene Schlagadern, es gab eigentlich kaum einen Ekel, der nicht darin vorkam. Und jetzt auch noch Bäume, die eigentlich Leichenteile waren, er fühlte sich mehr als Zombie denn als Mensch. Die kleine Pillen, die man ihm gegeben hatte und die er sogar unregelmäßig nahm, waren sicher nicht Korsett genug für seine Seelenqualen.

Ohne sich weiter mit einem Frühstück aufzuhalten, verließ er das Haus. Kaffee würde er auf der Wache bekommen, und alles andere konnte er sich im Laufe des Tages suchen. Doch jetzt war erst mal Scheibenkratzen angesagt, denn Rauhreif hatte den Hof mit einer zarten Schicht weißer Kristalle überzogen. Nachtfrost im September, da konnte er sich nun wirklich nicht mehr dran erinnern, so etwas jemals erlebt zu haben. Vor allem im Rheinland. Kopfschüttelnd schabte er die Schicht von der Scheibe und versuchte dann die durchgefrorenen Hände durch wärmendes Pusten wieder schmerzfrei zu bekommen.

Vorsichtig fuhr er hinunter ins Tal. Die Morgensonne vergoldete die Hügel um ihn herum, und die Eiskristalle funkelten, als wäre er ins Schloss der Eiskönigin geraten. Wiesen standen erstarrt in strahlendes Weiß gehüllt, jeder Grashalm sorgsam umwickelt mit der hart gewordenen Nachtfeuchte. Doch immer noch trotzten die Bäume der kälter gewordenen Luft mit Starrsinn: Nein, wir wissen, dass es noch einmal warm und schön wird. Wir geben noch nicht auf, wir wissen, was wir wissen.

Die Presseleute hatten sich auf die Parkplätze im Ort gestellt und dort so etwas wie ein festes Studio eingerichtet. Die einen hatten sich die malerische Kulisse mit dem Schloss ausgesucht, andere hatten den Ortskern in ein lichtdurchflutetes Freilichtstudio verwandelt, um von dort die Liveschaltung zum Frühstücksfernsehen zu senden.

Vor dem Polizeipräsidium stand niemand mehr. Zu unattraktiv erschien den Fernsehleuten wahrscheinlich das

Ambiente, zu wenig spannungsgeladen die Atmosphäre, die das metallene Gebäude ausstrahlte. Schwarz rollte auf den ummauerten Mitarbeiterparkplatz und stellte sein Auto ab. Hier schien wieder reger Betrieb zu sein, doch von Spurensicherung und Labor konnte er nichts sehen.

Er hatte noch nicht die Tür richtig aufgemacht, als ihm schon zwei Kollegen entgegenkamen, die er in der Soko gesehen hatte. »Ah, prima, dass du kommst, wir müssen sofort weg! Ein weiterer Leichenfund, komm! Können wir mit deinem Auto fahren?«

Verdattert stimmte Schwarz zu, und die beiden drückten sich, ohne lang zu fragen, durch den Wagenschlag.

»Wo geht es denn hin?«, fragte Schwarz und wendete das Auto.

»Dreiborn, irgendwo da oben auf dem Berg!«, antwortete sein Beifahrer und schnallte sich umständlich an.

»Aha.« Dreiborn hatte er auf den Straßenschildern gesehen. Er wählte den geraden Weg den Berg hoch. »So, und jetzt erzählt doch erst einmal, was los ist!«

»Leichenfund heute Morgen. Ein Bauer hat auf dem Weg in den Wald eine ermordete Frau gefunden. Aufgesetzter Kopfschuss, genau wie der kleine Junge. Und er hat sie auch gleich identifiziert, Katharina Becker. Sie ist die Mutter des kleinen Jungen, der gestern gefunden wurde.«

»Ach Gott«, sagte Schwarz. Er drehte sich nach hinten um. »Heißt das, es war ein Familiendrama?«

»Guck auf die Straße«, rief der Beifahrer, »also entweder wir finden den Vater auch tot, oder wir sollten uns einmal mit ihm unterhalten, was soll das denn sonst heißen.«

»Wo ist die Leiche gefunden worden?«

»Wieder in einem Wald, zwischen Schleiden und Dreiborn, in der Nähe von einem kleinen Ort, wie hieß der?«, fragte er nach hinten.

»Ettelscheid!«, kam die Antwort von der Rückbank.

»Ettelscheid, da sind jetzt die ganzen anderen. Wir fahren zum Wohnhaus der Familie. Gestern hat uns da keiner aufgemacht, und mittlerweile kann man sich ja auch vorstellen, warum. Jetzt wollen wir es uns aber mal etwas genauer ansehen. Kriminaltechnik ist auch unterwegs, jedenfalls, das, was davon noch verfügbar ist.«

»Wohnten die nicht in Dreiborn, habe ich da nicht so etwas in Erinnerung?«

»Genau, und da fahren wir jetzt auch hin! Gib Gas, ich war gestern schon dort oben, ich weiß, wo das Haus steht!«

Schwarz nickte. »Gab es gestern eigentlich etwas Neues auf der Pressekonferenz?

Von hinten hörte er ein Schnauben. »Natürlich nicht! Die Presse sucht Sensationen, und wir sollen sie liefern. Die werden ziemlich enttäuscht sein, wenn das hier nur ein normales Familiendrama ist und kein perverser Serienmörder!«

»Na«, sagte der Beifahrer, »vielleicht lassen sie uns mal in Ruhe arbeiten. Vorsicht, hier links!«

Als er die ersten Häuser von Dreiborn erreichte, fuhr er langsamer, um sich nicht zu verfahren. Hübsche, aufwendig renovierte Häuser wechselten ab mit Höfen, an deren Fassaden seit den Fünfzigerjahren nichts mehr passiert war. Teilweise konnte man meinen, die Zeit sei stehen geblieben, und ein alter, stinkender VW Käfer würde um die Ecke rollen. Dann waren wieder die Balken der Fachwerkhäuser aufwendig erneuert, und die neuen Doppelverglasungen ließen so etwas wie Wohlstand erkennen.

Sein Kollege lenkte ihn durch den Ortskern in eine Straße, in dem die Fachwerkromantik dem Charme eines in die Jahre gekommenen Neubaugebietes gewichen war.

Sie waren die Ersten, die vor dem Haus hielten. Es war ein

L-förmiger Bau, hinten ein querliegender Stall, links das langgestreckte Wohnhaus, das mit beeindruckend unansehnlichen, graubraunen Eternitplatten verkleidet war. Aus der aufgerissenen Betonfläche wuchsen vereinzelte Grasbüschel, die in dem scharfen Wind, der über die Hochfläche wehte, einen komplizierten Tanz aufführten. Alles schien wie ausgestorben, nicht einmal in den Nachbarhäusern wackelte die Gardine eines neugierigen Mitbewohners.

»Viel ist hier ja nicht los«, stellte Schwarz' Beifahrer fest, als habe er dessen Gedanken gelesen.

»Stellt euch mal drauf ein, dass wir hier noch einige Leichen in der Umgebung finden. Mann, das ist ja fast gruselig hier.« Der Mann, der es sich auf der Fahrt im Fond bequem gemacht hatte, zog fröstelnd die Schultern hoch. »Man weiß gar nicht, ist es hier wirklich nur kalt, oder gibt es noch einen anderen Grund, warum ich zittere?«

»Warten wir auf den Schlüsseldienst?«, fragte Schwarz und betrachtete kritisch die hölzerne Eingangstür.

»Ja, die müssen aber gleich da sein.«

»Brauchen wir nicht, ist doch offen!« Mit einem gezielten Tritt brach Schwarz die Tür auf und zog seine Pistole. Er sah seine Kollegen an. »Kommt ihr?« Vorsichtig verschwand er in der Öffnung.

»Stimmt«, sagte der Beifahrer, »ist ja offen, wie konnte ich das nur übersehen?!« Mit der Dienstwaffe in der Hand ging er zum Eingang und drehte sich um. »Du sicherst hier!«, rief er dem Kollegen zu und folgte Schwarz.

Systematisch durchsuchten sie schweigend das Haus. Es war größer, als man auf den ersten Blick annahm, Raum reihte sich an Raum, Erdgeschoss, erster Stock, doch das Haus war vollkommen menschenleer.

»Sie sind da!« Schwarz sah aus dem Fenster des Schlafzimmers hinunter auf die Straße. Eine Kolonne von beinahe zehn

Fahrzeugen hielt auf dem Hof und spie ungeordnet Menschen und Material aus.

»Na, dann wollen wir mal Bericht erstatten, oder?« Sein Kollege steckte die Waffe wieder ein.

Schwarz betrachtete die Einrichtung. Alles atmete den Geruch von Verzweiflung. Mühsam war hier mit geringen Mitteln versucht worden, aus gebrauchten Möbeln und winzigen Dekorationsartikeln eine kleine, heile Welt zu zaubern, während im Treppenhaus die Tapete vom wurmstichigen Gebälk herabhing. »Sieht ja nicht so richtig modern aus, oder? Die Möbel sind ja von Anno Piefendeckel.«

»Vielleicht haben die alles von den Eltern übernommen, das gibt es ja auch.«

Schwarz sah in das Kinderzimmer. Hier sah es aus wie in einem Spielwarenladen, der Boden bedeckt mit Flugzeugen und seltsam verrenkten Robotern. Sie sahen sich an. »Wie das dann so ist. Dem Sohnemann soll es wenigstens an nichts fehlen. Ein Gameboy, aber nichts Vernünftiges zu essen, das kennen wir doch irgendwoher.«

Schwarz nickte, sah noch einmal in diesen Raum. Es nahm ihn immer wieder mit, wenn er sich klar machte, dass die Person, die hier glückliche Stunden verlebt hatte, nun in einem gekühlten Stahlschrank lag und nie wieder zurückkehren würde. Die Geister verstehen es doch nie, dachte er. Vielleicht streunen die auch durch die Dörfer und suchen ihr Lieblingslego. Von Geistern hatte er gar keine Ahnung, es war ja möglich.

Er ging vorsichtig die Treppe runter. Der Erste, der ihm im Flur begegnete, war Friedrichs.

»Ah, Schwarz, wie sind Sie hier reingekommen?«

»Tür war offen«

Friedrichs betrachtete den zersplitterte Türrahmen. »Darüber wird noch zu sprechen sein. Irgendetwas gefunden?«

Schwarz schüttelte mit dem Kopf. »Auf den ersten Blick nicht. Wenn man weiß, was man sucht, geht es eigentlich ja auch besser.«

Friedrichs sah ihn mit zusammengekniffenen Augen an. »Sie haben gestern nicht, wie angewiesen, den Menschen aus der Bank verhört, habe ich gesehen.«

Schwarz sah ihn genervt an. »Stimmt, ich ziehe es vor, Vernehmungen sorgfältig vorzubereiten und sie mir nicht von der Presse vorschreiben zu lassen.«

Die Stimme von Friedrichs bekam einen schneidenden Offiziersunterton »Und ich ziehe es vor, wenn man meine Weisung befolgt! Sie sehen, was durch Ihre Eigenmächtigkeit passiert ist! Jetzt haben wir eine zweite Leiche, die wahrscheinlich aufgrund Ihrer Widersetzlichkeit zu Tode gekommen ist!«

Schwarz hörte es in seinen Ohren rauschen. Fliehende Schatten sprangen vor seinen Augen hin und her: der Totenwald, die Geister, da waren sie wieder!

Mit Gewalt riss er sich von den Bildern los und machte einen Schritt auf Friedrichs zu, das er direkt vor ihm stand und ihm ins Gesicht zischen konnte. »Du begreifst es nicht, was? Ich habe einen Jagdschein, ich bin hier, wegen erwiesener Unzurechnungsfähigkeit, und wenn ich dir ein Ohr abbeiße oder die Zähne mit meiner Waffe einschlage, dann werden dich alle nur fragen, warum du so blöd bist, dich mit einem Wahnsinnigen anzulegen! Ich habe nichts mehr zu verlieren, du alles!«

Wie erstarrt standen die beiden, bebend vor Erregung, als Pankowski von hinten rief: »Vielleicht könnt ihr euer Liebesgeplänkel etwas vertagen? Wir haben hier eine ganze Menge Arbeit vor uns!«

Friedrichs machte einen Schritt zurück und funkelte Schwarz an. »Das wird ihnen noch leid tun, Schwarz, ihre

Tage bei der Polizei sind gezählt! Sehen Sie zu, dass Sie auf die Dienststelle kommen und melden Sie sich dort bei ihrem Vorgesetzten, ich will Sie hier nicht mehr sehen!« Er drehte sich um und gab Anweisungen von sich: »Ich will hier Leichenspürhunde haben! Wir suchen die Leiche von diesem Becker. Ich bin sicher, dass die hier irgendwo liegt. Pankowski, befragen Sie die Nachbarn, nehmen Sie sich noch zwei Leute dafür!«

Schwarz stand immer noch wie versteinert und starrte in die Richtung, in der vorher das Gesicht von Friedrichs gewesen war. »Die Leichenhunde können Sie sich sparen.« Er streckte die Hand aus und nahm ein Foto von der Holztäfelung. Eine glückliche Familie war darauf zu sehen, Vater, Mutter, Kind. Er drehte das Foto in Richtung von Friedrichs. »Ist das die Familie Becker?«

Friedrichs warf einen Blick auf das Foto und sah Schwarz ins Gesicht. »Ja, das waren sie, warum?«

»Der Mann lebt. Den habe ich gestern in Schleiden gesehen. Moment …« Er kramte nach seinem Notizblock und suchte nach der Eintragung. »Becker, natürlich, der Name kam mir gleich so bekannt vor, aber Becker ist ja nicht wirklich selten! Da habe ich's, Lutz Becker, Dreiborn, geboren 1965. Den habe ich gestern Mittag gegen zwölf Uhr in der Metzgerei überprüft, weil er mir verdächtig vorkam. Ich hatte nur keinen Grund, mir ihn weiter vorzuknöpfen, der Junge war zu dem Zeitpunkt noch nicht identifiziert.«

Aus der Küche rief Sandra: »Könnt ihr mal kurz kommen? Da war doch was mit einer Bank, habe ich das richtig mitbekommen?«

Schwarz und Friedrichs sahen sich an und gingen dann hintereinander durch den engen Flur. Sandra stand vor dem Küchentisch und las interessiert einen Brief. »Ich bin jetzt nicht so genau informiert, aber hier in diesem Schreiben kündigt die Eifelbank dem Lutz Becker alle Kreditlinien und erwartet den Ausgleich des Kontos innerhalb einer Woche.«

»Diesen Brief hat gestern halb Schleiden bekommen, das ist nichts Neues!«, entgegnete Schwarz.

»Schon, aber dieser Brief ist von …« Sandra zählte stumm an ihren Fingern die Tage ab, »vom letzten Freitag. Ich kenne diesen Becker ja nicht, aber wenn ich von mir ausgehe, dann wäre ich ein wenig aufgeregt, sollte ich so einen Brief bekommen.«

Schwarz dachte kurz nach. »Darf ich mal sehen, wer hat den denn unterschrieben?«

Sandra hielt ihm das Schreiben hin. »Zwei Leute, ich kann das aber nicht entziffern.«

Schwarz sah kurz hin und nickte. »Brockstedel und Hellnbrinck. Da muss der gute Mann uns jetzt doch mal ein paar Fragen beantworten.« Er blickte Friedrichs an. »Und? Wie geht es weiter?«

Friedrichs nahm Schwarz das Foto aus der Hand und warf einen Blick darauf. Er atmete tief durch und sah ihn an. »Okay, keine Leichenspürhunde. Leiten Sie die Fahndung nach dem Mann ein. Jeder, der nicht hier oder im Kammerwald gebraucht wird, soll nach diesem Menschen suchen. Müllerbach, Sie informieren telefonisch den Staatsanwalt, er soll so schnell wie möglich die Presse benachrichtigen, damit wir diese Nervensägen loswerden. Und Sie, Schwarz, verhören endlich diesen Menschen von der Bank. Vielleicht arbeiten die ja sogar zusammen. Es muss doch einen Grund geben, warum die Leiche des Jungen dort an den Campingplatz gelegt wurde.«

Schwarz nickte und ging zur Eingangstür. »Ach, Schwarz?« Er drehte sich um. Friedrichs sah aus dem Fenster und wandte ihm den Rücken zu.

»Kommen Sie nie wieder in meine Nähe! Ich garantiere für

nichts! Melches, gehen Sie mit ihm, und wenn er anfängt, sich seltsam zu benehmen, erschießen Sie ihn einfach in Notwehr!«

18. Kapitel

Wie heute bekannt wurde, sind von einem Konto der staatlichen KfW-Bank noch am Montag der bankrotten Bank Lehman Brothers 300 Millionen Euro überwiesen worden. Der Vorstand der Bank bedauerte den Vorfall und kündigte Konsequenzen an. Die in Zahlungsschwierigkeiten geratene Eifelbank hat seit gestern ihre Schalter geschlossen und die Auszahlungen eingestellt. Wie das Landesfinanzministerium in Düsseldorf bekanntgab, wird mit Hochdruck an einer Lösung für das Institut gesucht.«

Sandra stellte das Radio ab und atmete tief durch. »Sag mal, da hast du dir ja mal wirklich einen guten Freund geschaffen. War das nötig?«

Schwarz zuckte mit den Achseln und wendete vorsichtig, sich zwischen der Vielzahl von Polizei- und Zivilfahrzeugen einen Weg suchend. »Vielleicht hätte ich auch besser die Schnauze gehalten, aber wenn mir einer so arrogant daherkommt, dann werde ich schon mal etwas wild.«

Sie schnallte sich an. »Also, was ist jetzt eigentlich los mit dieser Bank? Ich höre da die wildesten Geschichten, aber verstanden habe ich noch gar nichts!«

Schwarz holte tief Luft. »Um ganz ehrlich zu sein, ich auch nicht. Ich habe angefangen, einen Vermisstenfall zu bearbeiten, aber dann kam dieser Kindermord im Kammerwald dazwischen, und deshalb bin ich da noch nicht richtig vorwärtsgekommen. Was ich weiß, ist, dass am Montagmorgen der Bankdirektor Brockstedel zur Arbeit fährt wie immer, sein Auto auch ordentlich verschlossen auf dem Parkplatz steht, er aber nie im Bankgebäude ankommt.«

Mittlerweile waren sie auf dem freien Land. Schwarz gab Gas und fuhr nach Sandras Anweisung einen anderen, angeblich kürzeren Weg. Immer noch begegneten ihnen vereinzelt großformatige Lieferwagen mit Aufschriften aus der bundesdeutschen Fernsehlandschaft, die ziellos durch die Gegend rollten, auf der Suche nach irgendwelchen Dingen, die eventuell einen Quotenschlager hergeben würden.

»Und? Denkst du an Entführung?«

»Ich denke an alles Mögliche, vor allem, wenn mir dann auch noch am Montagmorgen die Kugeln um die Ohren pfeifen. Schütze verschwindet, niemand hat etwas gesehen. Wie bei der Entführung auch. Oder nein, stimmt nicht, eine Nonne vom Kloster nebenan hat gesehen, wie am frühen Montagmorgen ein eigenartiges Paket in ein Auto geladen wird.«

»Was für ein Auto?«, fragte Sandra nach.

»Golf, silbern.«

Sandra nickte »Becker fährt einen silbernen Golf. Also Entführung aus Rache?«

»Vielleicht, aber das ist ja noch nicht alles. Da gibt es ja noch die Geschichte mit dem Geld. Die Bank ist pleite, weil jemand, wahrscheinlich Brockstedel, illegal Geschäfte über die Konten der Bank abgewickelt hat. Und er ist wohl bei der Lehman-Pleite, dieser Finanzkrise, von der alle reden, gegen die Wand gelaufen, ähnlich wie es die Hypo Real gemacht hat, aber in anderem Maßstab. Doch für die Bank hier reicht es, die haben alle Zahlungen eingestellt, alle Kredite fällig gestellt, und hier brodelt es gewaltig. So, und daneben haben wir das private Umfeld, wo ich noch keinen Ansatz gefunden habe, niemand, der mir da etwas sagen kann oder will, und das berufliche Umfeld, bei dem ich auch in der Luft hänge, weil ich mich in diesen Banksachen nicht auskenne.«

»Und zu wem fahren wir jetzt?«

»Zu Rüdiger Hellnbrinck, stellvertretender Filialleiter. Wohnt auf dem Campingplatz direkt neben dem Fundort der Kinderleiche, unterschreibt Kreditkündigungen und ist mal eben so wegen Unterschlagung vorbestraft. Und ich wüsste zu gerne, was das alles jetzt miteinander zu tun hat.«

»Na prima. Wir sollten aber vorher noch in der Dienststelle vorbei, wir müssen noch die Fahndung nach Becker einleiten.

Während Sandra unten die Formalitäten erledigte und Lutz Becker zur Fahndung ausschrieb, stand Schwarz von einer plötzlichen Müdigkeit überwältigt mit geschlossenen Lidern an die Wand gelehnt, als er plötzlich seinen Namen hörte. Er öffnete die Augen und sah in das Gesicht von Gorres, der ihn amüsiert ansah.

»Nun, tief in Gedanken, oder schläfst du schon im Stehen?«

»Wohl beides ein bisschen. Mit Schlafen war nicht viel in den letzten Tagen. Die ganze Geschichte geht mir doch sehr an die Nieren.«

»Mir auch, das kann ich dir sagen. Und, habt ihr da oben was gefunden?«

»Ich denke schon. Im Augenblick sieht alles so aus, als wäre es dieser Becker gewesen. Frau ist tot, von ihm keine Spur, Haus verlassen. Wir haben die Fahndung nach ihm eingeleitet, und ich bin jetzt hier, um den Hellnbrinck von der Bank zu verhören.« Er schüttelte den Kopf. »Das zieht auch Kreise, da hätte vor zwei Tagen niemand von geträumt! Ich habe einen Zeugen, der so etwas wie eine Entführung beobachtet haben könnte, und eine Fahrzeugbeschreibung. Ansonsten herzlich wenig, abgesehen davon, dass Brockstedel wohl allen seinen Kunden die Kredite gekündigt hat.«

Gorres nickte. »Ja, ich habe es gehört. Mir ist selber schon schlecht, ich habe mein Haus auch über die Eifelbank finanziert.«

»Ach«, fragte Schwarz nach, »Hypotheken hat er nicht gekündigt?«

»Nein, das geht wohl nicht so einfach.« Er sah auf seine Hände. »Schrecklich mit dem Becker, ich kann mir das kaum vorstellen, dass er seine ganze Familie umgebracht haben soll. Ich kenne den Lutz, seit er ein kleiner Junge war. Ein liebevoller Vater, ganz fleißiger Mann. Seit er verheiratet ist und einen Sohn hat, ist der auch normal geworden. Als Junge war der schon verrückt, da hatten wir den oft hier.« Er grinste in der Erinnerung.

»Wieso, war er gewalttätig?«

»Nein, gar nicht, aber der war dauernd im Sperrgebiet bei den Belgiern. Oben auf dem Truppenübungsplatz, weißt du, wo jetzt der Nationalpark ist. Und da haben die den immer wieder aufgeschnappt und dann mit der Militärpolizei zu uns gebracht. Verrückter Kerl. Und die Frau, die Katharina. Um die ist es wirklich schade. Ein ganz liebes Mädchen. Die war oben von Herhahn, weißt du? Ne Hübsche, da hatten alle Jungs hier aus der Gegend ein Auge drauf geworfen, aber die wollte immer nur mit dem Lutz tanzen, da hatte keiner eine Chance. Und dann hat er die Schreinerei aufgemacht, und die läuft auch ganz gut, soweit ich das weiß. Fleißiger Junge ist das geworden. Ich hoffe, dass er es nicht war. Obwohl, wenn ich mir vorstelle, dass seine ganze Familie tot ist, dann hoffe ich, er ist auch tot.« Er stieg die Treppen weiter runter und schüttelte den Kopf. »Es ist zu schrecklich.« Dann hielt er noch einmal an und drehte sich um. »Ach, übrigens, wie kommst du eigentlich mit Bettina zurecht? Gefällt es dir dort oben auf dem Berg?«

»Ja, sehr gut. Frau Sieger ist wirklich eine sehr nette und interessante Frau. Ich bin sehr gern dort oben. Vielen Dank für die Vermittlung.«

»Gern geschehen. Das freut mich. Grüß sie bitte von mir.« Vom Ende des Flurs winkte Sandra. Schwarz nickte Gorres zu und machte sich auf den Weg in die Bank.

Immer noch waren viele Menschen unterwegs, immer noch

stauten sich die Autos vor der Schule, wahrscheinlich, um ein Auge auf die Kinder zu haben. Am Ende wird hier noch jemand überfahren, dachte Schwarz, ein Schüler, der eigentlich beschützt werden sollte, so ist doch der Hohn der Welt, dass die gute Absicht sich gern ins Gegenteil verkehrt.

Während sie der Bank immer näher kamen, verdichtete sich der Verkehr weiter, um schließlich endgültig zum Erliegen zu kommen.

»Verdammt, was ist denn da los?«, wunderte sich Sandra und stieg aus. Sie hielt angestrengt Ausschau und rief dann in den Wagen: »Stefan, ich glaube, das solltest du dir ansehen!«

Verwundert stieg er aus. Hinter den Dächern der Autos, die die Bundesstraße blockierten, konnte er eine Menschenmenge sehen, die sich um das Gebäude der Eifelbank scharte. Selbst aus der Entfernung waren aufgeregte Rufe zu hören.

»Ach du Schande«, sagte Schwarz, »ich fürchte, jetzt geht es hier rund! Ruf Gorres an, er soll uns sofort Verstärkung schicken!« Ohne ihre Antwort abzuwarten, rannte er los. Nur mühsam kam er vorwärts, wie ein Schwimmer musste er sich durch die Leute wühlen, die zwischen den Autos standen und interessiert den Tumult vor ihnen beobachteten. Je näher er dem Bankgebäude kam, desto erregter wurde die Stimmung. Die Menschen schwenkten Papiere und brüllten wütend Dinge, die Schwarz kaum verstehen konnte. Man schob und drückte, und schließlich blieb Schwarz inmitten der massigen, aufgeregten Körper stecken.

Was machte er hier eigentlich? Was hatte er vorgehabt? Eine Augenblickseingebung hatte ihn dazu gebracht, sich in den Aufruhr zu begeben, doch nun wusste er nicht mehr weiter. Er ließ seine Arme sinken und stand regungslos mit niedergeschlagenen Augen da.

Auf einmal: Stille.

Eine schreiend laute Stille, so laut wie Schwarz in seinem Leben noch kein Schweigen vernommen hatte.

Vorsichtig sah er auf. Die Menschen um ihn herum sahen ihn an, als wäre er gerade einer fliegenden Untertasse entstiegen und hätte kleine, winkende Fühlerchen auf dem Kopf.

»Das bringt nichts«, sagte er leise, »die haben Euer Geld auch nicht.«

Die Leute betrachteten ihn regungslos. Dann räusperte sich einer: »Du bist doch der Bulle, der den Fall hier untersucht, oder?«

Schwarz sah ihm ins Gesicht und nickte. Ganz langsam, nur keine hektische Bewegung machen, die die Menge falsch verstehen konnte, aufgebracht, wie die waren. Sein Gegenüber war ein großer Mann mit schütterem Haar und großen, derben Händen, denen man die harte, tägliche Arbeit und ihre unbändige Kraft schon vom Weiten ansah.

»Wo ist dann unser Geld?«

Schwarz lächelte. »Das versuche ich gerade herauszufinden.«

»Wo ist dieser Brockstedel?«

»Den suche ich auch. Wenn ihr mich in die Bank lasst, dann kann ich ihn vielleicht finden.«

Immer noch schwieg die Menge. Sehr langsam öffnete sich ein Weg zur Eingangstür. Ohne jemandem ins Gesicht zu sehen, schritt er vorwärts, ruhig, ganz ruhig, bis er plötzlich hinter sich eine Bewegung spürte. Vorsichtig drehte er sich um und erkannte Sandra, die hinter ihm herging, unsicher lächelnd den einen oder anderen in der Menge begrüßend. Er wandte sich wieder nach vorne und ging weiter, ruhig, ohne hektische Bewegung.

Kurz bevor er an der Eingangstür ankam, hörte er, wie sich der Schlüssel im Schloss drehte und die Tür aufging. Während Sandra hindurchschlüpfte, blieb er stehen und drehte sich um. Er sah den Menschen ins Gesicht und sagte: »Am besten geht ihr einfach nach Hause. Die Leute hier drinnen können euch auch nicht helfen. Und was die Polizei angeht, so solltet ihr nicht vergessen, dass die Meisten von uns auch ihr Konto bei dieser Bank haben. Wir sitzen mit euch im gleichen Boot. Wenn sie euch bescheißen, dann bescheißen sie auch uns.«

»Dann bleib hier und kämpf mit uns!«, rief einer von hinten.

Schwarz schüttelte den Kopf. »Ich suche Brockstedel, das hilft euch mehr!« Er drehte sich um und ging in die Bank.

Hektisch warf Annika Mauel hinter ihm die Tür zu und schloss ab. »Gott sei Dank, dass Sie da sind! Wir hatten schon Angst, dass es hier zu einer Straßenschlacht kommt! Seit einer Stunde stehen die da draußen und wollen hier rein! Und seit ein paar Minuten werden das immer mehr!« Sie fing an zu weinen. »Ich habe solche Angst, ich kann doch nichts dafür, ich habe doch damit nichts zu tun!«

Er tätschelte ihren Arm. »Behalten Sie die Nerven, die Kollegen kommen gleich. Die werden die Lage schon beruhigen.« Sie schluchzte noch ein-, zweimal auf. »Wo finde ich denn den Kollegen Hellnbrinck?«

»In seinem Büro.« Verschüchtert wies sie in die Richtung.

Auf dem Weg dorthin begegnete er Sandra. »Und?« fragte er, »was sagt Gorres?«

»Er sagt, wir sollen uns Zeit lassen.« Sie trat näher an ihn heran, um leise sprechen zu können. »Gerade rollt aus Aachen eine Kolonne an, um hier Hausdurchsuchung zu machen. Wir sollen hier bleiben und aufpassen, dass keiner etwas verschwinden lässt.«

Schwarz lachte auf. »Die spinnen doch! Was jetzt noch da ist, das braucht auch keiner mehr verschwinden zu lassen.

Die hatten zwei Tage Zeit, um sich genau zu überlegen, was man vorzeigen kann und was nicht. Und dann kommen die hohen Herren endlich in Gang. Ist ja erstaunlich, dass sie sich überhaupt mal in Bewegung setzen!«

»Stefan! Was ist denn mit dir los? Die waren den ganzen Tag in Aachen in der Bank und sammeln hier jetzt ein, was sie noch brauchen. Hey, was willst du eigentlich? Du hast doch die ganze Zeit gequengelt, hier kocht was hoch, kümmert euch drum und jetzt ist es dir auch noch nicht recht, was ist denn los?«

Er stieß die Luft aus. »Ist ja gut, aber bis die Herrschaften hier sind, können wir dem Hellnbrinck ein wenig die Hölle heißmachen.« Er wollte los, doch sie hielt ihn auf.

»Stefan, jetzt beruhige dich doch erst einmal. Was willst du denn überhaupt von ihm? Der Mörder des Jungen ist gefunden, von Bankunterschlagungen verstehe ich so viel wie eine tote Katze, also was machen wir hier? Nur weil dieser blöde Friedrichs eine Verbindung zwischen Becker und der Bank vermutet? Und außerdem hat Gorres erzählt, dass sie auf dem Hof von Becker eine Waffe von genau dem Kaliber gefunden haben, mit dem du am Montag beschossen worden bist! Und nach den vorläufigen Obduktionsergebnissen ist die Frau von dem Becker mit dem gleichen Gegenstand erschlagen worden wie der Junge. Der Todeszeitpunkt stimmt auch überein.«

»Ist das wahr?« Er sah sie an und blickte dann zu Boden.

»Ich habe das gerade erfahren. Und jetzt denk doch mal nach! Becker, Becker, Becker, immer wieder Becker, was machen wir denn hier? Ganz egal, was hier einer gemacht hat, Brockstedel finden wir hier nicht. Entweder der ist selber abgehauen – unwahrscheinlich, dann nehme ich mein Auto mit, aber mache nicht die ganze Welt darauf aufmerksam, dass ich weg bin. Der hätte doch tagelang fliehen können, bis den einer vermisst hätte.«

Schwarz hörte aufmerksam zu. »Oder?«

»Oder der ist doch von Becker entführt worden. Und wenn du mich fragst, ist das das Einzige, was Sinn ergibt. Also, was wollen wir hier?«

Er sah sie an. »Und die Unterschrift auf dem Brief an Becker?«

»Was weiß ich? Vielleicht eingescannt oder gefälscht, oder vielleicht hat er auch unterschrieben, aber wen interessiert das denn? Mensch, Stefan, in ein paar Minuten sind Leute hier, die mit dem Läusekamm durch die Akten gehen, die finden noch viel eher was als wir.«

Ein plötzliches Splittern unterbrach sie. Ein Regen von Glas ergoss sich auf die beiden, die sich mit einem Satz unter zwei Werbeaufsteller duckten.

»Was für eine Scheiße ist das?«, schrie Schwarz.

Weitere Schreie kamen aus den anderen Räumen. »Sie werfen Steine!« kreischte jemand, und Schwarz brüllte: »Runter! Alle weg! In Deckung! Geht unter die Tische!«

Draußen war plötzlich die Hölle los. Der Mob tobte wie eine vom Sturm aufgewühlte Wasserfläche über die Straße, die Geschäftsleute von gegenüber liefen aufgeregt, um ihre Läden zu schützen, Männer schrien und lachten, wenn sie getroffen hatten.

»Los, Schwarz, die kriegen wir!«, rief Sandra und sprang auf, die Pistole im Anschlag.

»Bist du wahnsinnig? Hör auf!« Er sprang ihr in den Arm, während um sie herum die Steine flogen, »das sind nicht die Indianer da draußen, das sind deine Freunde, das sind unsere Jungs!«

Sie starrte ihm verzweifelt in die Augen, während sich in das Splittern und Krachen das Geräusch von Martinshörnern mischte. Lautsprecherdurchsagen forderten dazu auf, die

Straße freizumachen. Genauso abrupt wie er angefangen hatte, hörte der Regen aus Steinen auch wieder auf. Sandras Atem ging schwer, sie keuchte, als habe sie einen Marathonlauf hinter sich, dann steckte sie die Pistole ein und ging über die krachenden Glassplitter, die überall den Boden bedeckten, zum Geldautomaten, um sich dort zu erbrechen.

Schwarz saß im Büro von Hellnbrinck und trank ein Glas Wasser. Einfaches Leitungswasser, etwas, das er in Köln immer empört abgelehnt hatte, doch hier hätte es nicht besser schmecken können. Überall liefen Polizisten umher und sammelten Akten ein, stöpselten Computer ab oder durchwühlten Schränke.

»Brockstedel haben Sie immer noch nicht gefunden?«, fragte Hellnbrinck.

Schwarz schüttelte den Kopf.

»Na, ich kann Ihnen da leider nicht mehr helfen. Ihre Freunde hier haben mir eine Mitfahrgelegenheit bis Aachen angeboten, und ich denke, dass es sich um ein Angebot handelt, dass man nicht ablehnen kann.« Auf Schwarz' erstaunten Blick erläuterte er: »Ich werde Ihnen ein wenig helfen, sich in die Dinge einzufinden, die ich in den letzten Tagen herausgefunden habe. Vielleicht überzeugt es ja irgendjemanden davon, dass ich unschuldig bin.«

Schwarz räusperte sich. »Sagen Sie, warum haben Sie eigentlich dem Becker die Kreditlinie gekündigt? Warum haben Sie unterschrieben?«

Hellnbrinck war erstaunt. »Becker? Lutz Becker? Das war doch völlig klar! Der hat seit mindestens einem Jahr die Raten nicht mehr bedient. Wir konnten gar nicht anders! Das hat mit diesem ganzen Mist hier überhaupt nichts zu tun. Wieso, glauben Sie, dass Becker Brockstedel entführt hat?«

»Es sieht so aus.«

»Ach du Scheiße! Und hat der auch noch was mit dem toten Jungen zu tun?«

»Ja. Und der toten Frau. Es war seine Familie.« Schwarz fühlte sich so müde. Es war alles so unglaublich sinnlos.

»Oh Gott, das tut mir leid. Aber wir haben wirklich seit einem Jahr immer wieder versucht, den umzuschulden, aber der hat seine Firma einfach nicht ans Laufen gekriegt! Oh mein Gott!« Er wandte sich erschüttert ab und sah wieder den Polizisten zu, die kistenweise die Unterlagen aus der Bank hinaustrugen.

»Und? Wie geht das jetzt bei Ihnen weiter?«

Hellnbrinck zuckte mit den Achseln und sah aus dem Fenster. »Wenn ich ehrlich bin, dann rechne ich damit, wie so viele andere, in den nächsten Wochen dieses Gebäude mit einem Pappkarton unter dem Arm zu verlassen. Wenn die Eifelbank das überlebt, dann wird sie sich besonders leichten Herzens von denen trennen, die jetzt all den Schlamm aufwirbeln. Wer einmal Probleme gemacht hat, der wird es auch wieder tun, so denken die da oben, auch wenn ich jetzt alles tue, um meinen Chefs den Hals zu retten. Doch Dankbarkeit erwarte ich dafür nicht, ich bin kein Träumer.« Sein Kopf wandte sich Schwarz zu, und die Männer sahen sich einen Moment an. In den Augen des Bankers war keine Aufregung zu lesen, eigentlich nur Müdigkeit. Oh ja, müde, genauso müde und sinnlos fühlte Schwarz sich gerade auch, wie gut konnte er das verstehen, fast raubte ihm dieser Blick den Atem.

»Ich wünsche Ihnen Glück.«

»Danke. Das kann ich brauchen.«

Schwarz holte Luft, um noch einen letzten Satz zu sagen, der vielleicht die bedrückte Stimmung in dem Raum hätte auffangen können, doch ihm wollte ums Verrecken keiner einfallen. Deshalb ging er einfach, ohne sich noch einmal umzudrehen.

19. Kapitel

Erschöpft bog Schwarz nach diesem Tag auf den Hof des alten Forsthauses ein. Doch heute war es anders: Überall standen Autos, sodass er es kaum schaffte, für seinen Wagen einen Platz zu finden.

Was war hier los? Er war so müde. Nachdem man davon ausgehen konnte, dass es sich bei dem Tod von Mutter und Kind um ein Familiendrama handelte, hatte man die Sonderkommission aufgelöst. Die Journalisten hatten in der Mehrzahl auch die Eifel verlassen, auf dem Weg zu lohnenderen Sensationen. Die Eifelbank war von den Ermittlern praktisch besenrein hinterlassen worden, und es war gelungen, die Menge vor dem Gebäude ohne größere Handgreiflichkeiten aufzulösen, sodass nur noch zwei Kollegen dort gelangweilt Wache schoben. Die Fahndung nach Becker verlief ergebnislos, und die gesamte Schleidener Polizei war durch die Dramatik und die vielen Fehlschläge des Tages frustriert und schlecht gelaunt. Und er kam nach Hause, wollte Ruhe und war auf einmal in einem riesigen Auftrieb gelandet.

Ach ja, jetzt fiel es ihm wieder ein: Künstler hatten sich angesagt, Kollegen seiner Zimmerwirtin. Es war ihm so gar nicht danach, jetzt neue Leute kennen zu lernen, zu reden. Es störte ihn, Fremde hier zu haben, an diesem Ort, der schon nach so kurzer Zeit so etwas wie ein Ruhehafen für ihn geworden war.

Als er die Tür aufgeschlossen hatte, drang lärmende Fröhlichkeit aus der Küche, in der sich eine unüberschaubare Menschenmenge knubbelte. Vorsichtig versuchte Schwarz sich an den vielen Fremden vorbeizudrücken, doch es gelang ihm so gar nicht, weil die Hunde beschlossen, der schon kräftigen Gesprächslautstärke noch ein Spektakel hinzuzufügen und den Neuankömmling mit zünftigem Gebell zu begrüßen.

»Tach auch!« Ein dünner Mann mit Hut, langen Haaren und einem spektakulären Verhau an Restzähnen lachte ihn freundlich an. »Willste 'n Bier?«

Keine Frage, wer da gekommen war, keine Erläuterung, wer er selber war, was sich aber auch erübrigte bei den ungefähr vierzig Menschen, die hier anwesend sein mochten. Schwarz nahm mit einem Nicken die Flasche entgegen und lehnte sich an den Türrahmen. Am Küchentisch sah er Bettina, die gerade fröhlich eine Anekdote aus ihrem Leben zu erzählen schien. Es ging wohl um eine seltsame Aktion in Berlin, bei der sie Waschlappen mit männlichen Geschlechtsteilen bemalt hatte, und beim Versuch, diese als Freiluftinstallation aufzubauen, fast umgebracht worden wäre. »Berlin als Kunsthauptstadt, da glaube ich nicht dran!« rief sie, gleichsam als Moral ihrer Geschicht'. »Berlin wird überschätzt. Ich will da nicht hin, ich bin glücklich hier, auf meinem Berg, in meinem Wald!«

»Waldschratshausen«, sagte der Mann mit dem Hut, »ich kann mir vorstellen, warum du hier nicht mehr weggehst. Du findest den Weg zurück doch gar nicht. Mensch, was habe ich gebraucht, um hierher zu finden!«

»Hey, Schwarz!« rief Bettina Sieger, die ihn gerade entdeckt hatte. »Das ist Schwarz«, stellte sie ihn etwas unformell vor, »der wohnt jetzt hier.«

»Ach du Schande«, sagte ein massiger Mensch mit pfiffigen Augen und wallendem, weißem Schopf und nahm ihn genauer in Augenschein, »malst du etwa auch? Ein Künstler hier? Das kann ich mir ja gar nicht vorstellen!«

»Völlig unmöglich!«, rief ein großer Mann, der am Spülbecken lehnte, »ein Maler mit Bettina unter einem Dach? Der wäre schon längst gefesselt im Keller, und sie hätte ihm seine

Färbchen geklaut. Oder gleich erwürgt und hinten im Wald verscharrt.«

Alle lachten, nur Schwarz nicht. Und Sieger, wie er schnell bemerkte. Sie sah ihn offensichtlich beunruhigt an, ob ihm dieser unbedachte Scherz wohl weh tun könnte, angesichts der Toten, die sich in der Realität in seinem Leben fanden. Er lächelte ihr jedoch zu und winkte unauffällig ab.

Gelöst rief sie ihm zu: »Los, holen Sie sich was zu essen! Dahinten auf der Kommode steht alles!«

Um besagte Kommode hatte sich eine andere Gruppe versammelt. Sie stritten gerade darüber, ob das Richter-Fenster im Kölner Dom große Kunst sei oder nicht. Die Daumen waren gerade dabei, sich zu senken, einig war man sich aber, dass die Tatsache, dass überhaupt eine moderne Kunst in einer alten Kirche möglich war, viel bedeutsamer sei. Schwarz drängte sich höflich durch die Diskutierenden und lud sich einen Teller mit Salaten voll, den er wieder zurück in die Küche balancierte. Hier war man inzwischen bei der Wirtschaftskrise angelangt, was die Gemüter arg in Wallung und die Künstler ans Durcheinanderreden brachte.

»Das ganze System ist doch pervertiert! Du kannst doch nicht erwarten, dass eine Wirtschaftssystematik, die nur auf dem möglichst gewinnbringenden Verkauf von Papier und Luft basiert, stabil die nächsten Jahrhunderte überdauert, das ist doch dämlich!«

»Das ist doch genau wie das, was sich in der Konzeptkunst durchgesetzt hat. Die moderne Kunst, die zur Zeit in den Museen so hochgelobt wird, die verkauft eine Idee, die schafft keine Werte mehr. Da gibt es kein Bild, das du an die Wand hängen kannst. Aber die Idee kannst du dir kaufen, und in der Kreation der irrsinnigsten Derivate hat die Wirtschaft der Kunst als avantgardistischer Lebensform nachgeeifert.«

»Genau! Was man heute so gerne sieht, und was uns Malern immer vor die Nase gesetzt wird, das ist doch Kunst-Kunst, also etwas, was sich als Kunst geriert, aber kaum den Status einer Geistreichelei überschreitet«, erregte sich ein kräftiger Mann, der erfolgreich versuchte, mit seiner Zigarre einen Nebelwerfer zu imitieren, »wenn ich einen Hai in Formaldehyd lege, dann weiß ich, dass der in fünfzig Jahren nicht mehr existent ist, und damit habe ich genau den gleichen Ansatz, den diese Finanzakrobaten haben, die nichts anderes gemacht haben als vergängliche Werte zur Wertschöpfung zu benutzen und damit das gesamte Wirtschaftssystem auf nichts als heißer Luft aufzubauen!«

»Was ja nichts anderes heißt, als dass der Beuys'sche Ansatz der allgegenwärtigen Kunst hier perfekt umgesetzt ist.«

»Nur dass halt keine Werte geschaffen wurden!! Früher war der Finanzmarkt noch dazu da, um der produzierenden Industrie Geldmittel zu besorgen.«

»Nichts gegen Beuys«, mischte sich Bettina Sieger in die hitzige Diskussion, »der hat mich schon vor zwanzig Jahren gefragt: ›Was, du malst noch?‹«

»Das ist ja das Problem! Keine Bilder, keine Skulpturen, nichts, was bleibt. Puff, die Blase platzt!«, rief der Künstler mit der Zigarre.

»Die Kunst wird als Erstes darunter leiden«, entschied einer.

»Was meinst du, die Kunst oder der Kunstmarkt? Die Kunst leidet nur unter schlechten Malern, aber nicht unter einer Rezession.«

»Wenn du dir keine Leinwand kaufen kannst, dann kannst du auch keine guten Bilder malen, wart's mal ab.«

»Ich kann mir immer meine Leinwand kaufen, Brot und Käse und so was, das wird knapp, aber an meiner Kunst spare ich zuletzt!«

»Wir werden uns noch umsehen, die große Gier wird gefolgt werden von der großen Angst. Und unsere Visionen und Erkenntnisse, die wir in Formen und Farben fließen lassen, die spielen keine Rolle mehr!«, dozierte der Weißhaarige.

»Da zum Beispiel«, die Malerin zeigte auf ein großes, rotes Bild, das hinten an der Wand hing. Wilde Formen stürzten in ein rotes Nichts, strampelnd, kämpfend, im verzweifelten Bemühen, einen Weg aus einer ausweglosen Falle zu finden, »das habe ich gemalt, jetzt, als die ganzen Nachrichten kamen. Weißt du, wie schrecklich das ist? Da gehen auf einmal die ganzen wichtigen Banker in ihr Büro, und mittags gehen die mit einer Pappschachtel wieder hinaus. Und ihre Existenz ist zerstört. Hey, wir können uns immer wieder aufrappeln, die nicht! Die haben kein Atelier, in das sie morgens gehen, die sind jetzt arbeitslos, und es werden noch viel mehr ihre Arbeit verlieren.«

»Genau, und die stehen vor dem Nichts und toben und schreien, und es ist völlig sinnlos, denn die Zukunft ist nur ein glühender Höllenschlund, in den sie ihre Familie werfen können, damit die das nicht mehr so mitbekommt, das ganze Elend.«

»Ich würde Amok laufen. Also, wenn ich das Gefühl hätte, es ginge nicht mehr weiter, ich würde Amok laufen!«

»Es geht aber immer weiter, das ist doch das Wichtige, das darfst du nicht vergessen. Es gibt immer einen Weg, eine Hoffnung, du musst nur stark genug sein …«

Der Klang der Stimmen vermischte sich in Schwarz Kopf zu einem röhrenden Dröhnen, aus denen er nur noch die Worte hörte: »Ich würde Amok laufen, ich würde Amok laufen.« Auf einmal fügten sich die ganzen Ereignisse dieser Woche zu einem Puzzle zusammen und ergaben einen Sinn. Ja, das war es, Becker war durchgedreht, wie einfach war es doch, seine Existenz zerstört, er steht vor dem Nichts, und dann … Er war durchgedreht, wollte seiner Familie die Schande ersparen, weswegen er sie tötete, um dann den Verursacher der ganzen Misere zu vernichten. Und dann fährt er durch die Gegend und lässt noch seinen Frust an dem Auto aus, in dem er einfach mal so im Vorbeifahren draufschießt! Ja, Frust, völlige Verzweiflung – Amok! Es war eine klassische Situation, wie oft war es schon passiert, und wie oft würde es in den nächsten Tagen, Wochen und Monaten noch geschehen.

Er dachte an Becker, stellte ihn sich vor, dachte an das, was Gorres ihm erzählt hatte. Und auf einmal wusste er auch, wo er Brockstedel finden würde. Wie war das gewesen? Truppenübungsplatz? Nationalpark? Da musste es doch Stellen geben, wo sich ein Mensch verbergen ließ! Er musste dringend mit Gorres sprechen.

Wie in Trance ging er an die Luft. Sternklare Kühle umfing ihn und ließ ihn frösteln. Im Halbdunkeln fingerte er sein Handy aus der Hosentasche und wählte die Nummer des Dienststellenleiters.

»Guten Tag, hier ist Heinz Gorres, im Moment bin ich leider nicht …«

Scheiße, das durfte doch nicht wahr sein. Schnell sprach er eine Nachricht auf die Mailbox.

»Heinz, wenn du dies abhörst, dann ruf mich sofort an, egal wann, auch mitten in der Nacht, ich weiß, wo Brockstedel ist, aber ich brauche deine Hilfe! Ruf an! Sofort!«

Er schloss die Augen und versuchte sich noch einmal zu konzentrieren. Hatte er auch nichts vergessen? Bildete er sich nicht nur ein, was passiert war? Aber es war so einfach! Einem Menschen wird seine berufliche Zukunft zerstört, er tötet seine Familie, damit die Schmach und die Schande nicht miterlebt werden muss, und dann geht er los und rächt sich an denen, die das verursacht haben. Doch lebte Brockstedel noch?

Er wählte eine neue Nummer und wartete ungeduldig, dass Sandra sich melden würde.

»Melches.«

»Sandra, ich weiß, wo Brockstedel ist. Gorres hat mir erzählt, dass er früher oft im Sperrgebiet war, als da noch ein Truppenübungsplatz war, im heutige Nationalpark. Weißt du da etwas, wo genau das ist?«

»Ach Gott, nein, das war vor meiner Zeit. Aber wenn der sich im Nationalpark versteckt, dann kannst du es vergessen, in dem Gebiet findest du niemanden. Das sind allein dort oben über 3000 Hektar! Und im Nationalpark gibt es immer noch Gebiete, wo sich niemand hintraut, weil die heute noch vermint sind!«

»Weißt du, wo ich Gorres finde?«

»Keine Ahnung, vielleicht ist der unterwegs, vielleicht zu Hause. Hast du es mal auf seinem Handy versucht.«

»Natürlich, was denkst du denn?!«

»Hat das nicht Zeit bis morgen?«

»Sandra, keiner weiß, was dieser Becker vorhat. Und niemand hat eine Idee, ob Brockstedel überhaupt noch lebt. Jede Minute zählt, wir haben schon genug Zeit vertrödelt! Ich melde mich wieder!«

Schwarz steckte das Handy in die Tasche und ging wieder in die fröhliche Menge. Er tippte Bettina auf die Schulter und sagte leise: »Kann ich Sie einen Augenblick sprechen?«

Sie sah ihn irritiert an und stand auf. Er bahnte sich einen Weg durch die immer noch wild debattierenden Künstler, die inzwischen vor den Bildern standen und den Inhalt zu diskutieren schienen, bis in den Flur. Hier drehte er sich um und wartete, bis sie nahe genug war, dass sie ihn verstehen konnte.

»Wo ist Gorres?«

»Ich verstehe nicht, wo soll der sein?«

»Sie kennen ihn doch, wo ist der denn abends, wenn der nicht ans Handy geht?«

Sie zuckte mit den Achseln. »Was weiß ich, so gut kenne ich ihn auch nicht. Was macht man denn hier so abends …« Ihr Blick ging wirr zu Boden. »Vielleicht eine der Kneipen, vielleicht ist er auch nach Köln in die Oper, ich habe doch keine Ahnung.«

»Wo wohnt er denn? Vielleicht liegt er ja auch in der Badewanne.«

»Oben am Krankenhaus. Wenn Sie in die Stadt fahren, dann ist es ausgeschildert. Warten Sie, ich schreibe Ihnen die Adresse auf ...«

20. Kapitel

Ich habe es geschafft, ich bin frei! Endlich! Ich kann wieder atmen! Über mir der Himmel! Ich könnte schreien vor Freude!

Und bisher hat er mich auch nicht wiedergefunden. Das hat er ja gesagt, noch vorhin, ich werde dich finden, wenn du wegläufst, ich mache dich fertig, wie einen Hasen werde ich dich jagen, das hat er gesagt.

Und ich glaube ihm.

Er ist böse. Er ist rücksichtslos. Und er hat nichts mehr zu verlieren. Er sagt, er hat seine ganze Familie umgebracht. Und dann wird er mich umbringen. Langsam zu Tode prügeln will er mich, das hat er gesagt. Auch das glaube ich ihm. Er schlägt mich regelmäßig, und jetzt fängt langsam auch meine Haut zu platzen an, wenn er wieder und wieder und immer wieder auf die gleichen Stellen schlägt. Am schlimmsten ist meine Hand!

Es tut so weh!

Aber er war unvorsichtig. Das Schloss, mit dem er immer die Kette zugemacht hat, war nicht richtig zu. So blöd kann auch nur der sein! Lässt das Schloss offen! Warum hat der mich überhaupt losgemacht, ein Akt der Menschlichkeit? Vielleicht hatte er nicht mehr die Kraft? Mir egal, ich habe einfach nur gewartet, und dann bin ich los.

Ich habe ja gedacht, ich drehe durch, als ich aus dem Loch da komme, und ich stehe in der Wildnis! Es war Nacht, und ich hatte auch keine Ahnung, wo ich war! In dieser blöden Eifel gibt es ja mehr Gegend als sonst was!

Doch dann riss die Wolkendecke auf und ich sah Häuser in der Ferne. Das kannte ich, das war Vogelsang! Na prima, dann war die Straße in der Nähe, dann konnte mir ja nicht mehr viel passieren.

Aber er sucht mich, das weiß ich ja. Und dort, wird er mich als Erstes vermuten. An der Straße. Das wäre ja ein Gag, wenn ich ein

Auto anhalte, und dann ist er es.

Ich habe jetzt eine Chance, und die werde ich nutzen. Ich werde ihm keine Möglichkeit geben, mich noch einmal zu bekommen. Deshalb bin ich jetzt zu Fuß unterwegs. nach Gemünd, in mein Haus. Da bin ich sicher, da werde ich die Polizei rufen, die wissen bestimmt noch nicht, was mir passiert ist, die werden staunen!

Wenn ich nur wüsste, wo ich bin! Wald ist in dieser blöden Gegend ja mehr als genug. Ich stolpere hier durch die Dunkelheit und weiß nicht, wo ich bin, wo ich hingehe. Zuerst hätte ich ja noch eine Ahnung und wollte zu einer der Straßen, damit ich weiß, wo ich bin, nur jetzt habe ich den Weg verloren. Es war wieder dunkel geworden, und ich bin dann gestolpert und einen Abhang heruntergefallen. Vor Schmerzen konnte ich erst mal nicht mehr aufstehen, das war schrecklich. Aber dann habe ich mich doch wieder hochgerappelt und bin weiter. Doch jetzt weiß ich nicht mehr, wo es langgeht. Ich sollte mich vielleicht irgendwo hinsetzen und warten, bis es wieder hell wird. Das ist doch zu gefährlich, hier in dieser Wildnis. Ich hätte vielleicht doch einmal wandern gehen sollen, dann wüsste ich jetzt besser, wo ich bin und wie ich nach Hause komme. Aber wer konnte denn ahnen, daß ich einmal hier mitten in der Wildnis sitze, ohne Weg und ohne Steg. Hoffentlich sieht mich keiner. Ich möchte nicht so gefunden werden. Jetzt ist mir alles egal, jetzt will ich zuerst nach Hause. Ich weiß doch nicht, an welcher Tür ich da klingele, vielleicht ist er schon da, oder er wird angerufen, was weiß denn ich?

Nein, nein, nein, wenn ich soweit gekommen bin, dann passe ich auch auf, dass ich nicht wieder in eine Falle tappe. Ich setze mich hierhin und warte. Etwas zu trinken habe ich dabei, wie schlau von mir, das Wasser mitzunehmen.

Hinter mir schleicht etwas. Es raschelt. Ob er das ist?

Ich drehe mich um, doch ich kann nichts sehen.

Da, der Schrei einer Eule. Vielleicht ist das nur ein Tier, ein kleines Mäuschen, und ich sterbe hier fast vor Angst.

Aber er könnte es doch auch sein … Vielleicht ist er meiner Spur gefolgt, vielleicht spielt er mit mir …

Ich sollte doch nicht sitzen bleiben, vorsichtig weitergehen, wohin auch immer, dann kriegt er mich nicht.

Wenn meine Beine nur nicht so weh tun würden. Gestern hat er sich meine rechte Hand vorgenommen und immer wieder auf die Finger getreten. Ich glaube, die Hand ist gebrochen. Ich kann mich gar nicht auf sie stützen, es tut so weh, sie ist geschwollen, und bewegen kann ich sie auch nicht.

Aber ich habe es ja bald geschafft, bald bin ich zu Hause, und dann kann ich auch zum Arzt, das wird schön!

Ein Bad! Ein Essen!

Wieder ein Geräusch.

Was war das?

Ich habe Angst.

* * *

Das nächtliche Schleiden entsprach genau dem, was man von einer kleinen, verschlafenen Stadt tief in der Eifel erwartete: menschenleere Straßen, die berühmten, hochgeklappten Bürgersteige und nur vereinzelt schattenhafte Gestalten, die sich verstohlen um die Ecken drückten. Schwarz kam das gerade recht: Mit deutlich überhöhter Geschwindigkeit raste er um die Ecken zu der angegebenen Adresse.

Es war eines der Einfamilienhäuser, die hier offensichtlich in den letzten zwanzig Jahren den Berg hochgewachsen waren wie Pilze, die einen Baum überflechten. Es war dunkel, kein Auto stand vor der Tür, trotzdem öffnete Gorres. Er sah Schwarz erstaunt an, Schwarz sah erstaunt zurück: Gorres trug einen Bademantel über Hemd und Hose, hatte eine Lesebrille auf und ein Glas Wein in der Hand.

»Stefan, was machst du hier? Komm rein, du hast ein Gesicht, als würde gleich die Tankstelle in die Luft fliegen.«

»Heinz, ich weiß, wo Brockstedel und der Entführer sind.«

»Jetzt komm doch erst mal rein.« Er zog ihn am Ärmel in den Flur und ging ihm voran in das Hausinnere. »Ich habe heute sturmfreie Bude, und da habe ich mir ein Buch und einen Wein gegönnt. Diese Woche hat mich sehr mitgenommen. Meine ganzen Ersparnisse sind beim Teufel. Diese Lehman-Pleite. Ich habe mir auch so Papiere aufschwatzen lassen, und die sind jetzt wertlos. Willst du auch einen?« Klassische Musik lief, durch das Fenster konnte man auf das ganze Tal blicken. Weit hinten markierten Scheinwerfer den Verlauf der Straße – ein herrlicher Blick, doch Schwarz ließ das in diesem Augenblick kalt.

»Nein, danke. Ich setze mich aber mal, wenn ich darf. Pass auf, das Ganze ist eigentlich ganz einfach. Brockstedel hat ja der halben Stadt ihre Kredite gekündigt, das hast du ja wohl mitbekommen.«

»Ließ sich ja nicht vermeiden.«

»Genau. Vorher aber schon war Becker dran! Sämtliche Konten sind gesperrt, keine weitere Möglichkeit mehr, Zwangsversteigerung! Und dann dreht Becker durch, erschießt seinen Sohn und seine Familie, entführt Brockstedel mit seinem silbernen Golf, ballert noch lustig durch die Gegend, und jetzt kommst du. Du hast gesagt, der Becker wäre immer im Nationalpark gewesen. Heinz, dort versteckt er sich, und dort hält er auch Brockstedel gefangen.«

»Moment, Moment, das geht mir jetzt viel zu schnell. Hast du Beweise?«

»Nein. Reicht das denn noch nicht? Es passt alles zusammen. Heinz, glaubst du wirklich, dass in deinem verschlafenen Kaff zwei Verbrechen passieren, und die gehören nicht zusammen?«

»Du kannst natürlich recht haben« Er sah nachdenklich in

seinen Wein.

»Was war das mit dem Nationalpark?«, beharrte Schwarz.

»Wie? Ach so, ja, als der Becker jung war, da hat ihn die belgische Militärpolizei immer zu uns gebracht. Weißt du, das kennst du alles nicht. Der Becker stammt aus Wollseifen. Sagt dir das was?«

»Gar nichts. Ist das wichtig?«

»Vielleicht. Wollseifen ist ein kleiner Ort, der in der Nähe von Vogelsang liegt, das die Nazis als Ordensburg geplant haben, oben auf der Hochebene. Nach dem Krieg allerdings, da war das hier englische Besatzungszone. Und die Briten fanden auch, was einst der preußische König sagte: Tolles Jagdrevier, nur schade, dass hier Menschen wohnen. Oben die Hochfläche, rund um Vogelsang, brachte sie auf den Gedanken, dies sei ein einmaliges Gebiet, um einen Truppenübungsplatz anzulegen. Nur schade, dass mittendrin ein kleiner Ort lag.«

»Wollseifen?«

»Genau! Plötzlich kam eine Verfügung raus, dass die Wollseifener ihren Ort innerhalb von drei Wochen verlassen mussten. Einer von ihnen war der Vater von Becker. Ich glaube, dass er den Verlust des Hofs nie verkraftet hat. Und sein Sohn scheint das auch geerbt zu haben. Jedenfalls ist er immer wieder hoch ins Sperrgebiet, und immer wieder haben die Belgier ihn gekriegt.«

»Wieso jetzt die Belgier?« Schwarz schüttelte verständnislos den Kopf.

»Irgendwann haben die Engländer das ganze Gebiet den Belgiern übergeben. Die wollten eigentlich einen riesigen Übungsplatz bis hinten rüber nach Elsenborn machen, da sind nämlich auch noch Sperrgebiete ohne Ende. Das hat aber nicht geklappt, frag mich nicht warum, das weiß ich nicht mehr. Doch in Wollseifen haben die dann den Häuserkampf geübt.«

»Stehen denn da noch Häuser von früher?«

»Ganz wenige. Wollseifen ist heute ganz seltsam. Die Belgier haben sich da Häuser ohne Innenleben hingebaut, die nur dazu da sind, dass man darin Straßenkampf übt. Das sieht aus wie eine Gespensterstadt, da hat nie mehr ein Mensch drin gelebt. Und von früher steht da eigentlich nur noch die Kirche, die Schule und noch so zwei oder drei Gebäude.«

»Heinz, wenn der Becker dort immer wieder hin ist, dann wollte der sich doch nicht neue Häuser angucken. Was meinst du denn, wie oft die den nicht bekommen haben. Und wo ist er dann gewesen? Wir müssen den Ort durchsuchen, mit Hunden und SEK und allem! Der hat den Brockstedel dort versteckt, da bin ich hundertprozentig sicher.«

Gorres dachte nach. Schweigend trank er das Glas leer und füllte es wieder auf. Dann begann er zu sprechen. »Selbst wenn du nur sechzigprozentig sicher wärest, sollten wir etwas tun.« Er stand auf und ging zum Telefon. »Ich werde ein SEK erst für morgen früh bekommen. Ab sechs Uhr wird es hell, da können wir dann loslegen. Hunde werde ich auch kriegen, die kommen aus Euskirchen. Wir treffen uns in der Polizeidienststelle um fünf Uhr, um den Einsatz vorzubereiten, alles klar?«

21. Kapitel

Donnerstag, der 18. September

Es war die dritte Nacht hintereinander, in der Schwarz nicht schlief. Ob es ihm nur so vorkam oder er immer wieder ein paar Minuten eingenickt war, war unerheblich. Sicher war, dass er allmählich an seine Grenzen stieß. Er spürte das, er hatte Schwierigkeiten, Worte zu finden, sein Geist verabschiedete sich immer wieder auf seltsame Assoziationsreisen, und wenn er in den Spiegel schaute, dann erschrak er selber.

In der letzten Nacht, die er in Köln verbracht hatte, war es ihm noch möglich gewesen, ein wenig Ruhe zu finden, und auch jetzt, wie er in seinem Büro saß und darauf wartete, dass etwas geschehen könnte, was dann aber doch erst mal nicht passierte, fielen ihm die Augen zu und sein Körper nahm sich das, was er brauchte.

Mit einem Zucken fuhr er hoch. Wie von einem elektrischen Schlag gepeitscht warf er die Arme durcheinander und sah mit riesigen Augen in die Welt. Für einen Moment wusste er nicht, wo er war, dann sah er wieder vor sich das Messtischblatt von Wollseifen, das er vor sich ausgebreitet hatte und auf dem jetzt ein wenig Speichel zu sehen war, der ihm aus dem Mund getropft war. So langsam kam seine Erinnerung wieder.

Er sah auf die Uhr. Fast vier Stunden war er jetzt weggewesen, mehr bewusstlos als wirklich schlafend, aber das war ihm egal. Er fühlte sich etwas besser, vielleicht nicht wieder in seiner vollen Leistungsfähigkeit, aber wenigstens so, dass er nicht völlig neben sich herlief.

Es war klar gewesen, dass man ihm nicht die Leitung des

Einsatzes zutraute. Wenn man ihn gefragt hätte, dann hätte er wild und entschieden abgelehnt, aber weh tat es doch, jetzt wieder am Rande zu stehen und zuzuschauen, wie Mike Katzenmacher das große Wort führte. Immerhin, Schwarz war ja schon froh, dass man ihm glaubte, dass man wirklich den großen Apparat in Gang setzte für seine Idee, die ihm, wenn er sie sich jetzt im Wachen noch einmal betrachtete, doch nicht so überzeugend erschien.

Immerhin war es gelungen, die anderen zu überzeugen. Die Polizeiwache platzte schon wieder aus allen Nähten. Mannschaftswagen standen kreuz und quer, und überall saßen Männer und überprüften ihre Ausrüstung.

»In zehn Minuten Besprechung im Aufenthaltsraum der Kripo!«, rief jemand durch den Gang. Schwarz sah sich um und erkannte Katzenmacher, der mit dem Leiter des SEK zusammenstand. Er ging zu ihnen rüber.

»Na, hast du dich etwas ausgeruht? Der Tag wird anstrengend.« Er wandte sich an den Kollegen. »Das ist Schwarz, der Kollege, dem wir diesen Einsatz zu verdanken haben. Er hatte die glorreiche Idee, dass der Entführer in Wollseifen ist.« Er sah Schwarz ruhig an. »Meinst du, du kannst uns noch irgendwelche Hinweise geben? Dies ist übrigens Gerber, der Leiter des SEK-Trupps.«

»Wir müssen den alten Hof vom Vater finden, das ist wohl das Wahrscheinlichste«, zuckte Schwarz mit den Achseln und nickte Gerber zu.

Der Leiter des SEK reichte ihm die Hand. »Entschuldigung, aber der steht nicht mehr. Die historischen Gebäude sind schon von den Engländern niedergemacht worden. Wir haben die Schule, wo wohl auch Kellerräume sind, dann die Kirche. Außerdem eine alte Schmiede und ein Trafohaus, und mehr ist von früher nicht mehr vorhanden. Ich habe dort zwei, drei Lehrgänge gemacht, ich kenne das Gelände recht gut. In Wollseifen haben wir geübt, unsere Einsätze trainiert, Taktik, Strategie. Das gehörte zwar den Belgiern, wir Deutsche waren aber gern gesehene Gäste. Wir sind immer in die Keller gegangen, das war völlig normal. Es ist vielleicht möglich, dass man dort jemanden versteckt, aber verlassen Sie sich darauf: Den werden wir auch finden. Trotzdem halte ich den Gedanken, dass sich jemand, als das noch Militärgelände war, dort verstecken konnte, für völlig unmöglich, das ging nicht. Wir sind da in Hundertschaften durchgetobt, das kann man sich nicht vorstellen.«

»Muss ja Spaß gemacht haben«, sagte Schwarz.

»Na ja, ging so. Es hatte schon etwas von Abenteuerspielplatz und Räuber und Gendarm, aber irgendwo muss man ja üben, Bewegungsabläufe und Taktiken einüben, das kann man nicht am Reißbrett machen.«

»Na prima, da Sie ja den ganzen Laden da oben kennen, wo fangen wir denn an?«, wollte Katzenmacher von Gerber wissen.

»Ich denke, wir sichern den ganzen Bereich ab und arbeiten uns von außen nach innen. Wir nehmen die Kirche als Zentrum. Die beiden Hunde gehen voran, und der Rest hinterher, ich werde das gleich mit meinen Zugführern so aufteilen.« Er sah auf die Uhr. »Sie entschuldigen mich? Die Besprechung.« Mit einem knappen Nicken drehte er sich weg und ließ die beiden allein.

Schwarz sah auf den Boden. »Mir ist etwas übel. Wenn das Ganze nur eine Schnapsidee war, dann habe ich mich hier bei euch ziemlich lächerlich gemacht.«

Katzenmacher zuckte mit den Achseln. »Immerhin ist das die erste Idee, wo er überhaupt sein könnte. Und euch scheint ja ziemlich viel an diesem Bankdirektor zu liegen.«

»Allerdings! Alle sind ganz heiß darauf, ihn in die Mangel zu nehmen. Vielleicht ist es ja besser, wenn wir den nicht finden. Sag mal, hast du da auch Probleme mit der Bank?«

Katzenmacher lachte. »Ich habe immer Probleme mit der Bank, aber andere. Nein, ich wohne im Haus meiner Schwiegereltern, das ist schön billig. Und du?«

»Ähnlich. Ich staune nur, was da draußen jetzt so abgeht. Die Aktienmärkte brechen in sich zusammen, die Banken wackeln. Kannst du dir das vorstellen? 20 Milliarden? Das ist doch ein Wahnsinn!«

»Ich kann mir kaum 20.000 vorstellen. Das ist mir alles eine Nummer zu groß. Wenn ich mir ansehe, wie die Leute da in London und New York eine Party nach der anderen feiern, und wir stehen hier und sehen zu, dann verstehe ich die Welt sowieso nicht mehr. Und auf einmal jammern die, und alle, alle rennen aufgeregt herum und wollen denen das Geld hinten und vorne reinstecken, das kann es doch nicht sein!«

Er sah aus dem Fenster. »Es wird Morgen. Sieht das nicht schön aus, wenn das Licht dahinten über die Hügel guckt? Ich kann mich gar nicht daran satt sehen. Als Kind habe ich immer versucht, nachts wach zu bleiben, um dann den Morgen sehen zu können. Im Winter ging das natürlich einfacher, da bin ich ja im Dunkeln zur Schule, aber im Sommer hatte ich schon mehr Probleme.« Er sah Schwarz verträumt an. »Aber, Stefan, glaube mir, das ist so schön, im Wald unter einem Baum zu liegen, in die Luft zu starren, und dann zuzusehen, wie die Sonne durch den Nebel fällt. Das ist so schön, da will man nie mehr etwas anderes sehen.«

»Du bist aber auch nicht in Dortmund am Borsigplatz groß geworden, oder?«

Katzenmacher lachte. »Nein, in Ostdeutschland, Schwarze Pumpe. Wenn du da einen Schmetterling siehst, dann hat der graue Flügel! Unterm Baum liegen und den Sonnenaufgang abwarten, das habe ich erst hier kennen gelernt. Und deshalb sage ich dir auch, hier kriegst du mich nie mehr weg! Aber jetzt lass uns mal sehen, dass wir die Jungs hier in Gang bekommen, damit wir noch etwas vom Tag haben!«

Schwarz war in Katzenmachers Wagen eingestiegen, der sich mit entschlossenem Aufheulen des Motors an die Spitze der Kolonne gesetzt hatte, die sich nun im frühen Morgenlicht die Straße den Berg hinaufwand.

Es würde wieder ein schöner Tag werden, das war Schwarz klar – wenigstens, wenn man vom Wetter ausging. Die klare Morgenluft hatte kleine Nebelbänke entstehen lassen, die wie lustige, kleine Geister den grünen Bussen mit den martialischen Gestalten auf dem Weg zum Einsatzort zuwinkten.

In den Orten, die sie passierten, begann man gerade, sich auf den neuen Tag vorzubereiten. Schwarz wusste, dass hier eigentlich sein Zuständigkeitsgebiet war, eigentlich sollte er genau wissen, wo man ihn gerade hinchauffierte, doch er musste es zugeben – er hatte nicht die geringste Ahnung, wo er war.

Nachdem sie den Anstieg bewältigt hatten, war es ihm, als betrete er eine andere Welt. Nicht mehr steile Hänge, steinige Abhänge, die aus den nur schütter von kargen Eichen bewachsenen Felskuppen brachen, sondern eine flache Hochebene, weite Felder, in denen immer wieder tiefe Einschnitte den Verlauf von Flüssen und Bächen markierten.

»Du guckst so, warst du hier noch nie?«, lachte Katzenmacher. »Das ist hier die Dreiborner Hochfläche. Hier oben ist noch der Winter, wenn er bei uns unten im Tal schon längst vorbei ist. Das sind noch mal zweihundert, dreihundert Meter, und ich sage dir, das merkt man. Hier oben pfeift der Wind direkt vom Hohen Venn her, und die Leute hier oben haben kein leichtes Leben. Haben die nie gehabt. Die Höhendörfer, das sind auch noch mehr eingeschworene Gemeinschaften als in den Tälern. Das ist hier oben eine andere Welt.«

Kurz hinter einer Kreuzung ging er vom Gas und fuhr an eine Schranke. Sie sahen auf ein weites Feld, Brachland soweit das Auge reichte, einzelne Büsche und Bäume.

»Siehst du den Kirchturm da hinten? Das ist Wollseifen. Weißt du Bescheid, kennst du die Geschichte?«

»Ja, Heinz hat mir alles erzählt.«

»Und da drüben ist Vogelsang.« Er zeigte auf mehrere Gebäude, die hinter den Bäumen zu sehen waren. »Hier kannst du endlos wandern, wenn du darauf stehst, es ist wirklich wunderschön hier. Natur pur. Von dort drüben hast du einen Blick auf die Urfttalsperre, das muss man gesehen haben, um es zu glauben.« Er sah sich um und winkte dem Fahrer des Wagens hinter ihm. Dann sah er Schwarz an. »Na, dann wollen wir mal, bist du bereit?« Er wartete kein Nicken ab, sondern griff in die Tasche und holte einen Schlüssel heraus, mit dem er die Schranke öffnete und die Mannschaftsbusse vorbeiwinkte. Hinterher fuhr der Wagen mit den Hundeführern.

»Und wir sind verzichtbar. Schalt mal die Funkgeräte ein, das ist jetzt am wichtigsten.«

Vorsichtig rollten sie hinter den grünen Wagen her, die rumpelnd über den ausgefahrenen Weg holperten. An einem alten Gebäude hielten die Wagen an. Die Türen öffneten sich, und die Männer sprangen heraus. Leise gingen sie auf dem Weg vorwärts und verschwanden aus dem Blickfeld der beiden.

»Na, jetzt bin ich ja mal gespannt, was die finden.« Katzenmacher stieß Schwarz an. »Das kann man sich doch kaum vorstellen, dass hier mal ein lebhaftes, kleines Eifeldörfchen war, nicht zu glauben, oder? Überall hier waren Häuser, spielten Kinder, Hühner, Schweine, Hunde, ich finde das total irre! Gespenstisch, was? Und viele hängen immer noch daran, deshalb finde ich die Idee mit diesem Becker auch nicht völlig blöde, irgendwie kann ich mir schon vorstellen, dass der in der Gegend ist. Nur weiß ich nicht wo, hier ist wirklich nichts mehr, wo man sich verstecken könnte. Die Belgier haben hier eine Reihe von Rohbauten errichtet, um hier den Häuserkampf zu trainieren, aber da kann sich keiner verstecken. «

Schwarz sah unentschlossen ins Irgendwo. Es war wirklich kaum vorzustellen, dass hier überall mal Häuser gestanden haben sollen, Menschen hier ihr Leben verbracht hatten, dass hier der Platz ihrer Hoffnungen, Träume und Pläne gewesen sein sollte. Nichts war davon geblieben, nur alberne Mäuerchen mit Giebeldach und Schießscharten, an denen der Polizist sich eher die trainierenden Soldaten vorstellen konnte als einen Bauern, der gerade zur Ernte schreitet. Nein, hier erinnerte nichts ans Leben. Hier war eine Geistergegend.

Er setzte sich auf einen Stein und wartete. Während die Kälte seines Sitzes ihm durch die Hose kroch, sah er immer wieder auf die Zeiger seiner Uhr, die sich kaum vorwärts bewegten. Nervös spielte er mit seinen Fingern, denn er war sich immer weniger sicher, ob seine Idee gut gewesen war.

Plötzlich schrak er hoch. Hatte man ihn gerufen? Katzenmacher winkte ihm zu. Schon im Näherkommen rief er: »Die haben jetzt das ganze Dorf durchkämmt, alle Keller, alle Gruben. Da ist nichts. Willst du selber noch einmal gucken? Dann komm.«

Schwarz stieg ins Auto und ließ sich die wenigen Meter bis zum Dorf fahren. Dort hielt Katzenmacher an und zeigte um sich.

»Dort, die Straße mit den weißen Rohbauten, das haben die Belgier gebaut. Die Straße gab es früher gar nicht. Dort unten hinter der Kirche, da geht die Straße lang. Das Haus, das da steht, ist aber genauso neu wie alle anderen. Nur die Schule dort hinten, die ist alt.«

Schwarz staunte. Die leeren Fensterhöhlen, die in den blanken Steinhäusern den Betrachter hohl anstarrten, sahen aus, als warteten sie auf jemanden. Wie unwirklich, dachte Schwarz.

Gerber kam auf sie zu. »Nun, wie ich schon gedacht habe. Hier ist nichts. Niemand. Auch keine versteckten Geheimtüren, die hätten die Hunde gefunden.«

Schwarz überlegte. »Haben Sie Reifenspuren gefunden?«

»Da haben wir nicht nach gesucht. Aber das hätte auch nicht viel gebracht, denn hier fahren inzwischen ziemlich viele lang. Geschichtsverein, Eifelverein, Parkranger, das ist nicht mehr wie früher. Tut mir leid.«

Katzenmacher klopfte Schwarz auf die Schulter. »Guter Versuch, lass uns abhauen. Wir gehen jetzt noch mal auf den Hof von Becker. Vielleicht gibt es da ja noch etwas. Da waren wir ja noch nicht mit den Hunden.«

Sie stiegen in den Wagen und fuhren vorsichtig an den Männern vorbei, die zu den Mannschaftswagen zurückgingen. Schwarz starrte aus dem Fenster in die Gebüsche, die immer wieder an die Wagentüren kratzten. Katzenmacher rollte an den Bussen vorbei und sagte: »Ich werde vorne an der Schranke auf sie warten.«

Die Reifen knirschten über das Geröll, Steine schossen mit Knall unter dem Gummi her. Katzenmacher rollte vorsichtig über das Geröll, als plötzlich das Funkgerät krächzte.»Alle zurück an den Einsatzort, die Hunde haben etwas gewittert!« Erstaunt sahen sie sich an, dann legte Katzenmacher den Rückwärtsgang ein und fuhr so schnell er konnte zurück. An einem Heiligenkreuz trafen sie auf die Mannschaftswagen und sprangen aus dem Wagen.

»Was ist los?«, rief Schwarz Gerber zu, der seine Leute hin und her schickte.

»Die Hundeführer wollten den Tieren nur mal eine kleine Ruhepause gönnen und sie hier mal ins Gebüsch lassen, da schlugen die auf einmal an. Da sind wohl Mauerreste, vielleicht ein alter, vergessener Hof, von dem noch ein Kellergewölbe steht.

Er sah Schwarz an. »Du scheinst den richtigen Riecher gehabt zu haben. Da ist irgendwas. Geh in Deckung, du hast keine Schussweste an.«

Im Laufschritt rannten die Männer des SEK an ihnen vorbei, die Visiere der Helme runter, die Gewehre im Anschlag. Martialische Rufe, schnelle Bewegungen, und schon nach, wie es Schwarz vorkam, wenigen Sekunden kam der Ruf: »Objekt gesichert!«

Schwarz und Katzenmacher gingen in Richtung der Mauerreste, wo schon Gerber stand und in die Tiefe starrte. »Unglaublich, das hätte ich nie für möglich gehalten, da ist tatsächlich noch ein Keller.« Er wies mit dem Lauf seiner Maschinenpistole auf eine Stahlplatte, die sich in einer Ecke des kleinen Ruinenfelds unter einem Busch versteckt hatte. »Und so, wie es aussieht, ist dort in den letzten Tagen auch jemand gewesen. Aber ich rate euch, geht da nicht rein, es stinkt bestialisch, da hat wohl jemand keine Toilette gehabt. Wir sollten die Spurensicherung holen, die haben vielleicht Atemmasken zur Verfügung.«

»Ich geh trotzdem runter«, sagte Schwarz.

»Mach das, ich tu mir das nicht an, ich verständige die Kollegen«, erwiderte Katzenmacher.

Schwarz kroch durch das enge Loch in die Dunkelheit. Ein paar glitschige Stufen führten hinab, dann öffnete sich ein kaum mannshoher Gang, aus dem Schwarz ein grauenerregender Geruch entgegenkam. Er roch Angst, Urin, Schweiß,

Blut, Schmerzen, Kot, doch er ließ sich davon nicht zurückhalten. Nach wenigen Schritten kam er in einen Raum, der ohne jedes Tageslicht und offensichtlich auch ohne Luftzufuhr war. Der Schein der Taschenlampen erhellte ein Lager, das aus einer uralten Matratze und wenigen Decken bestand, dafür aber Fesseln und Ketten, die teilweise wie weggeworfen auf dem Steinboden lagen, teilweise an der Wand angeschmiedet waren. Es war kalt hier, feucht, und die Exkremente in der Ecke verliehen dem Raum die Atmosphäre einer Güllegrube.

»Der muss hier Tage gewesen sein«, murmelte ein Polizist durch sein Taschentuch und zeigte mit der Taschenlampe auf das Bündel Decken.

Schwarz schob mit der Schuhspitze die Sachen auseinander. Nichts, was auf den ersten Blick bewies, dass hier wirklich Brockstedel gefangen gehalten worden war. Aber wer sonst? Wenn dies das Gefängnis des Banddirektors gewesen war, wo war er dann jetzt? Wo sollte man weitersuchen? Hatte der Entführer das Lager gewechselt, oder war dies der Schauplatz eines weiteren Dramas?

»Danke, ich gehe wieder raus.« Er nickte dem Kollegen zu, der wohl froh war, die Maske vor dem Gesicht zu haben.

22. Kapitel

An der frischen Luft atmete Schwarz erst einmal tief durch. Dann wandte er sich an Katzenmacher: »Keine Ahnung, ob das hier das Gefängnis war, oder sich hier Becker nur einfach versteckt hat. Obwohl es schon so aussieht, aber das sollte richtig untersucht werden. Ansonsten ist es auch egal, Brockstedel ist ohnehin nicht da, ich fürchte, wir müssen weitersuchen.«

Katzenmacher nickte. »Lass die mal hier machen, wir fahren weiter. Ich habe einen Anruf bekommen: Man hat den Wagen von Becker gefunden. Oben in Dreiborn. Vielleicht will er zu seinem Hof. Viele andere Möglichkeiten hat er ja nicht mehr.«

»Ist die KTU schon am Fahrzeug?«

»Die untersuchen den Wagen gerade, aber wir können da trotzdem schon hin.« Er klopfte Schwarz auf die Schulter. »Sieht so aus, als hättest du tatsächlich unseren Fall gelöst und den Entführer aufgetrieben.«

Schwarz stieg in das Auto und schüttelte den Kopf. »Nein, das ist Unsinn. Da sind zwanzig Leute dran, und ich habe nichts und niemanden gefunden oder gerettet oder irgendwas. Wir arbeiten im Team, und man kann froh sein, wenn einer die Sache ein wenig vorwärtsbringt. Ich ärgere mich nur. Wir sind einfach viel zu spät, ich habe zu viel Zeit verloren, sonst hätten wir jetzt vielleicht den Brockstedel gehabt. Ist Dreiborn weit?«

»Nein, vielleicht zehn Minuten.«

Sie benötigten noch nicht mal zehn Minuten, denn sie brauchten gar nicht erst in den Ort hineinzufahren.

»Da sind sie!«, rief Katzenmacher, als er die Ansammlung

von Menschen und Fahrzeugen im zuckenden Blaulicht vor sich sah. Vorsichtig fuhr er an den Straßenrand und zeigte nach rechts. »Das hier ist die Burg Dreiborn, uralte Wasserburg, nur damit du weißt, was es alles hier zu sehen gibt.«

In der Zufahrt, die als kleine Allee von der Hauptstraße abging, sahen sie zwischen grünlackierten Polizeiwagen einen silbernen Golf, schräg in den Graben gefahren, und Sandra, die ihnen entgegenkam und ohne große Umstände zu sprechen begann. »Morgen. Das ist das Auto von Becker. Im Moment können wir davon ausgehen, dass Brockstedel in diesem Wagen gewesen ist. Handy und Tasche mit Laptop liegen auf dem Rücksitz. Wahrscheinlich aber ist er im Kofferraum transportiert worden, dort, sagen sie, sei Blut zu finden. Und bei euch?«

»Wir haben das Gefängnis von Brockstedel gefunden«, sagte Schwarz, »also, besser gesagt, wir haben irgendein Gefängnis gefunden, aber ich weiß nicht, wie viele Entführungen wir aktuell tatsächlich vorliegen haben. Was habt ihr denn so an Entführungen im Jahr hier?«

»Null Komma zwei«, grinste Katzenmacher, »so schlimm sind die Eifeler gar nicht, wie du jetzt denken musst. Da kann man sich echt dran gewöhnen. Die Gefahr ist größer, dass du dich hier zu Tode langweilst, als dass dir einer die Rübe einschlägt.«

»Also, wenn ich die letzten drei Tage hochrechne, dann ist eure Eifel bald menschenleer.« Schwarz sah sich in der Umgebung um. »So, und wo finden wir diesen Becker jetzt?«

»Streifenwagen sind schon unterwegs. Die suchen bei Freunden, Nachbarn, vielleicht sucht er ja irgendwo einen Unterschlupf.«

Schwarz nickte. »Gibt es eine Liste, kennt man Namen von Freunden oder Verwandten?«

Katzenmacher sah Sandra zweifelnd an. »Ich glaube nicht.

Aber das kann auch schwierig sein: Wenn die Dreiborner nicht wollen, dass wir ihn finden, dann finden wir ihn auch nicht. Aber ich denke, unter diesen Umständen hier wird man uns schon Bescheid sagen, wenn er irgendwo aufkreuzt.«

»Na, dann an die Arbeit!«, rief Schwarz und ging zum Auto.

»Warte mal!«, rief Sandra zurück und lauschte konzentriert den Geräuschen, die aus ihrem Funkgerät kamen. »Das war einer der Einsatzwagen aus Dreiborn. Am Hof von Becker sind die Siegel gebrochen, an dem Eingang zur Werkstatt. Sie fragen, was sie tun sollen.«

»Warten, wir sind gleich da! Ist das weit?«

»Nein, auf der anderen Seite von Dreiborn. Direkt am Nationalpark.«

»Was stehen wir dann noch hier rum? Nichts wie los!«, rief Schwarz und lief zu Sandras Auto.

Sandra hielt hinter einem Streifenwagen. Sie nickte den Beamten zu und drehte sich zu Schwarz um.

»So, da sind wir. Habe ich mich eigentlich schon bei dir für gestern bedankt? Wenn du mich nicht zurückgehalten hättest, dann …«

Er winkte ab. »Wir haben einfach ein irrsinniges Glück gehabt, das ist alles.«

Nachdenklich sah er auf das Haus, in dem sie gestern gewesen waren. In der Zwischenzeit war es auch nicht ansehnlicher geworden. Im Gegenteil, jetzt, wo man wusste, was sich dort abgespielt hatte, wirkte es erst recht trostlos und deprimierend.

»Es sieht nicht so aus, als hätte sich hier etwas verändert, oder was meinst du?«

»Sandra, ich hätte auch nicht erwartet, dass der Becker eine

Fahne raushängt, wenn er zu Hause ist«, entgegnete Schwarz und stieg leise aus.

Vorsichtig gingen sie auf das Haus zu. Das Siegel, von dem die zerstörte Eingangstür zugehalten wurde, war unberührt. Schwarz sah durch die Fenster in die Küche. Die Spurensicherung hatte ganze Arbeit geleistet und die gesamte Einrichtung einmal auf links gedreht. Die Jungs sollten sich mal auf Hausentkernungen spezialisieren, dachte Schwarz, die hatten da wirklich ein Talent für.

»Ssssst!!« Sandra zischte und deutete auf die Tür zur Werkstatt, an der man schon aus der Entfernung das zerrissene Papierband mit dem Bundesadler sehen konnte. Leise lief Schwarz zu ihr rüber und zog seine Dienstwaffe. Er winkte den Beamten zu, die schnell aus ihrem Wagen stiegen und zu ihren Waffen griffen.

»Die Tür ist offen«, zischte sie und sah ihn aufgeregt an. Auch sie hatte die Pistole gezogen und wollte die Tür vorsichtig mit dem Lauf aufstoßen, doch Schwarz schüttelte energisch den Kopf. Er holte zweimal tief Luft und trat mit einem wuchtigen Stoß gegen die Tür. Dann rollte er sich durch den Gang und richtete sich auf. Er war in einer hohen, alten Scheune voll mit altem Stroh und Gerümpel. Nackte Balken stützten ein löchriges Dach. Überall lagen Werkzeuge, Baumaterialien und Zementsäcke, fertige, neue Fensterrahmen, Stühle und Türen. Staub tanzte, aufgewirbelt durch Schwarz' wildes Hereinkommen, in den Strahlen, die durch die schmutzigen Fenster hereinfielen.

Sandra kam hinter Schwarz her, sah unter das Dach der Scheune und steckte die Waffe ein. »Ich sage den Kollegen Bescheid, dass sie die Fahndung abbrechen können.«

»Meinst du, hier ist ein Abschiedsbrief oder so was?«

»Guck doch selber, ich weiß es nicht!« Sie seufzte. »Irgendwie ist mir das in den letzten Tagen zu viel Tod. Heilige Scheiße!«

Schwarz ging zum Fenster, das den Blick in einen liebevoll gepflegten Garten freigab. Mittendrin lag sonnenbeschienen ein kleiner Teich, über dem die Libellen spielten. Er drehte sich um und blickte zu dem Körper hoch, der sanft und friedlich von den Balken herunterhing. Es gab nicht einmal eine Chance, ihn abzunehmen, er hing in mindestens vier Metern Höhe, und Schwarz hatte nicht die geringste Lust, sich jetzt noch den Hals zu brechen.

Wie viel Frieden doch der Tod ausstrahlte. War es nicht manchmal eine Verheißung, wenn man das so sah, wie zart und zerbrechlich, ja, wie schön dort dieser Körper schwebte, fast schon schwerelos? Was immer er hinter sich hatte, es war vorbei, Schmerz, Verzweiflung, Demütigung. Späte Fliegen tanzten im Sonnenlicht um ihn und schienen ein Fest zu feiern, an dem Schwarz so gern teilgenommen hätte. Fast hätte er sich gewünscht, er hinge dort oben, neben Becker, und auch er hätte alles hinter sich.

Er trat einen Schritt zurück, um das Gesicht des Erhängten besser sehen zu können. Hätte er irgendetwas verhindern können, wenn er vor zwei Tagen schneller geschaltet hätte? Wäre noch ein Leid zu verhindern gewesen?

Er konnte Sandra gut verstehen, er hatte auch die Schnauze voll. Er war müde, und er wollte nach Hause, wo auch immer das sein konnte. So hatte er sich die Erholung auf dem Lande nicht vorgestellt, da war es ja auf dem Eigelstein ruhiger und friedlicher.

Direkt neben sich sah er eine Tür, die in eine Werkstatt führte. Moderne Maschinen, Computerfräsen, alles, was Geld kostete, war hier aufgebaut. Dazwischen standen die üblichen halbfertigen Stücke, die so gern die Dekoration einer vermeintlich gutgehenden Firma bildeten.

Schwarz ging vorsichtig zwischen den fast noch fabrikneuen Apparaten umher. Auf der Hobelbank, die quer vor dem

Fenster stand, lag ein Brief. Es war ein schöner Platz zum Arbeiten, Schwarz hätte es hier auch gefallen. Man sah in den Garten hinaus, in den Nationalpark, der wohl keine zweihundert Meter von hier begann. Das war doch eine Arbeitsstelle, um die man den Mann beneiden konnte. Oder besser: hatte beneiden können.

Ich kann nicht mehr. Meine Familie lebt nicht mehr. Ich wollte ihr die Schande ersparen, ihr Heim zu verlieren. Das Schwein Brockstedel hat mir alles genommen, ich wollte ihn umbringen, aber jetzt ist er weg! Und jetzt mache ich Schluss.

Ein klassischer Abschiedsbrief, wie er eindeutiger nicht sein konnte. Wenn Schwarz ihn für den Abschlussbericht hätte fälschen müssen, dann wäre genau dies der Text gewesen.

Er ließ ihn dort liegen, wo er war. Die Kollegen von der Spurensicherung hatten es gar nicht gerne, wenn man die Sachen anpatschte und durcheinanderbrachte, solange es nicht unbedingt nötig war. Und das war es jetzt wirklich nicht. Eigentlich hatte Schwarz von Anfang an recht gehabt: Es war sowieso alles sinnlos.

23. Kapitel

Dicke Wolken hatten sich vor die Sonne geschoben, als habe das grelle Licht zuvor zu viel Lebensfreude ausgestrahlt. Die Straße war blockiert von Polizeiwagen, und irgendwie hatte auch ein Kamerateam Wind von der Sache bekommen und war den Einsatzfahrzeugen gefolgt. Einige Meter zurück hatte man sich aufgebaut und stand erwartungsvoll bereit.

Schwarz hatte sich an einen der Wagen gelehnt und starrte auf die Straße. Er war müde, und er fühlte sich hundeelend. Hatte er irgendetwas erreicht? Ein Räuspern riss ihn aus seinen trüben Gedanken. Er sah hoch. Es war einer der uniformierten Polizisten, die zuerst hier gewesen waren.

»Herr Kommissar, ich weiß nicht, ob es wichtig ist …« Er stockte.

Schwarz musste lächeln. »Ich auch nicht, aber vielleicht erzählen Sie einfach mal.«

»Also, ich zumindest verstehe das nicht, aber ich habe bestimmt nicht so einen Überblick wie Sie. Ich bin gerade von einem Nachbarn angesprochen worden, und der fragt mich, wann er sein Auto wiederhaben kann. Haben wir denn ein Auto beschlagnahmt?«

»Schon, aber keins, das hier aus Dreiborn kommt. Wo ist er?«

Der Polizist deutete stumm hinter sich, wo ein freundlicher Mann interessiert in den Vorgarten des Becker'schen Hofes sah. Schwarz bedankte sich bei dem Kollegen und ging zu dem Mann hinüber. Er stellte sich vor und bat ihn, noch einmal seine Frage zu wiederholen.

»Berners heiße ich, Manfred Berners, Herr Kommissar, wissen Sie, das ist ja alles so schrecklich, aber wenn ich das richtig verstanden habe, ist doch jetzt alles klar, wegen dem Lutz, nicht? Ja, und jetzt wollte ich fragen, wann ich denn mein Auto zurückbekomme.«

»Ich fürchte, ich verstehe Sie nicht, was denn für ein Auto?«

»Ja, Herr Kommissar, die Katharina, die hat sich ja am Montag mein Auto geliehen. Und die ist ja tot, und da wollte ich fragen, ob ...«

»Herr Berners, wir wissen nichts von einem Auto. Aber sagen Sie mir noch einmal, bitte wann hat die sich ihr Auto geliehen?«

»Montagmorgen, so gegen sieben. Sie kam an die Tür und klingelte und sagte, sie müsse dringend weg, und der Mann hätte das Auto, ob sie vielleicht meins haben könnte.«

»Das kann nicht sein, da war sie doch schon tot. Sind Sie sicher?«

»Na klar bin ich sicher, da saß ich doch gerade beim Frühstück und habe die Zeitung gelesen, und dann stand die mit dem Kind vor der Tür.«

»Gibt's was Neues?« Sandra hatte sich aus ihrer Warteposition in dem Streifenwagen gelöst und zu den beiden Männern gesellt.

»Der Herr ...« Schwarz stockte kurz.

»Berners«, half Berners.

»Der Herr Berners hier behauptet, dass sich Frau Becker am Montagmorgen um sieben seinen Wagen geliehen hat.«

»Das kann nicht sein!«, rief sie erstaunt.

»Und das Kind hatte sie auch dabei!«, fügte Schwarz hinzu. Die beiden Polizisten sahen sich kurz an, dann wandte Sandra sich an Berners. »Sind Sie gestern nicht vernommen worden, war kein Kollege bei Ihnen?«

»Nein, bei mir war keiner, aber ich war ja auch bei der Arbeit, heute habe ich frei, und da dachte ich, ich frag' mal. Ich will ja nicht ewig mit dem Fahrrad zur Arbeit fahren. Es ist ja nicht weit, aber im Augenblick ist es halt doch kalt, und da …«

»Was haben Sie denn eigentlich für ein Auto?«, fragte Schwarz.

»Einen blauen Nissan, aber warum, wo ist denn der Wagen?«

»Das wüsste ich auch gerne«, sagte Schwarz und atmete tief durch. »Hier stimmt etwas nicht.« Er zog Sandra beiseite und redete aufgeregt auf sie ein: »Wenn Katharina Becker sich am Montagmorgen den Wagen geliehen hat, wo ist sie dann hingefahren? Wenn sie mit dem Kind unterwegs war, wo sind die beiden dann gestorben?«

»Moment, Moment, mir geht das alles zu schnell«, Sandra griff sich an die Stirn, »ich dachte, Becker …?«

»Bisher haben wir noch keinen Beweis dafür, dass er es gewesen ist. Er hat Brockstedel entführt, aber hat er auch seine Familie getötet? Wir sind davon ausgegangen, aber wenn die späteren Opfer kurz vor ihrem Tod noch das Haus verlassen haben, dann ist die Frage, wo sind sie hin? Er hat jetzt ein Alibi! Er hat Brockstedel entführt. Denn kurz nachdem sie das Haus verlassen haben, müssen sie gestorben sein, das steht fest. Aber was ist mit dem Obduktionsergebnis? Vielleicht ist ja etwas ganz anderes geschehen? Wo wollte sie hin?«

»Hinter ihrem Mann her? Um ihn davon abzuhalten, Brockstedel zu entführen?«

»Oder sie hatte noch ganz andere Pläne, lass uns nachdenken.«

»Ich schreib erst mal den Nissan zur Fahndung aus, vielleicht steht der ja irgendwo«, schlug Sandra vor und ging zu Berners, um sein Autokennzeichen zu erfragen.

Schwarz schüttelte den Kopf. Seine Gedanken rasten, verzweifelt versuchte er, die sich widersprechenden Fäden zu verknüpfen. Er griff zum Telefon und wählte die Nummer der Gerichtsmedizin in Köln.

»Schwarz, altes Haus«, rief Pütz, sein alter Freund und Kollege, als er den Hörer abgenommen hatte, »wie geht es dir, was hört man von dir, du hast dich aufs Land versetzen lassen, Viehdiebe jagen?«

»Ach, ist das schon bis zu dir in die Totenkammer gedrungen? Und, amüsieren sich alle?«

»Nee, eigentlich nicht. Aber sag schon, du rufst doch sicher nicht an, um dich auf ein Bier zu verabreden?«

»Stimmt! Hör mal, ich habe hier ein Problem mit einem Todeszeitpunkt. Ein Mordopfer ist zu einem Zeitpunkt gesehen worden, als es laut Obduktion schon seit Stunden tot sein sollte.«

»Ach, Schwarz, du bist doch ein alter Hase, du weißt das doch. Das hängst alles von so vielen Faktoren ab. Wir haben da eine ziemliche Bandbreite. Wo ist die Leiche denn gefunden worden?«

»Im Wald.«

»Ist das auch der Tatort?«

»Nein. Wir wissen noch nicht, wo der ist.«

»Na prima, da haben wir es doch schon. Bei den Temperaturen, die im Augenblick herrschen, reicht es schon, wenn das Opfer vorher eine Zeitlang in einem beheizten Zimmer gelegen hat, dann stimmt das alles schon nicht mehr. Wir nehmen dann die Temperatur aus dem Wald und berechnen damit einen Zeitraum, aber wenn die Leiche eine Zeitlang im Warmen gelegen hat, dann kommt schon alles durcheinander.«

»Im Warmen«, echote Schwarz. Er bedankte sich bei Pütz, versprach, sich beizeiten wieder mal zu melden und ging zu Sandra. »Es stimmt, es ist möglich. Wenn der Tatort in einem Haus liegt, dann kann das sein, dass die beiden Opfer am

Montagmorgen noch gelebt haben.«

»Also ein Haus …«, dachte sie laut nach.

»Ein Wohnwagen …«

»Die Sparkasse … Lass uns fahren, uns braucht hier sowieso keiner.« Sie ging zu ihrem Wagen und stieg ein.

Schwarz folgte ihr und setzte sich auf den Beifahrersitz.

»Campingplatz?«, fragte Sandra.

Er zog die Schultern hoch. »Irgendwo müssen wir ja anfangen.«

Sie nickte und rangierte das Fahrzeug zwischen den grünen Autos hindurch, bis sie freie Fahrt hatte. Dann gab sie Gas.

Als Schwarz nicht mehr hin und her geschleudert wurde und das gesteigerte Heulen des Motors freie Fläche andeutete, öffnete er die Augen wieder. Er atmete tief durch. »Nürburgring?«, fragte er.

»Wieso?« Sie sah ihn verwirrt an.

»Guck auf die Straße! Bitte!«

Sie zuckte mit den Achseln und konzentrierte sich auf die Straße, als plötzlich elektronisches Fiepen aus ihrer Tasche drang. Sandra fummelte das Handy heraus und drückte es Schwarz in die Hand. »Mach mal«, sagte sie und nahm eine Kurve.

Schwarz nahm das Gespräch an. Es war Gschwind, der sich nicht lang mit Höflichkeiten aufhielt. »Der blaue Nissan steht seit Tagen in Gemünd, gleich an der Post, den Berg hoch nach Heimbach. Viel Glück!«

Schwarz schwieg einen Moment, als könnte er nicht glauben, was er gerade gehört hatte. »Brockstedel, sie ist zu Brockstedel gefahren!«, stieß er dann hervor.

»Was ist los?«, fragte Sandra.

»Gemünd. Der Wagen steht bei Brockstedel, in Gemünd.«

»Wieso fährt die Becker zu Brockstedel? Was soll das? Was

will die da? Wollte sie zu deiner Blondine?« Sie fuhr auf einen Feldweg, um zu wenden und setzte ihren Weg in die andere Richtung fort.

»Was meinst du, meine Blondine?«

»Na komm, meinst du, das merkt man nicht, wie die immer durch die Flure schwebt?«

Schwarz verzichtete darauf, dem Büroklatsch irgendetwas entgegenzuhalten, sondern dachte weiter laut nach. »Es muss also irgendeine Verbindung zwischen Frau Becker und entweder Frau Brockstedel oder dem Mann bestehen. Richtig?«

»Richtig.« Sandra raste mittlerweile der Straße folgend in sanften Schwüngen bergab.«

»Wenn sie sich um sieben den Wagen geliehen hat, dann war sie um halb acht in Gemünd. Richtig?«

»Ja, so ungefähr. Aber dann war er, Brockstedel, nicht mehr zu Hause, sondern nur noch die Frau. Und dann?«

»Und dann wird es interessant, denn wenn die Becker den Wagen stehen gelassen hat, dann ist sie entweder zu Fuß weiter …«

»… oder sie hat das Haus nie verlassen«, ergänzte Sandra. »Fragen wir die Dame doch, wir sind da.« Sie stellte ihr Auto neben die Auffahrt an die Bundesstraße. »Und?«, fragte sie, »wo soll jetzt der blaue Nissan sein?«

»Gschwind sagte, an der Post. Das muss doch hier irgendwo sein?« Er sah sich um.

»Das ist gleich da drüben.« Sandra ging den Berg hinunter. »Hier muß der doch irgendwo sein.« Sie sah sich um.

»Da hinten!« Schwarz hatte den Wagen entdeckt. Er ging über den Parkplatz und griff an den Türöffner. Überrascht sah er sich um. »Der Wagen ist offen!« Er bückte sich, um in das Fahrzeuginnere sehen zu können. Dann richtete er sich wieder auf und sah Sandra an. »Hier liegt ein Schulranzen.« Er blickte den Berg hoch, wo er das Haus des Bankdirektors wusste.

Sandra nickte. »Dann fragen wir doch einmal die Frau Brockstedel, was sich hier am Montag abgespielt hat.«

Das sonore Geläut schien die Frau des Hauses von weither gerufen zu haben. Es dauerte lange, bis sie kam, und es dauerte noch länger, bis sie sich von dem Schrecken erholt hatte, die Polizei vor der Tür zu haben.

»Sie kommen zu zweit, heißt das, dass Sie meinen Mann …?« Sie traute sich nicht, den Satz zu beenden.

»Nein«, sagte Schwarz, »wir kommen nicht wegen Ihres Mannes. Wir kommen, weil …«

»Frau Brockstedel, wir kommen, weil Sie am Montagmorgen Besuch hatten.« Sandra ging das alles wohl nicht schnell genug. »Von einer jungen Frau mit Kind. Mittlerweile liegen die Leichen der beiden bei uns in der Gerichtsmedizin. Wollen Sie uns vielleicht einmal erzählen, wie das war, als Sie am Montagmorgen Besuch bekamen?«

»Ach, das meinen Sie!« Sie sah auf den Boden, als käme aus einer anderen Welt eine lang vergessene Erinnerung zurück. Nach einem kurzen Zögern lächelte sie und trat einen Schritt beiseite. »Wollen sie nicht hereinkommen?«

Schwarz nickte und trat ein. Sandra hinter sich ging er durch den Windfang ins Wohnzimmer.

»Wissen Sie«, begann er und wollte sich gerade umdrehen, als er ein dumpfes Geräusch und ein Poltern hörte, dann einen irrsinnigen Schmerz auf dem Kopf spürte und nach vorne flog. Er landete auf einem schwarzen Ledersessel und rappelte sich mühsam auf. Als er sich umdrehte, sah er Sandra, die mit blutüberströmtem Gesicht mit der Brockstedel kämpfte, um etwas rang, das sie beide in der Hand hielten, und erst, als Sandra ihre Gegnerin mit zwei heftigen Tritten in den Magen zu Boden schickte, war auch er fähig, in das Geschehen einzugreifen.

»Was ist passiert?«, rief er verwirrt.

»Was passiert ist?«, brüllte die aufgedrehte Sandra und hielt ihm etwas unter die Nase. »Die blöde Kuh da hat gerade versucht, uns den Schädel einzuschlagen, das ist passiert!« Sie schnaubte vor Wut.

»Handschellen«, befahl Schwarz sich selber und kramte die Stahlreifen hervor, mit denen er Frau Brockstedel fesselte, nachdem sie aufgehört hatte, ihren Mageninhalt auf die Auslegeware zu entleeren. Dann wandte er sich an Sandra, die interessiert auf den Gegenstand sah, den sie in der Hand hielt. »Was hast du da?«, fragte er.

»Ich weiß es nicht. Ich habe ehrlich keine Ahnung.« Sie guckte etwas verzweifelt.

Schwarz sah genauer hin. »Das ist der Designer-Schirmständer aus der Garderobe. Und wenn mich nicht alles täuscht, dann ist das ein stumpfer Gegenstand. Vielleicht patschst du da mal nicht so viel dran rum, kann ja sein, dass da Spuren dran sind.«

Vorsichtig stellte Sandra den Schirmständer auf den Wohnzimmertisch und betrachtete ihn weiter misstrauisch, als könnte er sie gleich anspringen.

»Frau Brockstedel«, sagte Schwarz, befühlte seine schmerzende Beule am Hinterkopf und setzte sich neben sie, »meinen Sie nicht auch, Sie sind uns eine Erklärung schuldig?«

Sie sah ihn an. »Sie würden es sowieso nicht verstehen.«

Schwarz nickte. »Davon gehe ich aus. Trotzdem frage ich Sie, wozu ein Kind töten?«

Sie blickte starr vor sich hin. »Auf einmal ging alles wie von selbst. Ich weiß auch nicht, wie es passieren konnte. Ich wollte es nicht, aber es war, als würde man einen Berg hinunterrennen. Dann kann man nicht mehr anhalten. Es geht einfach wie von selbst.« Sie sah Schwarz an. »Es war am Montagmorgen, kurz nachdem mein Mann weg war. Die Frau klingelte an der Tür, und dann hat sie mich beschimpft. Immer weiter. Sie drängte mich zurück ins Haus. Ich kannte die doch gar nicht, ich wusste doch nicht, was sie wollte. Und dann hat sie es mir gesagt. Dass sie seit einem halben Jahr mit Michael ins Bett gegangen ist, weil er ihr gesagt hat, er könnte dann etwas wegen ihres Kredits machen. Und jetzt hatte er den Kredit gekündigt. Sie wollte ihn sprechen, und ihm sagen, dass er ein Schwein sei, dass er gelogen habe, dass er ihnen einen teuren Kredit aufgeschwatzt hatte, nur um sie ficken zu können. Und ich war völlig durcheinander, aber als sie mir gesagt hat, wenn ich meinen Mann im Bett richtig befriedigt hätte, dann säßen sie jetzt nicht bis zum Hals in der Scheiße, da hatte ich auf einmal dieses Ding da in der Hand ...« Sie zeigte auf den Schirmständer. »Und dann lag sie vor mir und sagte nichts mehr.«

»Und das Kind?«, fragte Schwarz, auch wenn er es eigentlich schon gar nicht mehr wissen wollte.

»Das Kind!« Sie schnaubte fast. »Ich weiß auch nicht, wo es auf einmal herkam. Vielleicht hat es irgendwo gewartet, hier um die Ecke, keine Ahnung. Ich stand da vor der Mutter und überlegte noch, was ich tun könnte, da war auf einmal der Junge da und schrie mich an, ich solle seine Mutter in Ruhe lassen. Er beugte sich nur kurz runter zu ihr. Und dann hat der Junge mich angegriffen. Es war fürchterlich. Der rastete total aus. Schrie und tobte. Ich wusste nicht, was ich tun sollte, und dann habe ich einfach noch einmal zugeschlagen. Einmal nur, und dann hat er nichts mehr gesagt.« Sie räusperte sich. »Dann habe ich die beiden erst mal hier reingezogen, um in Ruhe nachzudenken und mich zu beruhigen. Dann kamen Sie, gerade als ich damit fertig war, das ganze Blut wegzuwischen, und Sie fingen an, von meinem Mann zu erzählen, und da war ich dann so durcheinander … Ich habe die Leichen danach in mein Auto gezogen und irgendwo in den Wald geworfen, erst die Frau und dann den Jungen, ich weiß gar nicht mehr, wo.«

Schwarz war aufgestanden und sah aus dem Panoramafenster. Ein Balkon lag vor ihm, der bei wärmeren Temperaturen bestimmt dazu eingeladen hätte, sich an der wunderschönen Aussicht über das spätsommerliche Gemünd zu ergötzen. Doch Schwarz sah nichts davon. »Heißt das, die Leichen lagen hier im Wohnzimmer, während ich draußen vor der Tür stand?«

»Ja, warum?«

Sie sahen sich in die Augen. Lange, sehr lange. Schwarz wartete darauf, dass er wütend wurde, doch in ihm blieb es still. Er war nur müde, sehr, sehr müde.

»Bitte, mach du das hier alles«, sagte er zu Sandra, »ich kann nicht mehr. Ich bringe sie zur Wache und schreibe einen Bericht, irgendeinen. Aber ich kann nicht mehr.«

Sandra nickte nur und sah den Schirmständer an, während Schwarz mit Frau Brockstedel das Haus verließ.

24. Kapitel

Die Nacht ist gekommen, jetzt kann ich mich wieder frei bewegen. Ich werde sie alle fertig machen! Diese Tage, die ich gelitten habe, das werden sie büßen, denn ich habe sie alle in der Hand.

Keiner hat mir geholfen, sie wollten mich verrecken lassen, dort oben in der Pampa, mich, der ihnen immer geholfen hat, wenn sie mit ihren armseligen Sorgen und Plänen zu mir kamen. Herr Brockstedel, Herr Brockstedel, Sie müssen mir helfen, nur noch dieses eine Mal, wenn das Geld kommt, dann kann ich auch mein Konto wieder ausgleichen, Herr Brockstedel, Sie wissen doch, wie das ist, wenn die Kunden nicht zahlen.

Und diese Arschlöcher in Aachen, die Schweine in der Hauptverwaltung, was haben die gelacht, als sie sich das ausgedacht hatten. Michael, das ist ein ganz toller Posten, da oben, und mit deinen Erfahrungen aus Düsseldorf, im Investmentbanking, da kannst du es noch weit in unserem Haus bringen. So jemanden wie dich, den brauchen wir. Genau dort, ja, genau dort brauchen wir den, damit der sich überlegen kann, ob er den Bauern, die eine neue Schaufel zum Scheißeschippen brauchen, zwanzig Euro geben will oder nicht!

Nein, von euch lasse ich mich nicht fertig machen! Alle essen Sahnetorte, und ich darf bei den Bauern hocken und trocken Brot kauen, während ihr die fetten Bonuszahlungen kassiert! Nein, Michael, du bist wichtig da in Schleiden, das ist unsere wichtigste Filiale, die macht den besten Umsatz, da brauchen wir unseren besten Mann! Fickt euch!

Und was hat mir das für einen Spaß gemacht, trotzdem mitzuspielen im Konzert der Großen! Was habe ich mich vergnügt, wenn die Derivate hochgingen, und ich hatte es als Erster gemerkt, ich hatte mir ein fettes Polster zugelegt an kleinen, netten Papierchen.

Es ist so einfach, wenn man weiß, wie es geht, und ich habe es gelernt. Ich habe schon mal eine Bank reich gemacht, und jetzt habe ich es bei mir selber getan!

Und diesen Idioten von Hellnbrinck, den habe ich mir gleich mitgenommen, und wenn ich wieder in die Bank komme, dann werden alle glauben, dass er es gewesen ist, genau dafür habe ich ihn ja geholt, damit ich auf jemanden mit dem Finger zeigen kann, wenn etwas schiefgeht. Wer glaubt denn jemandem, der schon einmal in die Kasse gegriffen hat? Das macht der doch immer wieder, das ist doch klar!

Ich muss nur nach Hause, dann nehme ich mir ein paar Sachen, und dann haue ich ab, von mir aus auch mit Dorothee, ich brauche ja jemanden, der fährt, mit der Hand geht das ja nicht. Das ist doch alles kein Problem, an die Konten komme ich von überall, und dann mache ich mir ein schönes Leben, irgendwo. Die Verluste, die am Montag kurzfristig aufgetreten sind, die hat der Markt sicher schon ausgeglichen. Ich muss nur nachsehen, was mit Lehman ist, diese Geschichte am Montagmorgen, aber auch da wird sicher nichts passiert sein, meine kleine Aktion letzte Woche mit der Kreditumschichtung wird die Sachen sicher im Gleichgewicht gehalten haben.

Na gut, der Becker, der ist durchgedreht, aber so ist nun mal das Leben, auf Einzelschicksale kann man nicht immer Rücksicht nehmen, das geht nun mal nicht. Seine Frau war da schon etwas einfallsreicher, alles was recht ist, das hatte was!

Ich schleiche mich vorsichtig durch die Büsche. Zum Glück sind hier die Wege gut angelegt, anders als in diesem grauenvollen Nationalpark. So ein Mist! Alles umhauen, betonieren und grün anstreichen, wenn ihr mich fragt! Wozu braucht man das denn? Und die tun immer so, als wäre das hier eine Gelddruckanlage! Tourismus! Oh, wie toll, dann kommen die Touristen, und dann wird es ganz toll in der Eifel! Rausgeschmissenes Geld, so ist das, da wird nie was draus, das interessiert doch keinen! Ich hätte denen schon lang die Konten sperren sollen, das wäre besser gewesen, höchste Zeit!

Ich schleiche mich am Altenheim vorbei. Wie toll, dass die alle schon vorm Fernseher sitzen und schnarchen. Keine Menschenseele wird es merken.

Ach, was freue ich mich auf ein Bad, auf einen Arzt, auf Schmerzmittel! Meine Hand ist inzwischen schon ganz taub. Ich habe mir eine Schlinge gebastelt, aus einem Hemd, das ich von der Wäscheleine gestohlen habe.

Ich kenne den Schleichweg hinten über den Berg. Da sieht mich keiner. Die Nachbarn liegen auch schon im Bett. Na, die müssen ja auch morgen früh raus, sich die Brötchen verdienen, wird ja auch Zeit, dass die mal arbeiten. Dann würde es denen besser gehen, wenn die mal ein wenig schlau wären, hier in der Eifel. Wenn die wüssten, wie es geht, wie man Geld macht, wie man sich das holt, was einem zusteht, aber die sind ja alle zu blöd, die begreifen es ja nicht, wie das Spiel funktioniert.

Nur noch wenige Meter. Der Weg hier wird steil, ich muss etwas vorsichtig sein, damit ich nicht wieder falle. Mensch, ich muss ja aussehen, den Anzug, den kann ich ja gleich in die Tonne kloppen, das hat ja gar keinen Sinn, das braucht man gar nicht erst zu versuchen mit Waschen oder Reinigung oder so, kann gleich zur Caritas.

Da ist die Tür. Es ist Licht, sie ist da! Mein Schatz! Das ist toll, was wäre denn gewesen, wenn sie nicht hier gewesen wäre, da habe ich gar nicht dran gedacht, das hätte ja auch passieren können. Doch ich höre sie, sie kommt, sie öffnet die Tür, ich bin gerettet! »Hallo, mein Schatz! Moment, wer sind Sie?«

* * *

Müde fuhr Schwarz in die Auffahrt. Es war ein anstrengender Tag gewesen. Man hatte noch einmal den Hof des Entführers auf Spuren untersucht, aber nach dem Rausch des frühen Morgens hatte sich über alle eine bleierne Depression gelegt. Es waren zu viele Tote, und dass man Brockstedel nicht finden konnte, verbesserte die Laune auch nicht. Die Kollegen, die Streife fuhren, taten, was sie konnten, doch weder systematisches Suchen noch der so beliebte Kommissar Zufall brachten etwas zu Tage.

In der Dienststelle hatte er sich dann mit Kleinert und Gorres zusammengesetzt. Die Brockstedel hatte man nach Euskirchen gefahren, damit sie dort ihre Aussage noch einmal wiederholen sollte. Morgen konnte man die Hunde wieder einsetzen, dann würde man mit einer kleinen Suchmannschaft aus Rangern und Polizisten versuchen, den Fluchtweg von Brockstedel nachzuvollziehen. Handy und Laptop, die man im Auto von Becker gefunden hatte, waren den Kollegen aus Aachen übergeben worden. Mit kleinen Ausrufen des Entzückens hatten sie den Computer entgegengenommen und waren selig damit entschwunden, um irgendjemanden zu bequasseln, Zugangswörter für sie zu hacken. Die Kollegen aus dem Labor stellten sich bei weiteren Anfragen inzwischen taub; sie hätten inzwischen so viele Tatorte zu sichern, dass ihnen nicht nur die Lagerkapazität, sondern langsam auch der Überblick verloren gingen.

Schwarz konnte sich kaum daran erinnern, einmal so enttäuscht gewesen zu sein. Diese ganze Geschichte hatte ihn mit einer Energie erfüllt, die er lange nicht mehr verspürt hatte. Er war dabei gewesen, stark, trotz aller Müdigkeit präsent und aufnahmefähig, er hatte wieder gemerkt, dass er lebte, atmete, dachte. Er war von den meisten Kollegen freundlich aufgenommen worden, hatte etwas leisten können, war akzeptiert und ernst genommen worden. Und nun? Der Tod hatte ihm das Heft des Handelns entrissen.

Müde ging er ins Haus. Die Hunde bellten ihn vergnügt an

und sprangen an ihm hoch, bis auf den großen Rüden, der immer aussah, als habe er Schwarz' Großmutter den Persianer geklaut. Der hatte das nicht nötig, der rammte ihm einfach vergnügt den riesigen Schädel in den Unterleib, so dass Schwarz zurücktaumelte.

»Die Hunde haben einen besonderen Bellton für Sie entwickelt«, rief die Malerin aus dem Atelier. Sie saß mit Brille am Arbeitstisch und hielt einen dünnen Pinsel über ein Tuschefass. »Ich höre schon, wenn Sie unten am Berg in die Straße einbiegen, dann fangen die schon an zu kläffen. Es nützt also gar nichts, wenn Sie hier stundenlang im Auto sitzen, Sie können ruhig reinkommen.« Sie sah ihn prüfend an. »Oder ist das zu viel Lebensfreude für Sie? Sie sehen aus, als würden Sie am liebsten heulend zusammenbrechen.«

»Ich sollte vielleicht mal wieder meinen Therapeuten konsultieren, ich scheine es ja nötig zu haben.«

»Allerdings. Aber was machen wir bis dahin? Mit Therapie kann ich nicht dienen, wie wäre es mit einem guten, alten Cognac?«

»Meine besten Trinkerzeiten liegen zwar hinter mir, aber ich glaube, heute ist alles egal. Cognac wäre toll, besonders wenn er gut und alt ist.«

»Na ja, was Künstler halt so saufen. Die Reste von gestern, die Flasche haben sie wohl übersehen. Hinten in dem Schrank, wo *Grundierung* dran steht. Und Gläser finden Sie ja wohl inzwischen alleine.«

Schwarz holte sich alles, was er brauchte, um sich einen ordentlichen Rausch anzutrinken. Er hielt die Nase über das Glas und würgte heimlich. Cognac war gar nicht, was er wollte, Alkohol überhaupt, aber er hätte es unhöflich gefunden, es zu erwähnen. Er nippte vorsichtig und stellte das Glas beiseite.

»Wir sind inzwischen bei drei Toten«, begann er unvermittelt. Die Malerin zog konzentriert eine Linie in einem zarten Schlenker bis in die künstlerische Unendlichkeit.

»Ach du Scheiße«, sagte sie und suchte seine Augen. Ihr Blick ging ernst in die Tiefen seiner Seele.

»Eine ganze Familie ist ausgelöscht. Weil ein Familienvater nicht mehr weiterwusste.«

»Diese Krise wird noch große Wellen nach sich ziehen. Es wird hart werden.« Sie setzte wieder behutsam den Pinsel an. »Und alles, weil die Gier sich entfesselt hat. Wie ein Deckel, den man von einem Topf genommen hat, in dem das Öl steht. Plötzlich springt ein Funke, dann lodert es auf, springt aus dem Topf und setzt alles in Brand. Und die Menschen leiden. Denn sie hatten nie eine Chance, sich an dem Topf zu wärmen. Das waren nur wenige, die von dem Feuer gekostet haben, seinen Geruch geschmeckt, seine Wärme. Wir anderen, wir durften zugucken, durften staunen, ein wenig neidisch sein, auf die, die da am Topf stehen und drin rumrühren dürfen, ja, die sind toll, die haben es geschafft.«

»Sie sind ja richtig poetisch.« Sie lächelte zart.

»Ich erschrecke auch gerade vor mir selber.«

»Wer im Feuer rührt, darf sich auch nicht wundern, wenn er verbrennt. Wenn ich die Bilder sehe, wie die Bankangestellten aus den Türmen in New York oder London kommen, mit einem Pappkarton unter dem Arm, dann wird mir eiskalt. Das war der Stachel des Neides, die Triebfeder des Glücks, ein Pappkarton? Da drin steckt nun also das große Geheimnis, der Schlüssel zu den Milliarden, die die Investmentbanker angehäuft haben? Zum Porsche, zum Flachbildfernseher, nach dem alle so lechzen, das passt alles in einen Pappkarton? Und jetzt kommen sie aus den Aufzügen, und alles, was ihre Welt ausgemacht hat, ist in sich zusammengebrochen. Das Bild mit dem Feuertopf gefällt mir, ich werde es Ihnen klauen und es malen, wenn ich darf.«

»Natürlich, ich bin ja nur ein Bulle, was brauche ich solche Gedanken, ich schenke sie Ihnen.«

»Sie sollten so etwas nicht sagen. Der Feinsinn kennt keine Profession. Etwas Tiefe schadet niemanden.«

Er holte gerade Luft, um zu einer Erwiderung anzusetzen, als sein Handy klingelte. Sie sahen sich an.

»Hat es diese Woche eigentlich mal einen Abend gegeben, an dem dieses verdammte Ding nicht gebimmelt hat?«, fragte Sieger.

Er sparte sich die Antwort und nahm das Gespräch an. An anderen Ende der Leitung meldete sich Sandra. Sie klang ganz aufgeregt: »Stefan, ich weiß nicht, es ist so schrecklich!«
»Sandra, beruhige dich bitte, was ist denn passiert!«

»Ich bin hier noch beim Brockstedel und wollte gerade alles abschließen und nach Hause fahren, da klingelt es, und der Brockstedel steht vor der Tür. Ich dachte, ich träume. Aber ich habe ihn sofort erkannt, er war es, ohne Zweifel. Obwohl er fürchterlich aussah. Und ich will gerade etwas sagen, da kommen auf einmal von überall Leute, von allen Seiten, sie ziehen mir irgendetwas über den Kopf und verschwinden.«

»Und der Brockstedel?«

»Ja, keine Ahnung, er ist weg!«

»Soll das heißen, der taucht auf und wird in dem Moment gleich wieder gekidnappt? Das doch wohl nicht wahr! Wie lange ist das jetzt her?«

»Vielleicht zwei, drei Minuten, ich weiß ja auch nicht, ich bin so durcheinander, was soll ich denn jetzt machen?«

»Fahndung einleiten, natürlich! Hast du eine Personenbeschreibung?«

»Vom Brockstedel?«

»Nein, von den Entführern.«

»Die waren maskiert, ich habe eigentlich nichts gesehen, tut mir leid.«

»Sandra, weißt du irgendetwas, hast du ein Auto gesehen oder irgendwas Brauchbares? Wir benötigen einfach einen Anhaltspunkt, nach dem wir fahnden, sonst sind wir wieder da, wo wir angefangen haben. Waren die Täter zu Fuß oder mit dem Auto unterwegs?«

»Ich glaube, ich habe Autos wegfahren hören, mehrere, aber ich weiß natürlich nicht, was für welche.«

»Haben die Entführer irgendwas gesagt, fielen Namen?« Schwarz war allmählich am Ende mit seinem Latein.

»Also, ich habe nur noch gehört, wie sie zum Brockstedel gesagt haben: ›Jetzt bringen wir dich dahin, wo die großen Tiere fliegen lernen.‹«

»Wo große Tiere fliegen lernen?«, wiederholte er leise. »Ich melde mich wieder«, sagte er dann und legte auf. Er wandte sich an Sieger. »Können Sie was damit anfangen? Wo lernen die großen Tiere fliegen?«

»Ich verstehe nicht ganz?«

»Der Bankdirektor ist entführt worden!«

»Aber das weiß ich doch! Und?«

»Nein, er ist wieder aufgetaucht, und er ist wieder entführt worden!«

Sie sah ihn mit leerem Ausdruck in den Augen an. »Seien Sie mir nicht böse, aber das ist ja wohl völlig bescheuert. Wieso entführt man denn in rhythmischen Abständen den Bankdirektor? Einen kleinen, dicken Mann, das ist ja wohl albern.«

Schwarz verlor jetzt langsam die Geduld. »Frau Sieger, man hat es getan, albern oder nicht. Und man will ihn dort hinbringen, wo die großen Tiere fliegen lernen. Was kann das bedeuten?«

Sie dachte kurz nach. »Was ist denn mit der Olef-Talsperre?«

Er sah sie verständnislos an. »Was?«

»Na, da ist ein Kunstwerk drauf. Riesige Tiere, die hat ein Künstler mit dem Kärcher in den Dreck machen lassen. Sehr beeindruckend, aber jetzt ist es dunkel, man kann die doch gar nicht sehen.«

»So eine richtige Sperrmauer?«

»Ja, ziemlich hoch, ich würde sagen, wenn man da jemand runterwirft, dann fliegt der. Und außerdem lassen die Leute von der Greifvogelstation dort immer ihre Seeadler fliegen. Also, ich würde da mal hinfahren.«

Er sprang wie elektrisiert auf. »Wie komme ich dort hin?«

»Richtung Trier, und wenn Sie in Hellenthal sind, am Kreisverkehr rechts. Dann ist es aber auch ausgeschildert. Nicht ganz einfach zu finden!«

Doch den letzten Satz hörte er schon nicht mehr. Er sprang in seinen Wagen und gab Gas.

Wild schleudernd raste Schwarz auf den Parkplatz. Wichtige Minuten hatte er verloren, weil er den Weg nicht finden konnte. Bei Tageslicht wäre es wahrscheinlich kein Problem gewesen, aber in der Nacht ...

Oben auf der Krone der Staumauer sah er Licht, Menschen, mitten in der Nacht. Er sah Scheinwerfer von einem Auto und in dem Kegel der Scheinwerfer Figuren, die miteinander rangen, an das Geländer drängten. Schwarz riss die Tür auf und lief los, ließ den Motor laufen.

»Nein«, brüllte er, »nein!« Denn es durfte nicht passieren, was er befürchtete, niemandem durfte mehr etwas geschehen, er musste doch einen retten, wenigstens einen, nicht schon wieder versagen, doch wie sollten sie ihn denn hören, sie hörten ihn einfach nicht, und er wusste auch nicht, wie er dort hinaufkommen sollte.

Er blieb stehen.

Es gab doch sicher irgendwo einen Weg.

Irgendwo.

Er wusste, es war zu spät. Was immer dort oben passieren

sollte, würde passieren. Im Licht, das über das Geländer fiel, sah er eine Person über das Geländer stürzen, sie drehte sich langsam, fast spielerisch, schlug mit dumpfem Krachen gegen die Mauer, drehte sich, machte eine Pirouette.

Er fiel ganz langsam. Als bliebe er in der Luft stehen. War das jetzt Brockstedel? Wann würde er unten ankommen? Vielleicht passierte ihm ja gar nichts.

Der Körper klatschte auf die Asphaltfläche am Fuß der Staumauer. Schwarz löste sich aus seiner Erstarrung und rannte hin.

Das Gesicht war erstaunlich unzerstört, die Nase immer noch unverkennbar die, die er schon auf den Fotos bewundert hatte. Schwarz sah sich um. Brockstedel war tot, und irgendjemand war dafür verantwortlich. Er würde ihn kriegen.

»Ihr Schweine! Ich mache euch fertig! Ich kriege euch, wo immer ihr euch versteckt!« In der kalten Nachtluft schien sein Schrei endlos zu tönen, selbst hier vernahm er ein kurzes Echo.

»Nun mal ruhig«, sagte eine Stimme hinter Schwarz. Aus dem Dunkel trat der Bürgermeister an ihn heran. Er betrachtete Brockstedel, dann sah er die Mauer hoch. »Schrecklich«, sagte er, »aber vielleicht ist es ja besser so.«

»Da oben sind Leute«, antwortete Schwarz außer Atem, »und die werde ich jetzt festnehmen, denn sie haben ihn runtergeworfen.«

Der Bürgermeister ging auf Schwarz zu, seine sonst so freundlichen Augen waren hart wie Stein.

»Das werden Sie hübsch bleiben lassen. Sie bleiben hier und rühren sich nicht.« Seine Stimme war ruhig und emotionslos. »Sie stehen hier einfach und wissen von nichts.«

Schwarz drehte sich um und sah ihm ins Gesicht. »Sie auch? Sie machen hier mit bei der ...«, er suchte in seiner Erregung nach dem passenden Wort, das ihm einfach nicht einfallen wollte, »bei der, der Scheiße da oben? Sie sind der Bürgermeister, Sie müssten mir sagen, los, Schwarz, geh hin, hol sie dir! Und Sie decken die?«

Ein fast liebevoller Blick traf ihn. »Sie sind ein guter Polizist, ein richtig guter. Aber ich bin hier nur als Bürgermeister. Privat würde ich Ihnen genau das sagen. Doch nicht als Bürgermeister. Hier geht es um die ganze Region. Brockstedel nützt uns tot sehr viel, mehr als er uns lebend genutzt hätte.« Er packte Schwarz an den Schultern. »Mensch, begreifen Sie doch, die ganze Gegend ist tot! Pleite! Und niemand hilft uns. Wenn der, der das ganze Elend verursacht hat, tot ist, dann haben wir eine Chance, dann kann die Bank an die Konten und uns die Kredite lassen.«

»Aber«, Schwarz verstand nicht, »aber wir wissen doch noch gar nicht, ob er es war!«

»Das ist doch egal! Aber einer muss es gewesen sein! Es sollte ihm doch gar nichts passieren! Er sollte nur dafür sorgen, dass es hier wieder weitergeht. Doch so ist es auch gut! Denn wenn der nichts mehr sagt und keine Ausflüchte benutzt, dann kriegen wir die ganze böse Angelegenheit schnell vom Tisch.«

Den Berg herunter kamen Lichter. Autos, Männer und auch Frauen zu Fuß, die langsam und mit schweren Schritten auf sie zukamen.

»Ich mache da nicht mit«, sagte Schwarz, »Ich mache da einfach nicht mit, ich werde euch alle kriegen.«

Traurig nickte der Bürgermeister. »Dann werden wir leider doch nicht verbergen können, dass du uns tätlich angegriffen hast. Wir waren hier, um Brockstedel von seinem Selbstmord abzuhalten, und du hast uns angegriffen, Schwarz. Du hast nur zwei Möglichkeiten, entweder du wartest fünf Minuten, und dann findest du Brockstedel, der leider hier dem Druck der Verfolgung nicht mehr standgehalten hat und seinem Leben ein Ende bereitete, oder du fährst wegen unberechenbarer Aggressivität für ewig in die geschlossene Abteilung ein. Ich habe hier ungefähr dreißig Zeugen, die alle ganz entsetzt sind, wie du plötzlich auf mich losgegangen bist und mich geschlagen hast.« Er griff sich mit einer Hand an die linke Wange, zögerte einen Moment und riss sich mit einer schnellen Bewegung eine Wunde. Blut sickerte in dünnem Faden daraus hervor und lief einen kurzen Weg, bevor es zu trockener Kruste erstarrte.

Männer und Frauen kamen schweigend auf sie zu, gingen an ihnen vorbei, manche blickten starr geradeaus, manche nickten ihnen zu. Schwarz erkannte Gesichter, die er in den letzten Tagen kennen gelernt hatte, manche sogar in Uniform – und unter ihnen Gorres. Der alte Polizist kam auf die beiden zu und sah Schwarz ins Gesicht. Er spürte sein Entsetzen und seine Erregung und legte ihm eine Hand auf die Schulter.

»Stefan, lass gut sein. Vier Tote sind genug.«

»Heinz, wie kannst du …?« Schwarz war fassungslos.

»Wir wollten ihm nichts tun. Nur ein bisschen Angst einjagen, damit er uns nicht allen hier die Luft abdreht. Doch er war so panisch, er hat sich losgerissen und ist einfach gesprungen. Wir konnten nichts mehr tun. Wir sind doch keine Mörder, das musst du uns glauben!«

»Ich glaube dir gar nichts mehr, wie kannst du bei so einer Aktion mitmachen, das ist doch nicht wahr! Heinz, du bist Polizist, du stehst auf der anderen Seite!«

»Vielleicht verstehst du das nicht. Es gibt hier keine andere Seite. Es gibt nur uns. Und sonst gibt es hier nichts. Ich bin nicht wichtig und du auch nicht. Brockstedel ist nicht wichtig und der hier«, er zeigte mit dem Daumen auf den Bürgermeister, »der hier erst recht nicht. Es geht hier um alles, um unsere Heimat. Jeder von denen hier hat alles verloren, was er besaß. Das ist traurig, für jeden von uns. Doch jetzt kämpfen wir dafür, dass alle hier, nicht die Einzelnen, dass alle hier in der Gegend weiterleben können. Die Eifel war nie reich, das Leben hier ist hart. Aber wir lassen uns unsere Heimat nicht kaputt machen. Von niemandem!« Seine Augen glühten wild in dem alten, faltigen Gesicht, während er seine Faust an die Schulter von Schwarz drückte. Dann nickte er dem Bürgermeister zu, und wortlos gingen die beiden Männer auf die Wagen zu.

»Ist das so, wie das hier funktioniert?«, rief Schwarz ihnen hinterher, »so macht ihr das hier in der Eifel?«

Der Bürgermeister blieb stehen und drehte sich um. Mit verschmitztem Lächeln dachte er kurz nach, dann schüttelte er den Kopf. »Nein, eigentlich nicht. Ich jedenfalls habe es noch nie erlebt. Aber wenn es nötig ist«, er nickte ein-, zweimal, »ja, dann machen wir das so hier in der Eifel!«

25. Kapitel

Die Tasche war schnell gepackt. Die wenigen Sachen, die er hier in den letzten Tagen gebraucht hatte, wurden ungewaschen in die Seitentasche gestopft, und dann war er schon fertig.

Er musste hier weg. Er brachte allen Unglück, und am meisten sich selber. Diese Woche war die grauenvollste seines Lebens gewesen, und er wollte nur noch weglaufen. Das konnte nicht sein, das durfte nicht sein. Er wollte schreien und kämpfen, aber gegen was und gegen wen? Was konnte er noch tun? Sich verraten und mitspielen? Oder seinen Weg gehen und sich bei allen lächerlich machen?

Leise ging er ins Bad und griff seine Waschsachen. Er hatte angefangen, sich wohlzufühlen, aber es war keine Zeit für Wellness, für Erholung. Er war in einen Strudel des Todes geraten, ohne Ausweg, ohne Sinn, und da wollte er die Wärme, die er hier verspürt hatte, nicht missbrauchen als billigen Ersatz für die Schrecklichkeiten, die das Leben mit ihm vorzuhaben schien.

Seine alte Bude an der Nord-Süd-Fahrt, das war, was er verdiente, der rauschende Verkehr, das Getose, Gehupe, Geschrei. Die Menschen, die am Eigelstein über die Bürgersteige gingen und ihn mit einer Akribie anrempelten, dass er immer wieder staunte. Doch waren sie wirklich schlimmer als das, was er hier erlebt hatte? Er wollte nur noch weg, er hatte Angst bekommen. Hier gab es Energien, die konnte er nicht kontrollieren. Toll, wenn du da drinsteckst, aber wenn du daneben stehst und zusiehst, dann bekommst du Angst, dass es dich mitreißt und in einem Höllenschlund verschwinden lässt.

Er verließ vorsichtig das Haus und ging auf sein Auto zu.

Er hatte es gar nicht erst abgeschlossen, wer sollte denn hierher kommen und ein Auto stehlen? Der fand doch gar nicht den Weg hier weg, der verirrte sich doch!

Er blieb stehen und schmeckte die Luft. Pilze, Boden, Nadelbäume roch er, tausend verschiedene Aromen von späten Blumen, die in den kalten Nächten versuchten, ihre zarten Blüten vor dem drohenden Frost zu verstecken. Irgendein Waldtier regte sich knackend im Unterholz, vielleicht eine Rotte Sauen, die auf der Suche nach Eicheln hungrig den Boden durchwühlten. Hier fühlten sie sich sicher, hier kamen sie nah ans Haus.

»Schwarz, Sie können jetzt nicht fahren.«

Die Malerin stand in der Tür. Sie hatte einen Pyjama an und eine graue Wolldecke über die Schultern geworfen. Um sie herum standen die Hunde und blickten ihn an.

»Sie können nicht einfach wegrennen, das geht nicht. Was immer Sie da draußen erlebt haben. Sie werden hier gebraucht, Schwarz.«

Er atmete tief, Tränen schossen in seine Augen. Das stimmte nicht. Niemand brauchte ihn, hier nicht und woanders auch nicht. Kein Hahn krähte danach, wo er war, wo er hinging.

»Wie soll ich das denn den Hunden erklären, dass Sie auf einmal wieder weg sind? Die haben Sie lieb, Schwarz, enttäuschen Sie sie nicht.«

Er beugte sich zu den Tieren, die inzwischen in der Erwartung eines lustigen Nachtspaziergangs zu ihm gekommen waren und ihn fröhlich umhopsten. Er streichelte ihre Köpfe, der Reihe nach, einen nach dem anderen, und der kleine Dackel rannte wieder zur Malerin, um sie zum Mitspielen aufzufordern.

»Und außerdem, was soll denn aus meiner Karriere als Miethai werden? Da tauge ich doch gar nichts, wenn mein einziger Mieter schon nach wenigen Tagen meinen blutsaugenden Krallen entflieht.«

Er drehte sich um. Ein seltsames Gefühl, gebraucht zu werden, gebeten zu werden. Es fühlte sich tröstlich an.

»Und jetzt kommen Sie rein. Hier ist es kalt. Kommen Sie rein, und erzählen Sie, was so schrecklich ist, dass Sie gleich wieder wegwollen, wo Sie noch nicht mal angekommen sind.«

Wie wahr. Noch nicht mal angekommen. Wie auch?

Wo sollte er auch hin? Die Wohnung in Köln war trostlos und leer. Da konnte er doch einfach bleiben, wenn ihn hier wenigstens die Hunde liebten. Ja, ankommen, vielleicht versuchte er es erst mal. Er gab sich einen Ruck und ging zurück ins Haus.

KBV KRIMINALROMAN

Erika Kroell

DU SIEHST MICH NICHT

Taschenbuch, 256 Seiten
ISBN 978-3-940077-72-1
9,50 EURO

Nach einem schrecklichen Verbrechen lebt die 35jährige Malerin Viola ein traumatisiertes Leben voller Ängste und Zwänge. Die Gewalt, die ihr damals angetan wurde, hat sie nie verarbeiten können. Sie baut Schutzwälle auf und hält kaum noch Kontakt mit der Außenwelt. Die beschauliche Idylle des Ahrtals läuft wie ein Film vor ihren Fenstern ab.
Allein die Sicherheit, zu wissen, dass der brutale Täter für immer im Gefängnis bleiben wird, lässt sie weiterleben. Doch eines Tages geschieht das Schreckliche: Viola glaubt, ihren Peiniger vor ihrem Haus gesehen zu haben.
Niemand schenkt ihr Glauben, aber ihre alten Ängste brechen mit neuer Kraft auf. Viola beschließt, sich diesmal zu wehren. Sie wird ihm nicht noch einmal hilflos ausgeliefert sein.
Ihre 15jährige Tochter, die schon seit langem sehr unter den isolierten Lebensumständen ihrer Familie leidet, wendet sich hilfesuchend an die Polizistinnen Daniela Flegel und Maxine Kraut. Während das Ermittlerduo sich auf die Spurensuche in Trümmern von Violas Leben macht, steuert alles auf eine entsetzliche Katastrophe zu.

»Erika Kroell ist ein feiner Thriller mit einem ungewöhnlichen Plot gelungen.« (Themenguide.de zu ERST EINS, DANN ZWEI)

»Gekonnt absurd und sehr spannend – bis zum überraschenden Schluss.« (WDR 4 Taschenbuchtipp zu IRRE)